어느 겨울   다섯 번의
화요일

FIVE TUESDAYS IN WINTER
by Lily King

Copyright © 2021 by Lily King
There stories appeared in slightly altered form in the following magazines:
"South" and "Five Tuesdays in Winter" in *Ploughshares*,
"When in the Dordogne" in *One Story*,
"The Man at the Door" in the *Harvard Review*,
"Timeline" in *O Magazine*.
All rights reserved.

You Don't Bring Me Flowers
Words by Neil Diamond, Marilyn Bergman and Alan Bergman
Music by Neil Diamond
Copyright © 1977 STONEBRIDGE-MUSIC, INC. and SPIRIT CATALOG HOLDINGS, S.A.R.L.
Copyright Renewed
All Rights for STONEBRIDGE-MUSIC, INC. Administered by UNIVERSAL TUNES
All Rights for SPIRIT CATALOG HOLDINGS, S.A.R.L. Controlled and administered by SPIRIT TWO MUSIC, INC.
All Rights Reserved Used by Permission
Reprinted by Permission of Hal Leonard LLC.

Korean Translation Copyright © 2025 by MUNHAKDONGNE Publishing Corp.
This Korean edition was published by Munhakdongne Publishing Corp.
in 2025 by arrangement with Grove Atlantic, Inc.
through KCC(Korea Copyright Center Inc.), Seoul.

이 책의 한국어판 저작권은 ㈜한국저작권센터(KCC)를 통해
Grove Atlantic, Inc와 독점계약한 ㈜문학동네에 있습니다.
저작권법에 의해 한국 내에서 보호를 받는 저작물이므로
무단 전재 및 무단 복제를 금합니다.

어느 겨울 　 다섯 번의 화요일

Five
Tuesdays
in Winter

릴리 킹 소설
박경희 옮김

문학동네

일러두기

1. 주석은 모두 옮긴이주다.
2. 본문 중 고딕체는 원서에서 대문자, 이탤릭체로 강조한 부분이다.

나의 오빠 애플에게, 내 모든 사랑을 담아

차례

괴물 ___ 009

어느 겨울 다섯 번의 화요일 ___ 063

도르도뉴에 가면 ___ 097

북해 ___ 135

타임라인 ___ 175

시애틀 호텔 ___ 207

찰리를 기다리며 ___ 233

망사르드 ___ 245

남쪽 ___ 265

문가의 남자 ___ 285

감사의 말 ___ 319

옮긴이의 말 다섯 번의 화요일, 슬픔이 빛이 되는 순간들 ___ 321

괴물

열네 살이던 여름, 엄마와 내가 아빠 집에서 이사를 나온 뒤 몇 달쯤 지나서였다. 나는 위도우스 포인트Widows' Point에 사는 어느 노부인의 손주들을 돌봐달라는 부탁을 받게 되었다. 아이들은 이 주간 머물 예정이었다. 엄마가 내게 묻지도 않고 가게로 옷을 수선하러 왔던 파이크 부인과 둘이 약속한 일이었다. 그동안 해본 몇 시간짜리 베이비시터 일과는 달랐다. 그 집에 가서 살아야 했던 것이다. 엄마와 나눈 대화는 기억나지 않는다. 내가 가고 싶어했는지 엄마와 다퉜는지조차 모르겠다. 그때는 너무도 많은 일로 다퉜다.

위도우스 포인트는 대서양을 향해 프라이팬 모양으로 튀어나온 곳이었다. 썰물 때면 그 너머에 초승달 모양으로 무리 지어 있는 바위섬들이 보였지만, 밀물에는 물밑으로 완전히 자취를 감췄다. 의심할 바 없이, 수백 년 전 장차 자신의 이름이 될 과부들을 만들어낸 그 바위들이었다.* 여전히 아빠 소유인, 내가 어릴 적 살던 집도 프라이팬의 손잡이 부분에 있었다. 우리가 사는 시내의 공동주택에서 자전거를 타고 파이크가家에 가려면 그 집 앞을 지나야 했다. 아빠는 다시 중독치료센터에 입원해 있었고 이번에는 뉴햄프셔에 있는 곳이었지만, 집을 지나칠 때면 나는 여전히 고개를 숙였다. 눈에 보이는 것이라고는 지난가을 이후로 손길이 닿지 않은, 새싹과 꽃망울이 갈색 겉껍질 속에서 움트고 있는 길가의 화단뿐이었다. 이사를 나온 건 이번이 세번째였고, 이것이 마지막이기를 바랐다.

길은 거기서부터 내리막으로 접어들며 곶 주변을 고리처럼 휘감았다. 문양이 새겨진 표지판에 사유 도로라고 적혀 있었다. 화려한 저택들은 대부분 높은 산울타리 뒤에 숨겨져 있어 사방에 풀이 무성한 '잠자는 숲속의 공주'의 성 같은 분위기를 풍겼다. 어릴 때 우리는 잡히면 감옥에 간다는 말에 두려워하면서도 어른들의 경고를 무시한 채 자전거를 타고 이곳까지 내려오곤 했다. 진입로 안으로 들어설 엄두는 내지 못했지만 이곳의 기둥들과 읽기 힘들 정도로 오래된 명판들은 하나하나

---

* 위도우스 포인트를 직역하면 '과부의 곶'이라는 뜻이다.

빠짐없이 알았다.

파이크가의 진입로는 생각했던 것보다 훨씬 길었다. 오는 길엔 햇살이 등에 따갑게 내리쬐더니, 어느덧 시원하게 어둑어둑해지고 있었다. 길 양옆에서 큰 나무들이 바람에 흔들렸다. 내가 아는 사람 중 나와 같은 일을 했던 유일한 사람은 〈사운드 오브 뮤직〉의 마리아뿐이었다. 마리아가 기타를 메고 수도원을 나와 트랩 저택으로 가는 길에 불렀던 용기에 관한 노래는 기억나지 않았다. 그래서 〈곧 열일곱이 되는 열여섯〉을 불렀다. 그러다 뒤에서 요란한 경적이 들려오는 바람에 놀라 미끄러져 길가의 도랑에 빠졌고, 작년에 떨어진 낙엽들 위로 가볍게 굴러떨어졌다.

검은 양복에 나비넥타이를 맨 남자가 나를 내려다보며 뭐라고 외쳤다. "숨은 붙어 있니?"라고 말한 듯하다. 억양이 특이했다. r을 아랫입술을 움직이지 않고 혀로 굴리듯 발음했다.

나는 그렇다고 했다. 그는 낙엽더미로 내려와 도와주지는 않았지만, 내가 자전거를 끌고 다시 차도로 올라올 때까지 기다렸다. 얼굴은 긴데 뒤통수는 완전히 동그란 대머리여서 콘 위에 얹은 아이스크림처럼 보였다.

"애들 보러 온 거지?"

"네." 나는 머뭇거리며 말했다.

"그럼, 이따 아래층에서 보자. 뒤로 돌아와. 왼쪽으로. 차고

쪽 말고." 차고garage를 발음할 때 그는 잘못된 음절에 강세를 두어 마차carriage처럼 들리도록 말했다.

그가 차를 몰고 떠난 후에야 나는 덜덜거리던 엔진과 지붕이 없는 차체, 길쭉한 보닛을 떠올렸다. 구형 차였다. 다시금 경적이, 멀리서 몹시도 크게 울렸다. 보통 자동차의 경적과는 완전히 달랐다. 축구 경기에서 중간휴식을 알리는 신호와 더 비슷했다. 그 정도 소리였으니 자전거에서 나가떨어질 만도 했다. 다시 진입로를 따라가는 동안 '클랙슨'이란 단어가 떠올라 머릿속을 둥둥 떠다녔다. 여름방학 독서 목록에 들어 있는 『제인 에어』를 반쯤 읽고 난 참이었다. 거기서 나온 말 같았다.

집이 천천히 눈에 들어왔다. 굽은 길을 따라가며 조금씩 보이던 집이 내 앞에 온전히 모습을 드러냈다. 저택이었다. 작은 탑과 발코니, 뭐라고 부르는 건지도 알 수 없는, 튀어나오거나 휘어지거나 움푹 팬 구조물이 있는 회색과 흰색의 석조 건물. 사람들 말을 듣고 그 집이 저택일 거라고 짐작은 했지만, 상상할 수 있던 건 우리가 사는 목조 단층집하고 비슷한데 다만 훨씬 넓고 규모가 큰 집이었다. 나는 그제야 저택은 나무로 지은 것이 아님을 깨달았다. 돌로 지어진 집이었다. 현관으로 이어지는 거대한 나선형 계단이 있었지만 뒤로 돌아오라던 말이 떠올랐다.

뒷면도 정면만큼이나 근사했다. 문까지 이어지는 계단 수는 적었지만, 전면과 똑같이 조각된 기둥들과 돌난간으로 둘러싸인 넓은 테라스가 있었다. 길에서 마주쳤던 남자가 줄무늬 원피스에 하얀 신발을 신은 여자와 함께 나를 기다리고 있었다. 그들은 집안으로 나를 안내했다. 어두운 복도를 지나 체크무늬 유포가 깔린 사각 식탁과 서로 어울리지 않는 의자 세 개가 놓인 식료품 저장실로 갔다.

여자는 배가 고프지 않냐고 물었고, 내가 괜찮다고 했는데도 솔트 크래커와 오렌지색 치즈를 가져왔다. 그러고는 칼날이 달린 작은 바퀴로 사과를 눌러 여덟 조각의 똑같은 크기로 자른 다음 꼭지를 버렸다. 두 사람은 나와 함께 자리에 앉았다. 나는 이렇게 큰 집에서 왜 하필 이렇게 작고 삭막한 방에 앉아 있는지 의아했다.

"자제분들은 어디 있나요?" 내가 여자에게 물었다. 아이들의 아빠보다는 여자가 내 직속상관이 되리라고 짐작했다.

어른이 얼굴을 붉히는 모습을 본 건 처음이었다. 여자는 나처럼 금세 얼굴이 빨개졌다. 그것도 금방이라도 피가 쏟아져 나올 것처럼, 상상할 수 있는 최악의 색조로. "난 아이 없어." 여자는 그렇게 말하더니, 인중에 땀방울이 맺힌 채 재빨리 일어나 내 접시를 개수대로 가져갔다.

남자가 소리 내어 웃었다. "네가 돌볼 아이들은 우리 애들이 아니야! 이 딱한 아이한테 위층의 방도 보여주고 설명 좀 해줘."

나는 여자를 따라 뒤편 계단으로 삼층까지 올라갔다. 카펫이 깔리지 않은 맨 나무 계단에서는 감자칩 냄새가 났고 난간은 기름기로 반질반질했다. 넓은 복도로 들어서자 푸른 하늘이 보이는 길고 높은 창에서 햇살이 쏟아져들어왔다. 침실을 적어도 다섯 개는 지난 후에 여자가 왼편의 방 하나를 가리켰다. 방이 막 정해진 줄 알았지만, 침대 발치의 수건 세트와 나무 선반에 놓인 엄마의 초록색 여행 가방이 보였다. 방에 들어서는 순간 잠시 엄마가 있을 것만 같았는데, 아무도 없었다. 엄마가 일요일에 차로 가방을 가져다두었던 것을 잊고 있었다. 여자는 자기 이름이 마거릿이고, 도움이 필요하면 아래층 부엌으로 오면 된다고 했다.

"아이들은 엄마랑 해변에 갔는데, 낮잠 잘 시간쯤이면 돌아올 거야. 그러면 분명히 널 찾을 거고." 여자의 억양은 남자와는 달랐다. 낯설지만, 달랐다. 나는 두 사람이 부부가 아닐 수도 있음을 깨달았다.

여자가 가고 나서 문을 닫고 내 방을 둘러보았다. 처음으로 부모님과 그들의 취향이나 규칙과 전혀 관련이 없는 방을 가지게 된 것이다. 〈댓걸〉의 말로 토머스*처럼 나만의 아파트를

---

* 1960년대 방영한 미국의 시트콤 〈댓걸〉에서 말로 토머스가 연기한 주인공 앤 마리는 당시로서는 독보적으로 독립적인 여성상을 보여주었다.

갖게 된 기분이었다. 똑같은 흰색 뜨개 침대보로 덮인 침대 두 개가 놓인 단출한 방이었다. 참나무로 된 침대 기둥은 내 눈높이와 엇비슷한 높이였는데, 세로로 길게 무늬가 새겨져 있고 끝부분이 솔방울 모양이었다. 무명천으로 덮인 침대 사이의 협탁은 불을 켤 수 있는 줄이 달린 유리 램프와 재떨이를 겨우 올려놓을 만큼 작았다. 역시 유리로 된 재떨이 한가운데에는 황소가 새겨져 있었고, 담배를 걸쳐두는 홈이 테두리에 네 군데 파여 있었다. 더 어렸을 때, 친구 지나와 숲에서 담배를 조금 피운 적은 있지만 자라면서 그만뒀다. 재떨이는 깨끗했지만 오래된 재 냄새가 났다. 나는 그것을 덜컥거리는 협탁 서랍 속에 집어넣었다.

창가에 붙박이 의자가 있었다! 나는 의자가 곧 사라지기라도 할 듯 그곳으로 질주했다. 그리고 길게 휘어진 쿠션 위에 엎드려 누웠다. 방의 절반은 반원 모양이었는데, 그 둥근 테두리를 따라 커다란 창이 세 개 나 있었다. 그제야 나는 내가 밖에서 본 작은 탑 안에 들어와 있다는 것을 깨달았다.

오래된 유리에 코가 납작하게 눌리도록 바짝 붙어 서서 먼지와 금속 냄새를 맡으며 자갈이 깔린 진입로를 내려다보았다. 짧게 깎은 잔디밭은 웃자란 풀과 야생화가 있는 어수선한 들판을 벗어나 바다 쪽 절벽까지 이어졌다. 나는 돈 문제로 인한 부모님의 다툼, 침실이 하나뿐인 엄마와 나의 공동주택에

비하면 크게 느껴지는 아빠의 집을 생각했다. 그 주택은 전혀 〈댓걸〉 속 집처럼 느껴지지 않았다. 그래도 어쩌면 엄마한테는 그런지도 몰랐다. 엄마는 아직 삼십대인데다 미소가 예쁘고, 입버릇처럼 말하듯이 아직 앞길이 창창했으니까. 나는 엄마 아빠에게 이 저택의 내 방을 보여주고 싶기도 했고, 그렇지 않기도 했다. 오롯이 나만의 것으로 간직하고 싶었다.

갑자기 땅바닥이 아득해 보이며 방에서 탈출할 수 없을 것만 같았다. 어릴 때 항상 무서워했던 라푼젤 이야기, 그리고 지나의 오빠가 그해 봄에 들려준 범죄자 찰스 맨슨의 이야기를 머릿속에서 밀어냈다. 여행 가방을 열고 『제인 에어』와 새로 산 공책을 꺼냈지만 책을 읽거나 필사할 기분은 아니었다. 그래서 지나에게 편지를 쓰기 시작했다. 자전거를 타고 파이크가로 오던 길에 관해 썼다. 아빠의 집을 지나치며 본 방치된 화단에 관해 썼다. 모든 죽음과 새로운 삶이 한데 어우러져 있었어라고 쓰고는 스스로 놀라워하며 계속해서 써나갔다.

한 시간이 더 지난 후에 짙은 남색 스테이션 왜건이 진입로로 들어와 차고 앞에 멈췄다. 내 방 창문은 닫혀 있었지만 차에서 내린 어린 소년이 우는 모습은 볼 수 있었다. 남자애가 우는 동안 엄마는 뒷좌석의 유아용 카시트에서 잠든 여자애를 꺼내 어깨에 둘러업고 있었다. 내려가서 도와야 할 것 같았다. 그들이 차에서 수건과 물놀이용 장난감을 내리는 걸 돕거나 잠든 여자애를 넘겨받아 어디 침대에 눕혀야 했겠지만, 그러지 않았다. 서둘러 피고용인이 될 필요는 없었다. 삼십 분쯤 뒤 방문을 두드리는 소리가 나고 진짜로 일이 시작될 때까지, 나는 내 작은 탑의 창가 붙박이 의자에 팔다리를 쭉 펴고 누워 있었다.

일은 어렵지 않았다. 적어도 휴가 도착할 때까지는 그랬다. 마거릿이 요리를 전담했고 아이스크림 콘 머리의 토머스가 서빙과 설거지를 담당했다. 빨래하러 오는 베이라는 부인도 있었는데, 아이들 엄마인 케이가 고집스레 사용하는 역겨운 천 기저귀까지도 세탁해주었다. 처음으로 마주쳤을 때 케이는 내 한 손에는 엘시를 다른 손에는 스티비를 넘겨주며 이렇게 말하고 단숨에 사라졌다. "나 이러다 오줌 지리겠어, 캐럴." 케이는 곧 돌아와 나를 안으며 와줘서 고맙다고 했다. 마치 우리가 오랜 친구 사이고, 내가 이 집에 잠깐 놀러온 듯 대했다. 나는 열넷이고 케이는 스물아홉이었는데도. 나는 우리의 나이 차이를 의식했지만 두 살과 네 살짜리 아이들과 하루를 보내는 케이에게는 내가 실제보다 더 나이들어 보였을 것이다. 어머니인 파이크 부인이 있는 자리에서 케이는 다른 사람이 되었다. 경직된 채 거의 말이 없었다. 파이크 부인은 아침마다 조식 자리에서 일과를 지시했다. 옛친구를 방문해라, 테니스

클럽에 가라, 네 잠재성이 그토록 높다고 했던 옛 독일어 가정교사를 만나라 같은 지시를 내렸지만, 케이는 고개를 끄덕이기만 하고 어머니가 아침을 먹고 책상 앞으로 사라지기 무섭게 돌아서서 다른 일정을 내게 줄줄이 읊었다.

우리는 아이들을 데리고 곳곳의 해변과 고래박물관, 수족관에 갔고, 점심을 먹은 다음에는 자주 아이스크림 가게에 들러 우리만의 아이스크림선디를 주문했다. 이른 오후 케이가 잔디밭의 일광욕 의자에 누워 책을 읽는 동안 나는 수영장에서 아이들을 데리고 놀았다. 그러고 나서는 위층으로 데려가 낮잠을 재웠다. 아이들이 낮잠을 자지 않겠다고 투정을 부리는 일은 없었다. 오전 활동에 이어 뜨거운 햇살 속에서 수영까지 마친 아이들은 어둑어둑한 집안의 시원한 침대 속으로 파고들어 깊은 잠에 빠질 준비가 되어 있었다. 아이들에게 책을 읽어주고 노래를 불러주는 동안, 나도 내 방으로 가서 자는 상상을 했다. 하지만 삼층의 내 조그만 탑으로 가면 항상 기운이 새로 솟아나곤 했다. 나는 파이크가에서의 삶에 대해 지나에게 계속 편지를 썼다. 『제인 에어』도 읽었다. 거대한 저택에 살며 두 아이를 돌보게 되자 제인과 너무도 가까워진 기분이 들었다. 머지않아 나의 긴 편지는 샬럿 브론테의 말투와 단어를 닮아갔고, 지나는 이것으로 나를 두고두고 놀려먹었다. 그러나 나는 시도하고 있던 것이다. '댓 걸'로서의 삶, 제인 에어로서의 삶, 그리고 다른 여러 가지 일들을 겪은 후 결국은 오늘의 내가 그렇게 되었듯, 자기만의 방에 홀로 있게 될 작가로서의 삶을.

아이들이 일어나면 나는 아이들과 잔디밭에서 놀았다. 배가 고파 짜증을 부리면 간식을 차려줄 마거릿을 찾아 아이들을 데리고 부엌으로 갔다. 저녁은 여덟시까지 기다려야 했다. 마침내 식사시간이 되면 먼저 한차례 씨름을 벌이며 엘시를 식사실의 높은 의자에 집어넣은 다음(그 시간이면 엘시는 무릎에 앉는 것을 특히 더 좋아했다) 부엌으로 몰래 사라질 수 있었다. 내 식사는 그곳의 유포가 덮인 식탁 위에 차려져 있었다. 이따금 토머스와 마거릿이 잠깐 나와 마주앉기도 했지만, 그들은 다음 코스를 준비하거나 나르느라 늘 분주했다. 스티비와 엘시가 디저트를 쟁취하는 경우는 드물었다. 케이는 거의 매번 부엌에 고개를 들이밀고 내게 아이들을 철수시키라는 신호를 보냈다. 당연히 전투가 벌어졌다. 디저트는 얌전히 저녁을 먹은 아이에게만 주는 상이었는데 파이크 부인의 말을 빌리자면 그들은 '수선을 피웠'다. 아이들은 내 품에 안겨 요란하게 식사실을 떠나야 했고 그 소음은 우리가 현관 앞 넓은 계단을 올라가 창 아래 두 개의 소파가 놓인 층계참을 지나 이층의 침실에 이를 때까지 줄곧 연 꼬리처럼 이어졌다.

첫 주의 여섯 날이 그렇게 지나갔다. 그러고 나서 휴가 도착했다. 그는 낡은 말리부 세단을 몰고 왔다. 우리는 아침식사 중이었고, 아침부터 에너지가 넘치는 아이들을 통제하기 위해 나도 식사실에서 밥을 먹고 있었다. 그의 도착을 제일 먼저 알아차린 사람은 마거릿이었다. 우리는 다 같이 파이크 부인이 이탈리아어로 '로자'라고 부르는, 아치형 기둥들이 늘어서 있는 주랑현관으로 나갔다.

"토머스가 오후에 로건으로 널 마중나가기로 했었잖니." 파이크 부인이 그 많은 계단을 내려가며 그를 향해 외쳤다.

휴는 자동차에 몸을 기댔다. "그럼 오후에 다시 공항으로 나가서 토머스를 기다릴게요."

"싱거운 소리 말고." 스타킹에 펌프스를 신은 파이크 부인은 위태로운 발걸음을 한 발씩 옮겼다.

"봐봐. 쟤 지금 엄마 쪽으로 눈곱만큼도 안 움직이고 있어." 케이가 내게 말했다. 그러고는 그를 내려다보며 말했다. "몰리 블룸은 어디 계시고?"

"몰리 블룸은 새 일자리를 구했어."

"그럼 아예 안 오는 거야?"

"넵." 그는 트렁크에서 캔버스 재질의 더플백을 꺼냈다. "이 몸은 온전히 여러분 겁니다."

파이크 부인이 자갈 바닥에 이르자 그는 팔을 벌리고 외쳤다. "백만장자 어머니."

부인은 그에게 입을 맞추기 위해 발꿈치를 들어올렸다.

"몰리 블룸이 누구예요?" 두 사람이 올라오기를 기다리며 케이에게 물었다. 나는 엘시를, 케이는 스티비를 안고 있었다. 두 아이는 내려가려고 버둥거렸지만 우리는 무시했다. 케이와 나는 아이들에 관한 것이라면 말없이도 서로의 마음을 이해하는 경지에 도달해 있었다. 아이들에게 가파른 계단이 얼마나 위험한지는 굳이 말할 필요도 없었다.

"휴의 아내."

휴는 아내가 있다고 하기에는 너무 젊고 자유분방해 보였다. 오히려 기숙학교에서 막 집으로 돌아온 소년 같았다. 군살이 없는 편인 그는 아직 자라고 있는 듯 보일 정도였는데, 해지고 더러운 바지는 반 뼘가량 짧았고, 팔에도 근육이 붙다 만 것 같았다. 게다가 곱슬기가 가라앉지 않은 채 제멋대로 뻗은 십대 특유의 머리를 하고 있었다. 그가 계단을 오르며 팔을 어머니의 어깨에 두르자 두 사람은 영화에 나올 법한 인물들처럼 보였다. 떠돌이 청년을 말동무로 삼은 돈 많은 노파.

위로 올라온 그는 누나와 스티비를 얼싸안고 두 사람이 소리를 지를 때까지 팔에 힘을 주었다.

그가 내게로 돌아섰다. 그의 눈동자는 물기가 도는 옅은 초록색이었다. "우리 왕국에 이방인이 들어왔군."

"캐럴이야. 도우미로 왔어."

"안녕, 캐러." 나와 악수를 나누는 대신 그는 엘시의 머리를 헝클어뜨렸다.

"캐럴." 케이가 정정했다.

그러나 그는 귀담아듣지 않았다. 스티비를 공중으로 높이 들어올리며 의사에게 약을 더 달라고 조르는 여자에 관한 노래를 부르기 시작했다.

스티비가 웃으며 비명을 질렀다.

내 머릿속에선 노래가 계속되었다. 롤링 스톤스, 〈엄마의 어린 도우미〉. 내가 설명 없이도 이해할 것이라고 그가 확신한다는 사실에 전율이 일었다.

"걔 내려놔라, 그렇게 소리지르면 죽은 사람도 불러내겠다." 파이크 부인이 말했다.

휴는 능청을 떨며 재빨리 스티비를 발치에 내려놓고 아이의 귀에 대고 속삭였다. "네가 죽은 사람을 불러낼 거야." 천천히 으르렁거리는 소리였다. "여기서는 죽은 사람이야말로 우리의 유일한 친구지."

스티비는 얼굴을 엄마의 다리 사이에 묻었다.

"맙소사 휴이, 얘 네 살이야." 케이가 말했다.

"'맙소사'라고? 누나가 무슨 밀크모어 부인이야?" 그가 내게로 돌아섰다. "밀크모어 부인 알아요?"

"죽은 사람 좀 그만 불러내, 제길." 케이가 말했다.

"밀크모어 부인이 정말 죽었다고 생각해?" 휴가 똑바로 일어서서 가슴을 내밀고 턱을 한쪽으로 기울이더니 목이 잠긴 답답한 중년 여자 말투를 흉내내며 말했다. "맙소사, 케이, 가서 그 치마 좀 바꿔 입어요. 우리 학교가 나체주의자 집단은 아니잖아요!"

"세상에, 똑같아. 그 여자 진짜 그렇게 말했었는데, 그치?"

문틈 너머로 파이크 부인의 모습이 사라졌다. 자신의 책상으로 향하는 부인의 흰색 셔츠와 황갈색 체크무늬 치마가 언뜻 유리창에 비쳤다. 휴는 수영장과 그 너머의 바다를 내려다보았다. "결혼식이 생각나네."

케이가 창을 통해 엄마를 주시했다. "일 분도 안 돼서 엄마를 쫓아내다니. 신기록일 거야."

"쉽게 오는 사람은 쉽게 떠나는 법이지."

"내가 제일 기억나는 건 그 울먹이던 목사야." 케이가 돌아서며 말했다.

"그건 모두가 기억해. 그가 관심을 독차지했잖아. 대체 엄마는 어디서 그 사람을 데려왔지?"

"내 생각에 여름에 교회 일을 맡는 사람인 것 같아."

"아니야, 카마이클 목사는 아니었어."

"카마이클 목사라고? 어떻게 그런 것까지 알아? 우린 거기서 예배를 드린 적도 없잖아. 난 정말 모르겠더라, 네가 그냥 개소리……" 케이는 자신의 입을 막았다.

휴는 반짝이는 초록 눈을 크게 떴다. 흰자위에 선홍색 실핏줄이 가득했다. 그는 스티비에게로 고개를 숙였다. "엄마가 못된 말을 쓰는구나."

스티비가 어색하게 킥킥 웃었다.

"그래서, 좋은 추억이야?" 케이가 물었다.

먼 곳을 보던 그가 천천히 고개를 끄덕였다. 더 할 말이 있는 듯했지만, 하지 않았다. 그러더니 뼈가 도드라진 한쪽 팔꿈치를 긁적이며 말했다. "마법 같았지. 긴 꿈 같아어."

그가 돌아서서 나를 보았다. "엘시가 지금 당신한테 어여쁜 똥 팔찌를 만들어주고 있네요."

손목 위에서 엘시의 기저귀가 새고 있었다. 나는 넓고 어두운 계단을 뛰어올라가며 기분이 붕 뜨는 것을 느꼈다. 내 가슴은 새롭고 신나는 무언가로 가득했다. 그것은 마치 헬륨처럼 계단의 이 칸에서 저 칸으로 내 몸을 들어올리고 나를 숨가쁘게 했지만 어쩐지 숨쉴 필요가 없을 것 같았다. 무용지물이나 다름없는 천 기저귀와 고무 덮개 사이로 똥물이 흘러나와 아이의 옷을 모두 갈아입혀야 했다. 서둘러 파티오로 돌아갔을 때 그들은 자리에 없었다.

휴는 일상의 흐름을 바꿔놓았다. 아이들은 그가 일어나기를 기다렸다. 나는 아이들과 집을 나서기 전에 그가 아래층으로 내려오기를 기다렸다. 케이는 오후에 휴와 수영장에서 만나 어머니 없이 자유롭게 얘기를 나눌 수 있게 되기를 기다렸다.

"엄마는 아이들이 우리와 같이 밥을 먹어야 한다고 고집을 부려." 그날 오후 케이는 휴에게 말했다. "빌어먹을, 잘 시간이 지났는데도 말이야. 그게 노인네가 애들 얼굴을 보는 유일한 시간이야. 당연히 애들 기분은 최악이지. 그걸 보면서 애들이 너무 민감하고 유약하다나. 그게 아니라 그냥 녹초가 된 거라고." 휴와 있을 때면 케이는 우리 아빠가 술을 몇 잔 걸쳤을 때처럼 말했다. 이전 모습과 딴판이었다.

휴는 발과 장딴지를 물속에 담근 채 시멘트 바닥에 등을 대고 누웠다. 그는 스티비의 봉제 인형 중에서 가슴에 하얀 별이 달린 파란 곰 인형을 공중으로 던졌다가 다시 잡기를 반복했다. 스티비는 내가 얕은 물에서 끌어주는 빨간 튜브 안에서 불안하게 휴를 바라보았다. 그애는 내가 긴 지느러미 파일럿 고래라며 보트를 해안가로 끌어주어야 한다고 말했다.

"우리가 애들을 낳게 될지 모르겠어."

"뭐라고? 왜?"

휴는 대답하지 않았다.

"레이븐이 원하지 않아?"

"스티비, 이 곰도 보트에 타고 싶다는데." 휴가 말했다. 그가 던진 곰 인형은 멀리 못 가 물속에 처박혔다. 파란 곰은 수영을 못한다며 스티비가 칭얼댔고, 나는 털이 흠뻑 젖기 전에 얼른 곰을 낚아챘다. 케이는 여전히 남동생의 대답을 기다리고 있었지만 결국 듣지 못했다.

휴는 레이븐과(진짜 이름이 레이븐인지, 아니면 그가 나를 캐러라고 부르듯 아내에게 붙여준 별명인지는 확신할 수 없었다. 하지만 그의 가족 모두가 그렇게 불렀다. 케이가 그녀를 몰리 블룸이라고 부를 때 외에는. 나는 고등학교를 졸업할 무렵 문학시간이 돼서야 그 말뜻을 이해했다.*) 지난여름에 이 집 정원에서 결혼했다. 그가 오기 전에는 아무도 그 얘기를 꺼내지 않았지만 이제는 줄곧 화젯거리였다. 얼마 지나지 않아 나는 누구보다도 자주 그 얘기를 화제로 삼는 사람이 다름 아닌 파이크 부인이라는 것을 알게 되었다. 무척 돈이 많이 든 결혼식이었으며 마을에 아직 외상값을 치르지 못한 가게들이 있다는 것도 눈치챘다(피해야 하는 가게들이 있었는데, 특히 술을 파는 가게가 그랬고, 그 때문에 더 먼 곳의 상점까지 찾아가야 했다). 파이크 부인은 돈이 궁하다고 했는데, 한번은 토머스가 이걸 두고 다 부인의 생각일 뿐이며, 그로 인해 스트레스를 자초한다고 말하는 걸 들은 적이 있었다. 그렇다고 파이크 부

---

* 몰리 블룸은 제임스 조이스의 소설 『율리시스』 속 주인공의 아내 이름이다.

인이 결혼식 때문에 휴를 탓하는 것 같지는 않았다. 다만 하루에도 몇 번씩 그럴 만한 가치가 있었다는 걸 확인하려 했을 뿐이다. 부인은 휴의 결혼식을 더 많이 추억하고 이야기할수록 그 가치가 올라가는 물건 정도로, 혹은 적어도 자주 쓸수록 가성비가 좋아지는 값비싼 가전제품 정도로 여기고 있는 듯했다.

며칠이 지나자 나는 그 주말에 대해 거의 영화 한 편을 찍을 수 있을 만큼 많은 것을 알게 되었다. 결혼식 전날 만찬에서 휴의 전 여자친구 시어의 얘기를 늘어놓은 친구 킵의 길고 부적절했던 축사. 머리색과 전혀 어울리지 않아 (누구라고 특정할 수 없는) '아줌마'들을 경악하게 만든 레이븐의 검은 드레스(이름과는 달리 레이븐*은 금발이었다). 결혼반지를 자신이 아끼는 (그리고 몹시 꼬질꼬질한) 조그만 베개 나이트 나이트에 올려 신혼부부에게 전달한 스티비. 울먹였던 목사. 환영식이 끝나고 방파제로 차를 달리다 추락했으나 아주아주 운이 좋게도 썰물 때라 죽지 않은 가족의 지인.

휴가 오기 전까지 파이크 부인은 우리와 함께 수영장에 나온 적이 없었다. 이제는 오후에 '잠깐 몸을 눕힌' 뒤면 언제나 수영장으로 왔다. 휴가 도착한 지 이틀째 되던 날 그와 나는

---

* Raven. '까마귀'라는 뜻도 있다.

스티비, 엘시와 물개 놀이를 했다. 아이들은 고무 튜브와 암튜브를 달고 물에 둥둥 떠다녔고 우리는 한 팀이 되어 물속으로 들어가 아이들의 발을 간질이며 비명을 들었다.

"삼촌이 나 물었쪄!" 몇 번 그러고 나서 엘시가 말했다.

휴가 잡아먹을 듯 이를 요란하게 맞부딪치자 아이가 꽥 소리를 질렀다.

마거릿이 파티오 문으로 나와 석판 계단 네 개를 내려온 뒤 바닥이 깊은 정원을 지나 수영장 입구로 와서 말했다. "아내분한테서 전화 왔어요, 휴."

"휴Hugh, 누구Who요? 이 몸 말입니까?"

마거릿의 얼굴에 웃음이 번졌다. "휴, 당신 말입니다." 그는 날아오르듯 단번에 수영장 밖으로 나왔다. 머리에서 물이 뚝뚝 떨어져 등줄기를 타고 흘렀다. 초록색 수영복 바지가 군살 없는 엉덩이에 달라붙어 두 개의 눈물방울 같은 모양이 고스란히 드러났다. 그는 누군가의 시선을 의식하듯 엉덩이를 살짝 흔들더니 잔디밭을 가로질러 뛰어갔다. 계단을 올라갈 즈음에는 머리의 곱슬이 하나둘 되살아나고 있었다.

"아직 사랑의 불구덩이에서 빠져나왔다고는 못하겠구나." 파이크 부인이 말했다.

"못하죠." 케이가 말했다.

휴가 없으니 둘은 서로 거의 알지 못하는 사람들처럼 보였다. 케이는 무릎에 뒤집어둔 양장본 위에 손을 올려둔 채 긴 일광욕 의자에 비스듬히 누워 있었다. 다시 책을 읽고 싶어하는 게 분명했다. 그러나 파라솔 밑의 작은 접이식 의자에 앉아 있는 파이크 부인은 책도, 달리 주의를 돌릴 만한 것도 없었다. 대화를 계속하지는 않아도 상대가 마음 편히 소설에 집중할 수 없을 만큼은 말을 이어갔다. 나는 내가 수영장 안의 피고용인이라는 사실이 마음에 들었다. 지금은 순한 아이들을 태워주는 순한 파란고리문어가 되어 있었지만. 스티비는 중이염에 잘 걸리는 탓에 귀마개를 하고 있었다. (휴는 스티비를 놀리려고 무언가를 말하는 척 입만 벙긋거리곤 했고, 그럼 그 애는 나 안 들려 나 귀마개 했어!라고 소리질렀다.) 엘시가 한쪽 귀마개를 빼자 스티비는 비명을 질렀다.

"낮잠 잘 시간 아니냐?" 파이크 부인이 물었다. 보통 부인이 그렇게 물어볼 때는 낮잠시간이 아니었지만 이번에는 그랬다.

나는 수건과 물놀이용 장난감들, 기저귀 가방, 도시락통과 플라스틱 컵을 주워모았다.

케이가 말했다. "내가 가지고 들어갈게."

그러나 파이크 부인이 반대했다. "캐러가 하도록 둬." 부인은 원래 내 이름을 알고 있었지만 캐러로 부르기로 작정했다. 어릴 때 주일학교에서 싫어하던 아이 이름이 캐럴이었다고 했다. "그러라고 여기 있는 아이잖니."

가능한 한 잘 말리긴 했지만, 유리로 된 미닫이문을 통과해 서재를 지나는 동안 우리 몸에서 조금씩 떨어진 물이 푸른색과 금색이 어우러진 카펫에 어두운 자국을 남겼다. 내 목소리는 아이들을 재촉하는 듯 들렸다. 카펫이 더러워질까봐 계단으로 이어지는 제일 빠른 길을 찾는 것처럼. 그러나 실은 아이들을 데리고 방, 거실, 작업실과 짧은 복도를 기웃거리며 빙 돌아가고 있었다. 그러면서 통화중인 누군가의 목소리를 안간힘을 다해 좇고 있었다. 그가 레이븐과 어떤 말투로 통화하는지 알고 싶었다. 그가 누나에게 어떻게 말하는지(직설적으로, 빈정대듯)와 엄마에게는 또 어떤 식으로 말하는지(좀더 부드럽게, 밝게, 까칠한 면을 조금 누르고, 배려하면서도 너무 과하지는 않게)는 알고 있었다. 하지만 아내에게는 어떻게 말할까?

그는 어느 방에도 없었다. 나는 문이 열린 작은 옷장과 베이지색 러그에 떨어진 짙은 얼룩을 발견했다. 책꽂이와 오래된 다이얼식의 검은색 전화기 말고는 아무것도 없는 빈방이었다. 이 집에서 본 유일한 전화기였다. 하지만 수화기는 제자리에 있고 휴는 방에 없었다.

그는 현관 앞 계단 가장 낮은 곳에 앉아 있었다. 팔꿈치를 무릎에 괴고 각진 어깨뼈가 툭 튀어나오도록 고개를 힘없이 숙인 채였다. 스티비가 손가락으로 귀를 찌를 때까지 그는 올려다보지 않았다. 그는 여전히 몸을 숙인 채 우리 쪽으로 고개만 돌렸다.

"이봐, 너," 스티비가 엉성하게 삼촌 흉내를 냈다.

"누구요? 이 봄 말입니까?" 그가 말했다. 아파 보였다. 안색이 초록빛이 스민 잿빛이었다. 하기야 그 어둑어둑한 집에서는 낮이면 모든 것이 그런 빛을 띠고 있긴 했다.

"뭐해?"

"생각중이요. 너는 뭐하는데?"

"낮잠 재워준댔어."

그는 슬며시 웃었다. "그거 좋네. 나도 누가 낮잠 좀 재워줬으면."

스티비가 고개를 저었다.

"안 돼?"

스티비는 그저 계속 고개를 젓기만 했다. 그의 수준을 벗어난 대화인데다가 피곤한 상태였다. 그러나 스티비가 한 손으로 휴의 다리를, 다른 손으로 난간의 첫번째 기둥을 잡고 있어 위로 올라갈 수 없었다. 보지 않고도 나는 엘시가 잠들었음을 알았다. 아이의 무겁고 축축한 이마가 내 목을 눌렀다.

"이 집에 오는 게 좋니?" 휴가 스티비에게 물었다.

"응." 스티비가 몸을 흔들며 말했다. 아이의 가벼운 몸이 휴의 무릎과 기둥 사이를 오락가락했다.

"옛날에 우리 할머니 보러 여기 왔던 기억이 나."

"삼촌의 할머니?"

"할머니의 엄마."

"할머니의 엄마." 스티비가 나지막이 속삭이며 무슨 뜻인지 이해하려고 애썼다.

"항상 검은 옷을 입으셨지. 발목까지 오는 풍성하고 긴 원피스. 할머니는 빅토리아시대의 마지막 여인이었어. 그리고 내가 만난 유일한 악령이었고."

"그게 뭔데?"

"악령? 귀신보다 더 무서운 거지."

"오." 스티비는 더이상 그에 대해 말하고 싶지 않은 듯했다.

그들은 서로 바라보았다. 휴는 코로 크게 숨을 쉬었고 스티비는 여전히 무릎과 기둥 사이를 오락가락하며 몸을 흔들었다. 휴의 냄새가 났다. 나는 그의 냄새를 이미 알고 있었다. 방금까지 수영장에 있었는데도 톡 쏘는, 깨끗하지 않은 냄새가 났다. 그의 길고 탄탄한 몸에서 나는 냄새가 아니었다면 절대 좋아하지 않았을 냄새라는 건 나도 알고 있었다. 나는 탐욕스레 흡입했다.

스티비를 데리고 올라가야 했지만, 휴가 혼자 있고 싶지 않은 눈치였다. 그의 내면에서 무언가가 외치고 있었다. 스티비도 나도 그것이 무엇인지, 무슨 일이 있었는지 알 수 없었지만, 떠날 수가 없었다.

"아빠는 어떻게 지내셔?" 휴가 물었다. 잠시 나는 그가 우리 아빠와 마약과 그가 거쳐간 수많은 중독치료센터에 대해 알고 있다고 생각했다. 엄마가 파이크 부인에게 이미 모든 것을 얘기했고, 이 집의 모두가 그 사실을 알고 있으며, 내가 식료품 저장실에 있는 동안 자기들끼리 저녁을 먹으며 아빠를 비웃었을 것이라고. 그러자 온몸에 통증이 느껴졌다.

"잘." 스티비가 말했다. "바빠."

"엄마랑 아빠 사이는 좋고?"

"응." 스티비의 대답은 질문에 가깝게 들렸다.

"부모들은 가끔 싸워. 너랑 엘시가 그러는 것처럼. 너희 엄마 아빠는 안 그래?"

스티비는 고개를 저었다.

"아빠가 엄마한테 잘해주니?"

"응."

"엄마는 아빠한테 잘하고?"

"응."

"둘이 대화하니? 너나 네 동생한테 말고 두 사람끼리, 어른들의 일에 대해서?"

"응, 아주 많이."

"친절한 목소리로 말해?"

괴물 35

"으-응."

"주로 언제?"

"맨날. 아침에."

"네 방에서도 들려?"

스티비가 신중히 생각하기 위해 깊은숨을 쉬었다. "엄마 아빠가 텔레비전을 보는 줄 알고 방에 들어가보면 안 보고 있어. 그냥 누워서 천장을 보면서 웃어. 엄마 아빠 이상한 것 같아."

"이상한 거 아니야. 엄마 아빠는 행복한 거야, 스티비. 언제나 그걸 기억하겠다고 삼촌한테 약속하는 거다?"

"뭐를?"

"엄마와 아빠가 웃는 모습. 약속하니? 네가 할머니만큼 나이를 먹어도 기억하겠다고?"

"어. 알았어. 좋은 밤." 스티비가 웃었다. "맞다, 좋은 밤 아니고 좋은 낮."

"잊지 않기다?"

"뭘?"

"벌써 잊었네!"

"아니야. 안 잊을 거야." 스티비가 다시 웃었다. 위층으로 올라가려 하지 않았다. "웃는 건 이상해. 웃음은 왜 나와?"

"아기처럼 울지 않으려고 그러겠지."

"아."

스티비는 계단을 하나둘 오르기 시작했고, 나는 그애를 따라갔다. 엘시가 움찔했지만 잠에서 깨지는 않았다.

"우리 빨간 자동차 책 읽어도 돼?" 스티비가 내게 물었다.

"그럼."

우리는 계단참에 이르렀다. 위층의 공기는 더 후텁지근했다. 돌아보니 여전히 계단 끝에 앉아 있는 휴의 모습이 보였다. 우리가 올라갈수록 휴의 모습이 점점 더 작아졌다.

나는 천천히, 조심스레 엘시를 아기침대에 눕혔다. 엘시는 잠에서 깨지 않았다. 책 두 권을 읽어주자 스티비는 시트가 빳빳하게 펴진 침대(아침마다 마거릿이 소시지처럼 팽팽해지도록 정리한) 속으로 기어들어갔다. 내가 비틀스의 〈이제 태양이 뜨고〉를 후렴구까지 부르기도 전에 스티비는 잠들었다.

복도로 나온 나는 계단 난간 너머로 고개를 내밀어 아래를 내려다보았다. 휴는 여전히 그곳에 앉아 있었다. 그가 움직이자 나는 재빨리 고개를 뒤로 뺐다.

위층의 내 방에서 나는 지나에게 쓰던 편지를 이어 썼다. 어느새 편지는 열다섯 장을 넘어가고 있었고, 내가 쓴 가장 긴 글이었다. 파란색 볼펜으로 종이 양면에 자국이 남도록 꾹꾹 눌러쓴 단어들을 손가락으로 따라가며 만져보는 것이 좋았다.

"휴는 어디 있지?" 그날 저녁 내가 엘시를 아기용 의자에 앉히고 있을 때 파이크 부인이 물었다.

"데이비 스타이브스가 와서 둘이 시내로 저녁 먹으러 갔어요." 케이가 말했다.

파이크가 사람들에게 시내란 애싱이 아니라, 한 시간 떨어진 보스턴이었다.

"마거릿에게 말은 해주고 간 거면 좋겠구나."

"제가 말했어요."

무릎 위에 냅킨을 펼치며 파이크 부인은 이맛살을 찌푸렸다. 불평할 만한 다른 구실을 찾는 듯 보였다.

부인의 관심이 내게로 쏠리기 전에 부엌으로 빠져나왔다.

말리부 자동차가 천천히 자갈길로 들어서 내 창문 아래 멈춰 선 것은 새벽 네시가 다 되어서였다. 휴가 차문을 열고 내리자 익숙한 두려움이 찾아왔다. 그러나 그는 취하지 않았다. 나는 술에 취하면 어떻게 되는지 잘 알고 있었다. 술에 취한 상태와 마약에 취한 상태 그리고 코카인 때문에 제정신이 아닌 상태를 전문가급으로 구분하는 수준이었다. 그는 계단을 향해 똑바로 걸었고 가뿐히 올라왔다. 현관문을 조용히 열고는 집안으로 사라졌다. 실외 전등이 꺼졌다.

그는 아침을 먹으러 내려오지 않았다. 그날 오전 케이와 나는 여객선을 타고 아이들과 드레이크스섬으로 갔다.

오후에 우리는 다시 수영장에 있었다.

"그녀가 행복하지 않다는 걸 안 지 얼마나 되었어?" 케이가 그에게 묻는 것이 들렸다.

파이크 부인이 브리지게임을 하러 간 참이라 그들은 맘 놓고 대화할 수 있었다.

"행복." 그는 고약한 단어라도 들은 듯 말했다. "매부는 행복해? 매일? 아니면 어떤 날에만? 행복이 뭔데? 관계에서 행복하다는 게 뭐야? 누나는 행복해? 너무 바보 같은 말이야. 빌어먹을 행복이 뭐냐고!"

"그렇게 복잡한 거 아니야. 누군가와 함께 사는 것이 좋거나 싫거나, 책임지는 일이 좋거나 싫거나, 둘 중 하나지. 어쩌면 너도 그녀 못지않게 책임지는 게 부담스러운 걸지도 몰라. 먼저 입 밖으로 꺼낸 사람이 그녀였을 뿐이고. 지금 이렇게 분개하고 있어도 사실 너도 같은 걸 원하는 거야."

"아이고, 박사님 납셨네. 내 생각엔 아니야."

"시어랑 사귀었을 때는 그랬잖아?"

"시어? 여기서 지금 그 얘기가 왜 나와."

"내 말은 반복되는 패턴이 있다는 거야."

"내 아내가, 바로 저 잔디밭에서 영원한 사랑을 맹세한 지 채 일 년도 되지 않았는데 그 맹세를 무르고 싶어해. 이건 패턴이 아니라 내 인생이 무너지는 거라고, 케이."

그는 자리에서 일어나 등뒤로 문을 쾅 닫았다.

그들은 내가 귀기울여 듣고 있는 것을 몰랐다. 그들에게 나는 스티비가 수영장 바닥에 숨겨둔 보물을 찾는 잠수부였다. 나는 나를 둘로 분리하는 재주가 있었다. 어려서 아무것도 모르는 척하면서도 어른들의 대화를 집중해서 듣고 법의학자처럼 상세히 분석할 줄 알았다.

아이들을 재운 뒤 내가 들은 걸 지나에게 쓰고 싶어 좀이 쑤셨다. 휴의 심장은 산산조각이 났어. 얼마나 마음이 차가운 못된 여자길래 그와 같은 사람을 쳐내는 걸까?

그러나 점심에 초콜릿 푸딩을 먹은 두 아이는 좀처럼 피곤해하지 않았다. 스티비는 플라스틱 레코드플레이어를 가지고 있었고 판은 달랑 하나뿐이었다. 앞면에는 〈새들에게 모이를 주세요〉 그리고 뒷면에는 〈이 작은 세상〉이 수록된 45rpm 음반이었다. 나는 아이들이 노곤해지도록 〈새들에게 모이를 주세요〉를 틀고 싶었지만, 아이들은 〈이 작은 세상〉을 몇 번이고 듣고 싶어했다. 음악에 맞춰 춤을 추던 둘은 점점 더 거칠어지며 옷을 벗더니 급기야 엘시가 차고 있던 기저귀를 벽에 내던져 장미무늬 벽지에 진한 오줌자국을 남겼다. 나는 서둘러 케이가 기저귀 교환대를 세워놓은 욕실로 엘시를 데려갔다. 가벼운 발진이 있어 가랑이 사이와 엉덩이에 기저귀 발진 크림을 발라주었다. 나는 발진 크림 냄새를 좋아했다. 손가락 끝의 냄새를 맡아보았다. 아주 어린 시절의 어떤 것이 떠올랐다. 다시 한번 냄새를 깊이 들이마셔보았다. 특별한 순간이나 어떤 공간을 떠올려보려고 시도했지만, 그저 느낌뿐이었다. 좋은 느낌. 오래 잊고 있던, 따뜻하고 안전한 느낌.

스티비의 목소리가 들리고 이어 휴의 목소리도 들렸다. 서둘러 엘시에게 새 기저귀를 마저 채워주고 욕실 밖으로 나왔을 때는 이미 계단을 내려가는 휴의 발소리가 들렸다.

"누구랑 얘기했어?" 내가 물었다.

"삼촌이랑." 스티비가 말했다.

"삼촌이 뭐라고 했는데?"

"다락에 올라가서 나한테 줄 거 찾아봤다고 했어."

"다락에?"

스티비가 위를 가리켰다. 나라면 내가 머무는 층, 그렇게 멋진 침실들이 있는 곳을 다락이라고 생각하지 못할 것이다. "그런데 못 찾았대."

우리 셋은 다 같이 스티비의 침대로 들어가 바싹 몸을 붙이고 자리잡았다. 내가 막 『푸른바다거북의 생애』를 펼치려는 순간 스티비가 말했다. "아, 그리고 삼촌이 말했어. 누나가 훌륭한 작가라고."

"누가?"

"누나."

"누가 그랬다고?"

스티비는 내가 자기와 말놀이를 하고 있다고 생각하고 킥킥거렸지만 나는 아니었다. 내가 농담할 기분이 아니라는 것을 깨닫자 스티비는 진지해졌다. "휴가 그랬어." 그가 조용히 말했다. "휴 삼촌이."

『푸른바다거북의 생애』를 단숨에 읽어내려간 뒤 둘이 스티비의 침대에서 함께 자도 좋다고 허락했다. 그리고서 문을 닫고 나와 내 방으로 달려갔다. 이미 일어난 일을 막을 수 있기라도 한 듯이.

나는 공책을 덮은 채로 창가 붙박이 의자에 올려두었다. 문고판 『제인 에어』 아래에. 그러나 공책은 펼쳐져 있었다. 자신의 결혼식이 열렸던 넓은 잔디밭에 외롭게 서 있는 휴의 길고 수척한 몸이 그려진 페이지였다. 나는 휴의 시선으로 공책을 훑어보며 민망함의 총량을 헤아리려 애썼다. 내 방에서 바라본 그의 자동차 그림을 보고, 실제로는 일어나지도 않은, 층계에서 그의 손이 나의 다리를 스쳐간 순간에 대한 시를 읽었다. 그러고도 조금이나마 의구심이 남았다면, 가장 최근에 내가 지나에게 쓴 편지가 모든 것을 설명해주었을 것이다. 영국의 황야에서 날아온 것 같은 그 편지는 극적인 단어들로 가득했다. 이토록 맹렬한 감정을 너는 모를 거야. 너는 아직 너의 로체스터를 만나지 않았으니까. 하지만 믿어줘, 내 감정이 얼마나 격렬한지 이제 모든 소설, 모든 시행을 완벽하고 생생하게 이해할 수 있어. 그리고 이런 구절도. 다른 식구들과 마찬가지로 나 역시 그라는 파도에 휩쓸리고 있어, 하지만 그는 착하고 친절하고 유쾌하고, 나는 영원히 그 파도 속에 머물고 싶어. 이런 구절도 있었다. 그가 수영장에서 시멘트 바닥에 엎드려 십자가에 매달린 예수처럼 팔을 벌리고 있을 때면 그를 범하고 싶어져. 나는 범한다는 것이 무슨 뜻인지 정확히 몰랐다. 뭔지는 몰라도 섹스처럼 재미없는 것이라고는 생각하지 않았다.

두 시간쯤 흐른 뒤 스티비가 나를 불렀다. 그동안 나는 창문 밑의 의자에서 꼼짝하지 않고 있었다. 경직된 다리가 내 무게를 지탱하지 못해 방을 가로지를 수도 없을 정도였다. 일을 그만둬야 할 것이다. 아직 닷새가 남아 있었지만 떠나야 할 것이다. 휴가 이미 누나와 어머니에게 말했을 것이었다. 그런 수치를 견딜 수 없었다.

아이들은 깊은 잠에서 막 깨어나 얼굴이 빨갰고, 이마 옆에 축축한 머리카락이 달라붙어 있었다. 되도록 오래 방에서만 놀게 하려 했지만 아이들은 토머스와 마거릿을 보러 부엌으로 가자고 했다. 거기서 치즈 큐브를 먹은 다음 잔디밭에 나가서 놀자고. 나는 지금쯤 이 집의 모두가 알 거라고 상상했다. 누굴 마주칠 때마다 휴는 웃으며 나를 놀려댔을 것이다. 우리 아빠가 내 공책 같은 걸 손에 넣었다면 그랬을 것처럼, 내가 썼던 말들을 하나하나 읊어줬겠지. 다 알고 있다는 양 뿌듯한 시선을 보낼 것이고, 내가 장단을 맞추지 않으면 눈에 더욱 힘을 줄 게 뻔했다.

그러나 그는 그러지 않았다. 내가 엘시를 비스듬히 받쳐 안고 스티비를 따라 파티오로 나왔을 때 휴는 나를 쳐다보지도 않았다.

파이크가의 세 사람은 밖에서 음료를 마시며, 좀더 아늑해 보이도록 흰색으로 칠한 철제 의자 세트에 앉아 있었다.

"플로리다에 머물고 싶으시대요?" 케이가 어머니에게 물었다.

"의붓자식들이 집을 못 팔게 해. 공동으로 소유하고 있는 집인데, 자식들이 거기서 휴가를 보내는 걸 좋아하지." 파이크 부인이 오므린 입술을 칵테일 잔 가장자리에 갖다댔다.

"하지만 자식들이 그분을 싫어한다면서요."

"애들이 있을 때는 몇 주 동안 집을 비우지."

"차라리 가지고 있는 집의 소유권을 자식들한테 팔지 그래요?"

"애들은 그것도 싫다 그런다는구나. 유지비와 세금은 엄마가 내길 원하는 거야."

"하지만 공동소유라면서……"

파이크 부인이 방어하듯 손을 올렸다. "브리지게임 하러 갈 때마다 매주 똑같은 얘기를 나눈다. 애들이 아주 마음대로 주무르고 있어. 내 생각에는 본인도 그걸 즐기는 거야. 그러면 윌리엄과 가까이 있는 기분이 드는 건지."

"예리한 분석인데요." 케이가 말했다.

"의외라는 말처럼 들리는구나."

케이가 어머니와 그렇게 길게 대화하는 것을 들은 건 처음이었다. 억지로나마 두 사람은 무척 노력하는 중이었다. 휴가 조용하다는 사실을, 어머니와 누나를 놀리거나 어린 시절 알던 사람들에 대해 우스갯소리를 하고 있지 않다는 사실을 서로에게 숨기려는 것이었다. 그는 창백한 얼굴로 철제 의자에 몸을 파묻고, 자신이 요란하게 굴고 있다는 것조차 의식하지 못한 채 연거푸 거친 숨을 들이쉬었다 내쉬고 있었다. 케이는 그에게 레이븐과의 일을 어머니에게 절대 말하지 말라고 충고했지만, 휴는 그 상황을 티셔츠에 크게 써붙인 듯 명백히 알리고 있었다. 나는 늘 그렇듯 어른들이 내게 관심이 없다는 것을 깨닫고 마음이 조금 놓였다. 공책에 적힌 단어들은 그들에게 아무 의미도 없었다.

아이들은 장미덤불 주위로 서로를 쫓아다니며 파티오 아래 정원에서 놀고 있었다.

"캐러, 연어 좀 맛봐." 파이크 부인이 나에게 크래커 위에 훈제연어와 다진 양파, 케이퍼를 얹은 오르되브르를 하나 만들어주었다. 작은 탑처럼 쌓인 음식을 입으로 조심스레 가져갔다. 맛있었다. 이렇게 자극적인 향이 한꺼번에 밀려들다니.

휴가 빤히 바라보았다. "캐러의 교육이네.* 그러고 보니 성이 뭐지?"

나는 입이 꽉 차서 대답할 수 없었다.

"하이에크." 파이크 부인이 말했다. "그리고 이애는 우리한테 교육받을 필요가 없어. 여기서 일 킬로미터도 안 되는 거리에 사는걸."

"그래요?"

"그럼 어디서 온 줄 알았는데?"

"몰라요. 애싱에 사는 사람치고는 좀 지적으로 보여서요."

"그건 또 무슨 말이니, 휴."

"어휘력이 좋잖아요." 그의 표정은 변화가 없었지만, 옅은 녹색 눈이 나를 똑바로 바라보며 광채를 뿜었다. 지는 해를 마주보고 있어서 눈동자가 작았다.

"그런가." 파이크 부인이 전혀 동의하지 않으며 말했다.

"애들 빠지지 않게 좀 봐줄래, 캐럴?" 케이가 말했다. 아이들이 정원 끝의 분수대로 가고 있었다.

---

* 포러스트 카터의 장편소설 제목 '작은 나무의 교육(The Education of Little Tree)'을 빗대어 한 말. 국내에는 '내 영혼이 따뜻했던 날들'이라는 제목으로 출간되었다.

"찰리가 청소한 지 얼마 안 됐으니 발 정도는 담가도 괜찮다." 파이크 부인이 말했다.

자리를 뜰 수 있어서 안도했다. 내가 양팔을 뻗고 잔디밭을 가로질러 파닥거리며 이리저리 날아다니자 아이들은 자기들을 향해 달려오는 커다란 매를 발견하고는 꽥 소리를 질렀다.

내 뒤에서 휴가 소리 내 웃었다. 나는 아이들을 나의 '새 발톱'으로 움켜쥐고 분수 주변을 빙빙 돌았다. 조심스레 수조 가장자리에 내려놓은 뒤에도 아이들은 계속 깔깔거리며 내게 딱 달라붙어 있었다. 아이들이 배를 내 몸에 통통 튕기는 게 느껴졌다.

"쟤네 부모님이 최근에…… 알지?" 파이크 부인은 절대 '이혼'이라는 단어를 사용하지 않고 항상 빈칸으로 남겼다. 자신의 목소리가 잔디밭 반대편에서도 얼마나 잘 들리는지는 깨닫지 못했다. 그러나 그 말은 사실이 아니었다. 변호사도, 서류도 없었다.

휴가 뭔가 묻자 파이크 부인은 쌀쌀맞게 말했다. "모른다."

케이는 코웃음을 쳤다.

"댄은 금요일에 언제 도착하니?" 파이크 부인이 화제를 돌리려고 케이에게 물었다.

작은 수조 한가운데의 분수대는 새의 물통이었다. 돔 모양으로 퍼져 흐르는 물은 조용히 그 자리에 얼어붙은 것처럼 보였다. 가장자리로 떨어지는 물방울이 없었다면 흐르고 있다는 것조차 몰랐을 것이다. 타원형의 수반은 밝은 청록색으로 칠해져 있었다. 휴의 눈동자와 거의 같은 색이었다.

아이들에게 발을 담가도 된다고 허락하고, 신발과 양말 벗는 것을 도와주었다. 그 물은 수영장 물보다 따뜻했고, 아이들은 곧 발만 담그는 것으로는 만족할 수 없게 되었다.

스티비가 팬티를 내렸다.

"스티븐 파이크 마틴!" 파이크 부인이 외쳤다.

나는 그의 팬티를 다시 추켜올렸다.

"안 돼요, 엄마?" 케이가 파이크 부인에게 물었다.

"분수대에서? 안 된다."

"홀딱 벗어버려, 스티비!"

"휴!"

"제발, 어머니." 휴가 말했다. "애들답게 내버려두세요, 맙소사."

"그놈의 맙소사 소리. 알았다, 알았어. 캐러, 그대로 둬. 아무도 안 보니까."

수조 가장자리가 보기보다 가팔라 스티비는 발을 들여놓자마자 물속으로 미끄러졌다. 나는 신발을 신은 채로 뛰어들어가 아이의 겨드랑이 밑에 손을 집어넣고 끄집어냈다. 가느다란 머리카락에서 물을 뚝뚝 떨어뜨리며, 금방이라도 울 것처럼 정신없이 눈을 깜빡이던 스티비는 우는 대신 웃음을 터뜨렸다. 그것을 본 엘시가 자기도 물에 들어가겠다고 졸랐다. 스티비를 구조하느라 이미 흠뻑 젖은 나는 신발을 벗어던지고 아이들을 무릎에 앉힌 채 가파른 수조 가장자리를 타고 미끄러지듯 물속으로 들어갔다. 내가 받쳐주고 있어서 가라앉을 염려는 없었지만, 물이 턱밑까지 차올라 충분히 스릴을 느낄 수 있었다. 아이들은 비명을 지르며 물장구를 쳤고, 물밑에서 고무 같은 알몸으로 내게 매달리려 애쓰며 좋아서 깍 소리를 질렀다. 나는 아이들과 함께 내 발이 분수대 바닥에 닿을 때까지 몇 미터 더 미끄럼을 타다가 일어나서 다시 한번 경사면 꼭대기로 물을 헤치며 올라갔다.

"누나는 북극곰이야." 스티비가 말했다. "우리는 새끼 북극곰이고, 빙산을 타고 내려오는 거야." 다시 미끄럼을 타고 내려갔다 올라가는 길에 스티비가 말했다. "누나도 옷 벗어야 해." 그가 내 티셔츠를 잡아당겼다.

"안 돼, 난 벗을 수 없어." 내가 말했다. 우리는 그 이후로도 셀 수 없을 만큼 여러 번 분수대에서 미끄럼을 탔다. 햇빛의 각도가 바뀌고 케이가 분수대 옆에 서 있는 모습을 볼 때까지 나는 파이크가 사람들을, 휴를, 레이븐을, 내 공책을 까맣게 잊었다. 케이의 표정은 친절한 데라고는 없이 어딘가 묘했다.

"됐어, 인제 그만. 애들은 나한테 맡기고 가서 옷 갈아입어,

캐럴."

내가 식구들이 모여 앉은 자리를 지나갈 때 휴는 고개를 옆으로 돌리고 엄지와 검지로 눈 안쪽을 지그시 눌렀다. 우는 게 아니고 웃고 있었다.

"아무 말도 마." 그의 어머니가 그에게 말했다.

집안으로 들어서려는데 마침 마거릿이 수건 몇 장을 들고 나오고 있었다. 마거릿은 내게 수건 한 장을 건네주며 뭐라고 했는데 나는 문 앞 계단에 이르러서야 말뜻을 알아챘다. "이걸로 몸을 가려"라고 한 것이었다.

내 방 한구석에 세워진 거울 앞에서 모든 것이 확실해졌다. 내 젖은 옷, 분홍색 탱크톱과 하얀색 반바지는 속이 다 비쳤다. 나는 스티비가 원했던 대로 실은 옷을 다 벗은 것이다. 그러나 거울 속 몸은 일부만 나의 것처럼 보였다. 가슴은 더 봉긋해져 동그란 스콘처럼 부풀어 있었다. 반바지와 팬티 밑에는 까만 삼각형이 있었다. 전혀 알아볼 수 없는 낯선 몸이었다. 마치 오래된 틀로 둘러싸인 거울이 마법을 부린 듯했다. 이 방으로 들어올 때와는 다른 몸으로 만들어버린 것이다.

토머스와 마거릿과 저녁을 먹으러 식료품 저장실로 내려갈 때, 이곳에 가져온 것 중에 제일 어둡고 헐렁한 옷을 입었다. 토머스가 반회전문을 열어도 파이크가 사람들의 눈에 띄지 않도록 식사실 쪽으로 등을 보인 채 식탁 앞에 앉았다. 그날 저녁 케이는 아이들을 위층으로 데려가라고 나를 부르지 않았다. 밥을 먹는 내내 아이들이 수선을 피우는 것이 내 귀에 들려오는데도 불구하고.

파이크 부인이 나를 아침식사 전에 집으로 돌려보낼 거라고 생각했다. 하지만 다음날 아침 부인은 어느 때보다 예의바르고 친절했다. 내게 잘 잤느냐고 묻더니 에그 커터로 반숙 달걀의 윗면을 자르는 법을 보여주기도 했다. 케이가 혼자 있을 시간을 조금 갖도록 점심때 나와 아이들을 해변클럽에 데리고 가겠다고 제안했다. 원하면 미용실을 예약해줄 수도 있다고.
그러나 케이는 아이들을 데이비드의 동물농장이라는 곳으로 데려갈 계획이라고 말했다. 뉴햄프셔를 지나면 바로 있다는데 나는 한 번도 들어본 적이 없는 곳이었다.
"어째서 이렇게 화창한 날에 굳이 그런 데를 가겠다는 거냐?" 파이크 부인이 말했다.
"재미있을 것 같아서요."
"내가 너한테 여가시간을 주고 싶어서 특별히 캐러를 고용한 거잖아."
"고마워요."
"조금이라도 네 나이에 맞는 시간을 보낼 수 있도록 말이다."

"무슨 말씀인지 알아요. 하지만 전 휴가 동안에 아이들 곁에 있고 싶어요."

우리는 잇따른 침묵 속에서 반숙 달걀을 먹었다. 엘시의 그릇에만 달걀이 아닌 시리얼이 담겨 있었다.

휴가 반회전문을 열고 들어오더니 우리를 보고 웃었다.

"달걀 컵이라니!" 우리는 달걀을 8자 모양의 작은 도자기 컵에 놓고 먹고 있었다. 컵은 분홍색 꽃무늬와 금색 테두리가 있는 접시와 한 세트였다. "지금이 대체 몇 년도예요? 1905년?" 그는 은으로 된 에그 커터를 들고 스티비의 코를 공격하는 시늉을 했다.

휴의 냄새를 맡자 지난밤 잠에 들며 머릿속으로 떠올린 이야기가 생각났다. 이야기 속에서 휴는 아무도 사용하지 않는 테니스장이 있는 숲으로 나를 데려가 테니스 치는 법을 가르쳐주었다. 그러고는 내게 키스했다. 사랑스럽고 부드러운 키스였다. 텔레비전에 나오는, 두 사람이 사탕 한 조각을 동시에 서로 먹겠다고 달려드는 것 같은 그런 키스가 아니었다. 내 앞에 있는 휴보다도 머릿속의 그 이야기가 속을 메스껍게 해서 더이상 달걀을 한 숟가락도 먹을 수 없었다.

휴는 우리와 농장에 가고 싶어했다. 그의 어머니는 안 된다고, 자신을 도와 가구를 손봐줘야 한다고 했다. 그는 어떤 가구를 말하는 것인지, 왜 찰리가 대신 도와주면 안 되는지 캐물었고, 파이크 부인은 응수할 준비가 되어 있지 않았다. 부인은 갑자기 방에서 나가버렸다.

그가 내게로 몸을 숙이자 그의 체취가 더욱 강해졌다. "엄마는 네가 날 시험에 들게 할 거라고 생각하나보다."

"그만둬, 휴." 케이가 말했다. "맙소사. 캐럴, 우리 엄마 그렇게 생각 안 해." 케이는 엘시에게 시리얼을 더 부어주었다. "시험에 들게 하다니." 그 말을 하고 케이는 십 초쯤 숨을 멈추었다가 웃음을 터뜨렸다. 휴가 함께 웃었고 잠시 그들의 목에서 흘러나오는 킥킥 소리 말고는 아무것도 들리지 않았다.

데이비드의 동물농장은 농장이 아니었다. 그곳은 동물애호가들을 위한 놀이공원에 가까웠다. 우선 풍선껌 기계 같은 사료 자판기용 토큰을 산다. 그리고 사료가 손바닥에 쏟아지면 곁으로 달려온 새끼 염소와 양들에게 손을 펼쳐 알갱이를 야금야금 먹어치우는 크고 까만 입술의 감촉을 느껴보는 것이다. 휴는 한 자판기 옆에 쪼그려앉아 한쪽 무릎에는 스티비를 다른 쪽에는 엘시를 앉혀놓고 끝없이 사료를 부어주었다. 그들은 곧 염소떼에 둘러싸였다. 휴는 사료를 귀와 코에 집어넣기 시작했고 염소들이 고무 같은 입술을 그의 얼굴에 대고 마구 비볐다. 스티비와 엘시는 미친듯이 낄낄거렸다. 결국 농장의 로고가 들어간 티셔츠를 입은 직원이 와서 그에게 그만두라고 말했다. 농장에서는 가장 어린 염소들에게 먹일 젖병에 든 우유도 팔았다. 우리는 아이들을 위해 젖병을 샀고, 나는 엘시와 바닥에 앉아 까만 얼룩무늬가 있는 작은 염소가 우유를 빨아먹는 동안 함께 젖병을 들고 있었다. 휴가 새끼 염소 옆에 얼굴을 내밀었다. "나도 새끼 염소가 되고 싶어. 나도 먹여줘!"

그러나 집으로 오는 동안 그는 조용했다. 케이가 그에게 말을 시키려 했지만 돌아오는 건 한두 마디의 대답이 고작이었다. 나와 함께 뒷좌석에 앉은 스티비와 엘시는 노래를 부르고 싶어했고, 노래를 부르는 동안 그 너머로 케이의 말소리가 들렸다. "너 이럴 때 무서워, 휴."

우리는 내가 사는 아파트를 지나고 마을을 벗어나 위도우스 포인트를 향해 좁은 길목을 따라갔다.

"왜 여기에 이런 거지 소굴을 만들어놓은 거지?" 휴가 말했다. "멋진 길에 흉측한 집들이라니. 유감이네."

우리 앞쪽의 거지 소굴 중 하나는 아빠의 집이었다. 노란 셔츠를 입은 여자가 아빠의 화단을 굽어보고 있었다. 우리 엄마. 내 가슴속에서 낯선 속삭임이 들려왔다.

집으로 가! 나는 창밖의 엄마를 향해 외치고 싶었다. 그 집 꽃들은 다 죽게 내버려둬! 중독치료, 그룹치료, 지저분한 리놀륨 바닥, 그 모든 사과의 말과 의미 없는 눈물을 우리는 너무도 많이 반복했다.

  아이들이 낮잠을 자기 전에 다 같이 수영을 했다. 날은 점점 더 뜨거워졌다. 이번주 들어 제일 더운 날이었다. 파이크 부인도 수영복을 입고 합류했다. 파란 핏줄이 도드라져 보이긴 했지만 부인의 다리는 튼튼했고 놀랄 만큼 근육질이었다.
  휴 역시 이를 알아챘다. "백만장자 어머니, 그 유명한 리처드 시먼스* 수업에 돈을 갖다 바칠 만한데요."
  나는 웃었지만, 부인은 그가 무슨 말을 하는지 알지 못했다.
  그가 나를 보았다. 우리는 얕은 물 속에 있었다. 스티비가 팔에 튜브를 끼고 우리 사이를 오가며 헤엄쳤다. 날 웃겨주려고 한 농담이구나, 하고 깨달았다. 나는 수면 위를 스치듯 양팔을 흔들고 있었고 그는 나를 흉내냈다. 그의 관심이 나에게 집중돼 있음을 알았지만 어떻게 해야 할지 확신이 서지 않았다. 내가 아는 한 그 어떤 남자도 내게 관심을 보인 적이 없었다.
  "캐럴, 가방에 있던 엘시 기저귀를 다 썼는데 가서 좀더 가져다줄래?" 케이가 말했다.
  "물론이죠." 나는 수영장에서 나왔다.
  "저 아이 어디 가니?" 파티오 문을 열 때 일광욕 의자에서

---

* Richard Simmons(1948~2024). 미국의 유명 피트니스 강사.

파이크 부인의 말소리가 들렸다.

"누가 알겠어요, 어머니." 그는 내가 들을 수 있도록 큰 소리로 말했다. "하지만 저는 완벽하고 생생하게 이해할 수 있어요."

나는 재빨리 잔디밭을 가로질러갔다. 집으로 들어가기 전에 파티오에서 가능한 한 말끔히 몸을 말리고, 기저귀 교환대와 그 아래 커다란 기저귀 가방이 있는 이층의 욕실로 올라가서, 볼일을 보기 위해 문을 닫았다. 수영복이 여전히 젖어 있어 벗을 때 힘들었고, 다시 입을 때는 더 힘이 들었다. 변기 물을 내리고 기저귀 두 개를 집은 다음 문을 열었다. 휴가 거기 있었다. 문틀 양옆에 손을 댄 채.

"그냥 네가 기저귀 잘 챙겼나 보려고."

"여기."

우리는 서로를 바라보았다. 그가 비스듬히 흘러내린 내 수영복 한쪽 끈을 올려주었다. "비뚤게 입었네. 서두르다가."

"저 기저귀 가지고 내려가야 해요."

"그래야지." 그는 조금 더 가까이 다가섰다. 이전의 어떤 남자보다 더 가까이. "그전에 잠깐만 여기 들어가자. 몇 분 동안만." 그는 내 손을 잡고 나를 욕실 안으로 밀어넣은 다음 문을 닫고 작은 금속 고리를 내렸다.

"그러니까, 너 말야." 그가 말했다. 모든 게 밤에 내가 쓴 이야기들 중 하나 같았다. 그 이야기가 실제로 일어나고 있었다.

"네가 문제야. 엄마가 말한 것처럼 나도 네가 날 시험에 들게 할 것 같아." 그가 내게로 더 가까이 다가왔다. "안 그래?"

나는 어떻게 반응해야 할지 몰랐다.

그러나 그는 대답을 기다리지 않았다. 초점을 잃은 듯한 그의 모습에 아빠가 떠올랐다. 그는 거칠게 숨을 쉬었다. 마거릿이 점심으로 만들어준 햄샌드위치에 들어간 마요네즈 냄새가 났다. 그의 손가락이 다시 수영복 끈 아래로 미끄러져들어오더니 이번에는 그 끈을 팽팽히 당겨 어깨에서 끌어내렸다. 그는 내가 항상 생각했던 순서대로 키스하기 전에 몸을 기대오지 않았다. 가까이서 보니 그의 수염은 듬성듬성했다. 불그스름한 짧은 수염들 사이가 너무 휑했다.

그는 기저귀 교환대 쪽으로 나를 밀었다. 한 손은 내 오른쪽 가슴을 주무르기 시작했고 다른 손은 내 수영복 아래쪽을 파고들려 했다. 수영복은 몸에 꼭 끼었다. 작년에 산 것이었다. 작은 동전 지갑에서 동전을 찾듯 이리저리 뒤지는 그의 손가락이 느껴졌다.

"네가 원하는 게 이거라는 거 알아." 그가 내 귀에 대고 낯선 목소리로 말했다. "내가 해줄 수 있어."

그가 내 양쪽 가슴과 아래쪽을 더 세게 문지르기 시작했다. "넌 날 좋아해. 내가 다 읽었어. 전부 다. 네가 원하는 대로 내가 해줄 수 있어."

그는 계속 내 몸을 만졌다. 그가 무슨 말을 하는지 알았다. 나는 자위 경험이 없었지만, 지나가 말해주었다. 나는 남자친구가 생길 때까지 기다리고 싶었다. 처음 느낄 때 내 침실에 혼자가 아니라 누군가와 함께 있고 싶었고 그게 특별한 경험이기를 바랐다. 특별하지 않을 수 있다는 것도 알았다. 하지만 내가 좋아하는 누군가와도 특별하지 않을 수 있다는 것은 알지 못했다. 이건 특별하지 않았다. 마치 휴가 내 수영복 안에서 설거지라도 하는 것 같았다.

그의 얼굴이 땀으로 흥건했다. "나는 다른 사람에게 기쁨을 주는 것도 잘해, 받기만 하는 게 아니고." 그는 창으로 고개를 돌리고 있었다. 마치 잔디밭의 다른 사람들에게 말을 하는 듯했다. "나는 다른 사람들을 중요하게 생각해. 다른 사람들에게 진심이야. 캐러. 너한테도 진심이고." 그의 손가락 하나가 내 수영복 안에서 깊은 곳을 찔렀다.

아팠다. 정말 아팠다. 나는 그에게 손을 뻗었지만, 그는 계속 문지르고 찔렀다. "아파요." 내가 말했다.

그는 입을 내 귀에 대고 눌렀다. "처음에는 아프지만 나중에는 진짜, 진짜 좋은 느낌이야." 그가 말했다.

그러나 아픔을 넘어 화끈거릴 지경이었다. "이건 정말 너무 바보 같아." 나는 우리 엄마가 싫어하는 목소리로 말했다. 요즘에 자주 쓰는 말투였다. 바로 그것 때문에 엄마가 나를 파이크 부인에게 보낸 것일지도 몰랐다. 내 목소리가 창피했다. 그의 손을 떼어내려고 했지만, 그는 더욱더 세게 나를 기저귀 교환대 쪽으로 밀어붙였다. 그의 어깨가 내 턱을 누르고 있었다. 나는 입을 조금 벌려 세게 물었다.

그가 움찔했다. "맙소사."

너는 내가 이해 못하는 괴물이 되어가고 있어, 엄마는 가끔 내게 말했다.

그가 잠시 물러나 나를 빤히 바라보더니 미소를 지으며 다시 다가왔다. 하지만 이번에는 팔을 뻗을 공간이 충분했으므로 그를 밀어낼 수 있었다. 이상한 것은 휴의 몸이 너무도 쉽게 쓰러졌다는 것이다. 그는 욕조 가장자리 쪽으로 넘어졌고 그의 머리가 타일 벽에 부딪히자 완벽한 탁 소리가 났다. 〈이 작은 세상〉의 캐스터네츠 소리처럼. 그가 눈을 뜨지 않는 것이 걱정되었다. 나는 기저귀를 주워 들고 문을 열었다.

토머스나 마거릿에게 말하거나 작은 방에 있는 전화기로 911에 전화해야 한다는 건 알고 있었다. 하지만 그러는 대신 밖의 수영장으로 갔다. 파이크 부인이나 케이에게 할 말은 생각해두지 않았다. 하지만 감옥에서 지나에게 보내는 편지에 쓸 말들이 떠올랐다. 어떻게 지나에게 자초지종을 설명할 것인지, 계단 위에서 슬쩍 밀기만 해도 혼자서 아래로 내려가는 용수철 장난감처럼 그가 쉽게 쓰러진 것에 대해. 감옥에 갈 때는 잊지 말고 공책을 가져가야 했다.

"음, 기저귀가 캘리포니아 어디쯤에 있던 거니." 파이크 부인이 말했다.

케이는 푹 잠이 든 엘시를 가슴에 안고 졸고 있었다. 조는 척하고 있는 것일지도 몰랐지만.

나는 마음속으로는 많은 이야기를 하고 있었지만, 입 밖으로 나오지는 않았다.

"이것 봐 캐러, 이것 봐! 나를 봐!" 스티비가 수영장에서 외쳤다. "이거 다 나 혼자 할 수 있어!" 그는 팔다리를 사방으로 움직이며 팔에 끼운 팽팽한 튜브 사이로 고개를 내밀고 긴장한 듯 입을 꼭 다문 채 천천히 수영장 한끝에서 다른 끝으로 헤엄쳤다.

"잘했어."

"목소리 왜 이상해?"

"아무것도 아니야."

"누나가 나랑 같이 가면 나 저기까지 쭉 수영할 거야." 스티비가 수심이 깊은 쪽 끝을 가리키며 말했다. "누나가 내 늑대 상어 해주면 돼."

"늑대 상어? 무섭겠다."

"꼭 그런 건 아냐."

인제 와서 갑자기 내가 휴를 공격했다거나 그가 의식을 잃고 쓰러져 있다고 말하는 건 이상할 것 같았다.

"봐!" 스티비가 물위에 등을 대고 누웠다가 몸을 뒤집어 고개를 물속에 집어넣었다가 다시 돌아누웠다. 한 주 전만 해도 스티비는 혼자 수영장에 들어가는 것도 무서워했었다. 그랬던 아이가 지금은 재주를 부리고 있었다.

"파이크 부인." 나는 말을 꺼냈다. 내 목소리는 여전히 이상했다. 그러나 파이크 부인의 등뒤로 저편에 있던 무언가가 내 시선을 붙들었다. 잔디밭 너머 저택의 맨 꼭대기, 두 개의 탑 사이에 조그만 망루가 있었다. 휴가 그곳 난간에 기대어 바다를 내다보고 있었다. 그는 여전히 수영복 차림이었고 드러난 어깨에는 흰 붕대가 네모나게 감겨 있었다.

"뭐 할말 있니, 캐러?"

"아뇨. 그냥…… 저한테 그 오리발 좀 주실래요?"

파이크 부인은 그것을 집으려 몸을 굽혀야 했다.

"늑대 상어는 지느러미가 필요하거든요." 나는 말하고 오리발을 신었다.

나는 괴성을 지르며 수영장 가장자리로 뛰어들었다. 물속에 가라앉기 직전에 스티비가 나를 응원하는 소리가 들렸다. 늑대 상어가 정말 존재하는지는 모른다. 네 살 반인 스티비는 나보다 자연에 대해 훨씬 많은 걸 알고 있었다. 하지만 나는 늑대 상어가 존재하기를 원했다. 그런 것이 있기를 원했다.

어느 겨울 다섯 번의 화요일

미첼의 열두 살짜리 딸은 그가 책만 사랑하고 손님은 싫어한다며 비난했다. 그는 손님을 싫어하지 않았다. 그저 수다를 떠는 것이나 매우 명료하게 분류되어 있는 서가로 안내하는 것을 좋아하지 않을 뿐이었다(안내판도 읽을 줄 모르면 책은 뭐하러 사나?). 손님들은 뒤따라오며 책이 제목순으로 진열되어 있지 않다고 불평했다. 그는 문지기가 있었으면 했다. 사람들을 문 앞에서 돌려보내거나 너무 멍청하게 굴면 조용히 내쫓아버리는, 목이 굵은 남자.

 그의 딸은 손님들을 사랑했다. 토요일마다 계산대 뒤에 앉아 좁쌀만하고 판독이 불가능한 미첼의 손 글씨를 흉내내 영수증을 쓰고 주인장처럼 손님들과 수다를 떨었다. 사춘기에 접어든 메인주의 소녀치고는 키도 너무 크고 너무 똑똑했다. 딸아이는 그를 불안하게 했다. 얼마 전에는 '과묵하다'라는 단어를 배워 줄곧 그에게 사용했다.

"지금껏 만난 사람 중에 우리 아빠가 제일 과묵하지 않아요?" 딸아이가 서점의 유일한 직원인 케이트에게 물었다.

"꼭 그렇지는 않은 것 같은데." 케이트가 고개를 숙인 채 가격표를 붙이며 말했다.

"하지만 아빠는―"

"그만하면 됐다, 폴라." 그가 말했다. 그랬더니 갑작스레 볼이 달아올랐고, 그는 놀라 뒤편의 창고로 피했다.

미첼은 귀가 밝아서, 문을 닫기 직전 등뒤로 케이트가 딸에게 조용히 충고하는 소리를 들을 수 있었다. "없는 사람 취급당하며 지적받는 걸 좋아하는 사람은 없을 것 같아."

그는 삼 개월 전에 케이트를 고용했다. 케이트는 링컨이라는 남자를 위해 얼마 전 샌프란시스코에서 포틀랜드로 이사왔다. 베이사이드의 작은 아파트에서 그 남자와 살았다. 자동응답기에서 흘러나오는 링컨의 목소리는 들떠 있고 기대감으로 가득했다. 마치 삐 소리 후에는 늘 좋은 소식만을 기대한다는 듯. 화려한 이력서와는 달리 책에 대한 케이트의 상식은 의외로 부족했다. 『레오파드』나 『고 비트윈』도 읽어보지 않았다. 심지어 마샤두 드 아시스라는 이름조차 들어본 적이 없었다.

한번은 손님이 세스티나가 몇 연으로 이루어졌냐고 묻는 것을 우연히 들은 적이 있는데, 케이트는 그 답을 모르고 있었다. 책을 많이 읽었지만(일주일에 열몇 권의 책을 빌려가고 도로 가져왔다) 철자법은 허술했다. 중복된 책 목록에 J. Austin 그리고 F. Dostoyevski라고 썼다.* 영업 마감 후 주문 총액 기록지와 신용카드 영수증을 겹쳐 스테이플러로 찍어둘 때 가장자리를 항상 가지런히 정돈하지도 않았다. 샤프펜슬의 심이 떨어져도 그냥 두었다. 입술은 가늘고 이따금 건조했다. 깊이 생각에 빠졌을 때 입술을 뜯는 버릇이 있었고, 그는 그 입술에 키스하고 싶었다.

케이트에게 키스하고 싶은 것은 폴라의 대학 학자금을 위해 더 많은 돈을 저축하고 싶은 것이나 우편 주문에 사용할 정확한 디지털 저울을 갖고 싶은 것과 별다르지 않았다. 지속적이고, 귀찮고, 쓸모없는 욕망이었다. 폴라의 엄마가 떠난 후 그는 두 번 데이트를 했다. 첫 만남은 오 년도 더 전에 친구의 친구가 주선한 것이었다. 이탈리아 식당에 가서 스파게티 알라 푸타네스카를 먹었다. 여자는 갑각류 알레르기가 있다며 케이퍼를 일일이 골라내 그릇 가장자리에 올려놓았다. 그러고서는 그의 아내가 떠난 일에 대해 듣고 싶어했다. 그의 대학 친구인

---

* J. Austen, F. Dostoevsky가 올바른 표기다.

브래드가 오스트레일리아에서 놀러와 이 주 후에 살아 있는 가재 한 박스와 미첼의 아내를 데리고 떠난 사연은 여자를 흥분시킨 듯했다. 그는 그녀와 다시 만나지 않았고 그렇게 만남을 주선한 친구마저 잃었다. 다행히 다른 친구들은 그를 내버려두었다.

아내가 떠났을 때, 그는 그다지 크게 충격받지는 않았다. 사람들은 사라졌다. 살아오는 내내 그랬다. 그가 여섯 살 때는 어머니가, 구 년 후에는 아버지가 돌아가셨다. 어릴 때 단짝 친구인 에런은 등에 혹이 생겼고—해변에서 그걸 처음으로 발견한 게 미첼이었다—노동절에 숨을 거뒀다. 가장 좋아하는 단골이었던 화이트 부인마저도 서점 문을 열고 몇 년 지나지 않아 죽었다.

미첼은 창고의 하나뿐인 창가에 서서 유유히 항구를 날아다니는 세 마리의 갈매기를 내다보았다. 매트리스만한 두꺼운 빙판이 조류에 의해 해변으로 떠밀려와 있었다. 더 멀리, 빙판 너머로 보이는 바닷물은 선명하고 푸른 여름의 빛으로 반짝였다. 이런 한파에는 모든 것이 어지럽게 보였다. 하늘의 갈매기들조차 길을 잃은 것 같았다.

그날 늦은 오후에 폴라가 말했다. "케이트가 스페인어를 할 줄 알아요." 책을 정돈하던 케이트가 이의를 제기하려 했으나 폴라가 선수를 쳤다. "그렇다니까요. 아빠 알고 있었어요?"

"뭐, 그렇지." 그는 한 대학생이 가져온 곰팡이가 핀 상자 위로 몸을 구부렸다. 책은 필기나 밑줄 없이 상태가 양호했지만, 속지 위아래와 옆면에 빠짐없이 털이 부숭부숭한 고환이 잉크로 그려져 있었다.

"이게 남학생클럽에서 쓰는 제 아이콘이라서요." 대학생이 말했다. "그건······"

"뭔지 알아요." 미첼의 말투는 평소보다도 더 쌀쌀했다.

폴라가 미첼을 노려보았다. 딸은 그가 손님들을 좀더 너그럽게 대하도록 가르치려 애쓰고 있었다. 키가 커지고 '과묵하다' 같은 단어를 배우고 그의 결함을 발견한 이후로 딸이 벌여온 캠페인이었다.

남학생클럽 대학생이 가고 나서 폴라가 말했다. "생각해봤는데요. 케이트가 저한테 스페인어로 대화하는 법을 가르쳐줄 수 있을 것 같아요."

케이트가 마치 손님인 듯 계산대로 다가왔다. "난 선생님이 아니야. 그냥 페루에서 몇 년 산 게 다인걸."

"유창하게 말할 수 있어요?"

케이트의 표정에서 그는 자신의 질문이 딱딱하게 들렸음을 읽었다. "페루를 떠날 때쯤에는 내가 원하는 건 어느 정도 다 말할 수 있었어요. 하지만 그것도 벌써 육 년이나 됐어요."

그러니까 아내가 미첼을 떠났을 무렵에 케이트는 페루에 살고 있었다. 케이트가 그곳에서 행복했기를 바라는 마음이 불편하리만큼 강하게 솟아올랐다. 그와 딸의 삶이 바닥을 쳤던 만큼, 케이트는 오히려 행복을 누리고 살았기를. 그런 생각에 사로잡혀, 무슨 이유에선지는 잊었지만, 그는 인류학 코너로 갔다.

폴라가 거기서 멍하니 책등을 바라보고 있는 그를 찾아왔다. "케이트가 화요일 저녁마다 올 수 있대요. 그래도 돼요?"

"그렇게 하는 게 도움이 될 것 같다면."

"말했잖아요, 가메로 선생님은 말하기 연습을 할 기회를 주지 않는다고요."

그는 결코 그런 말을 들은 적이 없었지만, 아무 말 하지 않았다.

케이트는 항상 색이 바래고 늘어진 티셔츠와 무릎이 찢어진 청바지를 입고 서점에 출근했다. 중고 서점에서 일한다고 중고 의류를 입을 필요는 없다고 놀리고 싶어서 입이 근질거릴 때가 여러 번 있었다. 그러나 그랬다가는 케이트도 그가 지급하는 쥐꼬리만한 보수를 가지고 맞받아칠 수 있었으므로 잠자코 있었다. 하지만 첫 스페인어 수업에 케이트는 크랜베리색 울팬츠를 입고 문 앞에 나타났다. 화요일은 케이트가 쉬는 날이었다. 시내에서 링컨과 점심 데이트를 하고 왔을지도 몰랐다. 최악의 경우, 다른 직장에서 면접을 보고 왔을 수도 있다. 답을 알아내는 건 어렵지 않을 것이었다. 케이트는 칭찬을 받아들일 줄 모르는 사람이었다. 예뻐 보인다고 하면 고맙다는 말 대신 이유를 설명해줄 것이다. 하지만 그는 칭찬할 줄 모르는 사람이기에 인사만 건네고 집안으로 안내했다.

폴라가 방에서부터 환호성을 지르며 튀어나와 케이트를 복도 안쪽으로 끌고 갔다. 문이 찰칵 닫히고 나서 삼십 분 동안은 스페인어 비슷한 소리는커녕 웃음소리만 들려왔다.

저녁식사 전까지 몇 가지 서류를 처리할 계획이었으나 막상 책상 앞에 앉자 케이트의 이력서를 서랍에서 꺼내들고 있었다. 68년 2월 14일생. 제대로 기억하고 있었다. 케이트는 삼십대 후반이었고, 폴라의 엄마뻘이었다. 그런데 어쩌자고 저기서 열두 살 아이처럼 킥킥거리고 있나? 케이트의 생일이 다가오고 있었다. 다름 아닌 밸런타인데이가. 어쩌면 그전에 케이트가 일을 그만둘지도 모른다. 어쩌면 선물을 기대하고 있을 수도 있고, 그도 작은 선물을 하고 싶어질 수도 있지만, 그러다 케이트의 오해를 살 수도 있다. 아니면 링컨이 오해하거나.

달아오른 얼굴에 젖은 눈으로 둘은 폴라의 침실에서 나왔다. 그는 재빨리 서류를 파일 안에 감췄다.

"Entonces, nos vemos el sábado, ¿no?"* 케이트가 말했

다.

"¿Sábado? Sí."**

그들은 그를 본척만척 책상을 지나쳐 갔다.

"Bueno. Hasta luego, Paula."*** 케이트는 딸의 이름에 반 음절을 덧붙였다.

"Adiós, Caterina."****

그들은 파리지앵처럼 서로 양쪽 뺨에 번갈아 입을 맞췄다.

그는 의자에 앉은 채로 손을 흔들었다. 투박한 영어로 흐름을 깨고 싶지 않아서였다.

다음 화요일에 다시 그들의 집에 왔을 때 케이트는 코트 주머니에서 쪽지 한 장(나중에 보니 통장 잔액이 57달러 37센트라고 찍혀 있는 은행 명세표였다)을 꺼내 새 전화번호를 적어주었다. 서점 근처로 이사할 예정이라고 했다.

"링컨이랑요?" 폴라가 물었다. 이번만큼은 미첼도 그토록 호기심이 많은 딸이 고마웠다.

"아니." 케이트가 말했다. 뭔가 더 말하고픈 눈치였지만 이

---

* '그럼, 토요일에 볼까요?'라는 뜻의 스페인어.
** '토요일이요? 알겠습니다.'
*** '좋아요. 또 봐요, 파울라.'
**** '안녕히, 카테리나.'

내 입을 다물었다.

"왜요? 치아가 진짜 완벽하던데요."

폴라가 미첼의 의아한 표정을 보고 말했다. "케이트가 사진을 보여줬어요."

케이트가 가고 한참 뒤에, 책을 읽다가 저녁을 준비하려고 일어났을 때야 그는 자신이 여전히 구겨진 쪽지를 손에 쥐고 있음을 깨달았다.

아내가 집을 떠난 후 미첼이 두번째이자 마지막으로 만났던 데이트 상대는 그의 서점 옆에 있는 보험회사에 다니는 여자였다. 그녀는 이따금 일이 끝나면 서점에 들렀는데, 말이 너무 많은데다 어느 서가에서든 대형 사진집이 아니면 보지 않았다. 그래도 그녀가 같이 영화를 보러 가겠느냐고 물었을 때 그는 그러자고 했다. 코미디를 보러 갔지만 웃긴 얘기가 나오기 직전마다 그녀가 그에게 귓속말을 해서 관객들이 모두 웃고 있을 때 그들 둘만 웃지 않았다. 그는 극도로 불만족스러운 상태로 극장을 나왔다. 농담을 놓쳤다고 해서 느낄 법한 불만 그 이상이었다. 정신이 나간 듯, 자신이 낱낱이 분해된 기분이었다. 그리고 그것이 항상 느껴왔던 감정을 살짝 확대한 것에 불과하다는 것을 깨달았다. 쇼핑가 주차장에 세워둔 자동차로 돌아가 떠나버리고 싶은 마음뿐이었다. 그러나 그녀는 전혀 다른 분위기에 취해 있었다. 거의 빙글빙글 춤을 추듯 거리를 걸었고 표나게 그에게 몸을 부딪히며 커피 한잔하겠느냐고 물었다. 그는 핑계조차 대지 않고 바로 거절했다.

다음날 그가 창고에서 배달된 재고품 상자를 막 열고 있을 때 난방 통풍구 너머로 그녀의 목소리가 들려왔다. 친구와 통화중이었다. "아니." 그녀가 말했다. "나쁘지 않았어. 사실 꽤 재밌었어…… 맞아, 그 사람이 그런 면이 있긴 해, 그런데 난 그 점이 맘에 드는……" 침묵 뒤에 킬킬대는 웃음소리가 한참 이어졌다. "그래…… 좋아, 자세한 것이라, 글쎄…… 하이라이트? 맙소사. 뭐지……" 미첼은 반쯤 풀다 만 상자를 둔 채 매장으로 돌아갔다. 그날 그는 마감시간까지 서점에 남아 있지 않고 다섯시 십오 분 전에 먼저 퇴근했다. 그 주 내내, 당시 일하고 있던 케이트의 전임이 치과 예약이 있어 대신 자리를 지켜야 할 때까지 그렇게 했다. 여자는 서점에 오지 않았다. 그리고 그뒤로도 다시는 오지 않았다. 한번은 길을 건너다 그녀를 보았고 또 한번은 길모퉁이에 있는 웨스티 카페의 대기 줄에서 그녀가 그의 뒤에 서 있기도 했지만, 그들은 서로에게 말을 건네지 않았다. 그녀가 더이상 눈에 띄지 않게 된 것이 언제였는지, 언제 보험회사를 그만뒀는지, 일 년여 전인지, 아니면 이 년 전이었는지는 알지 못했다.

케이트가 계산대에 있을 때 그는 뒤편 사무실에서 케이트의 새로운 자동응답 메시지를 들었다. "안녕하세요. 지금은 부재중입니다. 재밌는 얘기를 남겨주시면, 다시 전화드리겠습니다." 그러나 재밌는 얘기를 기대하는 목소리는 아니었다. 이유도 없이 메인주에 갇혀버린 사람의 목소리였다. 그는 삐 소리가 나기 전에 전화를 끊었다.

케이트에 대한 새로운 사실들을 알게 되는 날은 화요일과 토요일이 유일했다. 폴라가 없는 일주일의 나머지 날들은 흐트러짐 없이 전문가다운 관계를 유지하며 함께 일했다. 케이트를 고용한 첫 주부터 줄곧 그래온 대로. 그녀가 결코 그의 집 거실에 들어와본 적도, 그의 딸과 스페인어 수업을 하며 킬킬거린 적도 없는 것 같았다. 그는 저녁이면 종종 폴라가 케이트의 이름을 꺼내기를, 그가 모르는 뭔가를 알려주기를 바랐지만, 그런 일은 없었다. 대신 폴라는 선생님들, 친구들, 조별 과제나 가고 싶은 콘서트에 대해 이야기했다. 역사시간에 워터게이트 사건을 배우고 있는데, 아는 것이 있느냐고 그에게 물었다. 그 사건의 청문회가 열리던 여름 그의 친구 에런이 워싱턴에서 인턴으로 일하고 있었다. 미첼이 아직 척추의 혹을 발견하지 못했던 때였다. 그와 에런은 자주 통화를 했다. 가끔은 새벽 두세시까지, 탄핵이 불러올 결과에 대해 열띤 대화를 나눴다. 그리고 그 무더웠던 8월에는 퇴진에 대해서도 이야기했다. 폴라는 미첼의 눈으로 본 사건을 알고 싶어했지만, 그가 지금 워터게이트에 대해 기억하는 것은 원룸 기숙사에서 보낸 열아홉 살 때의 느낌과 이미 오래전에 침묵 속으로 가라앉은, 에런의 하이에나 같은 웃음소리뿐이었다.

마침내 그가 사건의 발단부터 설명하기 시작했을 때 폴라는 이미 다 알고 있는 사실이라고 말했다. 그것으로 한 시대의 막이 내렸다고, 정부가 명백히 국민에 대한 신뢰를 저버린 사례였다고 하자 선생님도 그렇게 설명했다고 했다. 그래서 그는 자기 원룸에 대해, 그리고 에런의 웃음소리 때문에 귀청이 떨어질 뻔한 일에 대해 들려주었고 폴라는 이유는 알 수 없지만 만족해했다.

세번째 화요일, 케이트가 집으로 돌아가려고 하던 참에 전화가 울렸다. 폴라는 서둘러 전화기로 달려갔다. 물론 폴라를 찾는 전화였으므로, 미첼이 혼자 케이트를 현관까지 배웅했다. 케이트는 또다시 옷을 잘 차려입고 왔다. 그녀는 상아색 블라우스가 구겨지지 않도록 조심스레 코트를 걸쳐 입었다. 케이트의 머리카락은 가는 직모였는데 아마 그것이 평생 불만이었을 테지만(폴라는 항상 자기 머리가 불만이었다) 깔끔했고 윤이 나고 부드러워 보였다. 그는 이번에도 예뻐 보인다고 말하고 싶었지만 대신 수업시간을 잘 기록해줬으면 한다고 했다. 케이트는 고개를 끄덕이며 그러고 있으니 매번 당부할 필요는 없다고 말했다. 그는 당황스러웠다. 마치 그 말이 머릿속에 기본으로 설정되어 있는 것처럼 케이트에게 무슨 말을 하고 싶을 때면 입에서 저절로 수업시간을 기록하라는 말이 흘러나왔다.

그는 케이트가 자동차로 걸어가는 모습을 보았다. 수업을 하는 동안 내린 눈이 차에 가볍게 쌓여 있었다. 케이트가 모든 창을 털어낼지, 아니면 앞뒤 창을 덮은 눈만 털어낼지 궁금했다. 그녀는 아무것도 하지 않았다. 그냥 차에 올라타 와이퍼를 켜고, 미첼이 보란듯이 서 있는 창가 쪽은 눈길조차 주지 않은 채 출발했다.

"케이트, 데이트한대요." 폴라가 말했다. 이제 막 모퉁이를 돌아 사라지는 자동차를 바라보는 모습을 폴라에게 들킨 것이다.

"링컨이랑?" 그가 희망을 가지며 물었다. 새로운 상대보다는 오래된 적수가 나은 법이었다.

"그 사람이랑은 끝났어요. 가게에서 만난 어떤 남자인가봐요."
"서점에서?"
"그냥 tienda*라고만 했는데, 내 생각에는 그래요."

---

* '가게'라는 뜻의 스페인어.

"그걸 너한테 스페인어로 말했단 거야?"

"그러려고 여기 오는 거잖아요."

"Sí."* 미첼이 어색하게 스페인어를 시도했다.

다음날 그는 케이트에게 매년 4월이면 열리는 할인판매를 광고하기 위해 엽서에 주소를 붙이기 시작해야 한다고 했다.

"저는 괜찮지만, 오늘이 2월 첫날인 건 알고 계시죠?"

그는 다가오는 케이트의 생일과 밸런타인데이로 고심하던 걸 떠올리며 말했다. "엽서를 천 장도 넘게 보낼 거니까 지금부터 시작해야 해요."

그는 케이트를 뒤편 사무실에 앉혀두고 몇 안 되는 손님들을 직접 상대했다.

"도움 필요하면 부르세요." 그가 문을 닫고 돌아서기 전에 케이트가 말했다.

"그럴게요." 그러나 그는 손님이 열 명 넘게 와서 기다리더라도 그러지 않을 작정이었다.

두시쯤 짙은 초록색 파카를 입은 젊은 남자가 계산대에 나타났다. 미첼은 그 남자가 케이트를 찾을 것이라 확신했고, 실제로 그랬을 때 지금 그녀는 바쁘다고 설명했다. 케이트가 서점의 어디에서 바쁘게 일하고 있는지 무심코 가리키지 않도록

---

* '그래.'

조심했다. 남자는 아무렇지도 않은 듯 예술 코너가 어디냐고 묻더니 천천히 그쪽으로 향했다. 신간이 진열된 탁자 앞에 잠시 멈췄다가 계속해서 시, 신화학과 심리학을 지나 예술 코너에 도착했다. 책꽂이에서 책을 꺼내 본 후에는 미첼이 원하는 대로 다른 책들의 책등과 책꽂이의 모서리와 각을 맞춰 정확히 제자리에 돌려놓았다. 하지만 자세가 나쁘고 머리가 부스스했다. 케이트가 시계를 보며 사무실에서 나오고 있었다. 나오지 못하게 막고 싶었지만, 어떻게 해야 할지 몰랐다. 그녀는 남자를 찾을 때까지 서가 사이를 전부 둘러보았다.

"왔어요?" 미첼은 그녀의 목소리를 들었다.

"잘 지냈어요?"

"조금 정신이 없네요." 케이트가 지난 다섯 시간 동안 주소를 쓰던 손을 주무르며 말했다. 그녀의 지인은 이유를 묻지 않았고, 미첼은 자신과 케이트 단둘이서만 그 이유를 안다는 것이 기뻤다. "가요." 케이트가 말했다. 미첼의 기분은 곤두박질쳤다.

일찍 퇴근한다는 말은 없었다. 여섯시까지 자리를 지키기로 되어 있었다. 케이트는 재킷과 스카프를 꺼내려고 계산대 쪽으로 왔다. "웨스티에 가서 뭐 좀 먹을 건데요. 뭐라도 사다드릴까요?"

점심을 까맣게 잊고 있었다. "괜찮아요." 갑자기 너무 배가 고파진 미첼은 말했다. "버섯 수프라면 모를까."

그것은 그들 사이의 작은 농담이었다. 사 년쯤 전에 웨스티에서 그가 먹어본 것 중 가장 맛있는 버섯 수프를 단 하루 판매한 적이 있었다. 다시는 같은 메뉴를 제공하지 않았지만, 그는 아직도 그곳에 갈 때면 '특별 메뉴'를 살펴보곤 했다. 이따금 요청을 넣어보기도 했지만, 계산대의 십대 아르바이트생에겐 수프 메뉴에 대한 권한이 없었다.

상가들이 모여 있는 길목 모퉁이는 두껍고 울퉁불퉁한 얼음으로 덮여 있었다. 그는 남자와 케이트가 서로 몸을 건드리지 않고 길을 건너는 모습을 바라보았다. 몸은 건드리지 않아도 말은 많이 주고받았다. 그들의 입에서 파란 수증기가 동시에 피어올랐다. 그들은 웨스티의 문을 열고 사라졌다. 아마도 칸막이가 있는 좌석에서 밥을 먹을 것이다. 케이트가 삼 개월 만에 한 번 직장으로 음식을 가져오지 않고 다른 곳에서 점심을 먹겠다는데 그가 불평할 수는 없는 노릇이었다.

안쪽 소설 코너에서 연인 한 쌍이 소곤거리고 있었다. 그는 조금 전 어느 작곡가한테서 구매한 책들에 값을 매길 참이었다. 그러나 케이트가 외출한 뒤로는 집중할 수가 없었다. 그는 그녀의 지인이 기다리던 서가로 가서 그가 골라서 뺐던 책들을 하나하나 꺼내 보았다. 미첼이 평소 부끄럽게 여기는 진부한 책의 바다에서 건져올린, 그나마 쓸 만한 책들이었다. 그는 완전히 지적인 서가를 갖고 싶었다. 고백 시집도, 싸구려 대중 심리서적도, 표지만 예쁜 장식용 사진집도 없는 서가. 하지만 장사란 위태로운 것이었다. 지적인 책을 읽는 지식인들은 작곡가와 같아서, 책을 사지는 않고 팔기만 했다. 며칠 전에는 헝겊 견본을 들고 와서 같은 색의 책들을 찾아달라는 여자가 있었다. 지난주에는 한 남자가 『전쟁과 평화』를 찾다가, 미첼이 톨스토이 작품은 현재 재고가 없다고 했더니 그럼 다른 사람 것은 없냐고 물었다. 책의 수난 시대였다.

"무슨 생각을 그렇게 하고 있어요?" 그녀가 그의 소맷부리를 잡아당겼다. "사왔어요! 버섯 수프!" 케이트가 포장용기 두 개를 치켜올렸다. 지금껏 보지 못한 얼굴로 활짝 웃고 있었다. 살짝 콧물이 맺힌 발그레한 코가 예뻤다. "전에 말한 것만큼 맛있지 않으면 가만 안 둘 거예요."

밥을 먹고 온 게 아니었나? 초록색 외투를 입은 남자는 어디로 갔지? 수프값으로 얼마를 주면 되는 건가? 머릿속에 질문들이 맴돌았지만, 목구멍이 꽉 막혀 나오지 않았다.

계산대 뒤에는 항상 스툴이 하나 놓여 있었고, 여름에 문을 괴어놓는 용으로 사용하던 다른 하나는 아무도 사용하지 않는 외투걸이 옆에 덩그러니 놓여 있었다. 한때 미첼은 가게가 집 같은 장소이기를 원했다. 들어와서 외투를 걸어두고 한동안 머물 수 있는 그런 곳이기를 원했지만, 결코 그렇게 되지 않았다. 그는 한 번도 손님에게 머무르길 원한다는 인상을 준 적이 없었다. 케이트가 외투걸이 아래 있던 스툴을 계산대 뒤로 끌고 와서 둘은 나란히 앉았다. 앞에는 수프가 담긴 컵이 각자 하나씩 놓여 있었다.

케이트는 눈을 감고서 맛을 보았다. "이 수프라면 저는 사년도 기다릴 수 있어요." 그녀가 말했다.

가슴이 터질 듯했다. 소설에서 그런 느낌에 대해 읽은 적은 있지만, 결코 느껴보진 못했던 감정이었다. 아내를 알게 되었을 때는 기뻤고, 일종의 안도감을 느꼈다. 누구와 일생을 보낼 것인지 알게 되었으므로. 적어도 당시는 그렇게 생각했다. 하지만 결혼 전의 생활도 꽤 만족스러웠다. 에런과 통화를 하고, 조그마한 방에서 참치를 먹고, 지금은 자기 소유가 된 서점에서 빌려온 책들을 읽으며.

미첼은 자기 컵에 담긴 수프가 영원히 바닥나지 않기를 바랐다.

그들은 오래 점심을 먹었다. 손님들은 언제나처럼 귀찮고 방해가 됐다. 이런 날씨엔 평소보다 더 심했다. 눈에 초점이라고는 없었다. 종종 자신이 뭘 찾고 있던 것인지도 잊고 우두커니 책장 사이에 서 있었다. 미첼의 도움으로 책을 찾은 한 노부인이 마침내 서점을 나가자 케이트는 끙 소리를 내며 책을 찾아줘서 고맙다는 노부인의 인사를 들은 미첼의 반응을 흉내냈다.

"『미들마치』였어요." 그가 해명했다.

"훌륭한 책이죠."

"나도 훌륭한 책인 건 알죠." 폴라가 볼멘소리를 할 때와 비슷한 목소리를 내고 있다는 걸 의식하며 그가 말했다. "하지만 그건 벌써 읽었어야 하는 거 아닌가요? 적어도 137살 정도는 되어 보이는 분이."

"137번째로 읽으려나보죠. 손자나 증손자에게 선물하려는 걸 수도 있고요." 그를 바꾸려는 것이 아니라 그저 그 상황이 즐거운 듯했다. 그는 누군가를 알아가기 시작할 때면 항상 그렇다는 것을 알고 있었다. 그리고 케이트가 그에게 전혀 관심이 없다는 뜻일 수도 있다는 것 역시 알고 있었다.

노부인의 어떤 점이 마음에 들지 않았던 것인지 생각해보았다. 그러다 생전 처음, 막을 틈도 없이 생각이 바로 말이 되어 튀어나왔다. "화이트 부인이 그리워요."

케이트가 수프 컵에서 고개를 들었다.

"여기 늘 오던 노부인이에요."

"어떤 분이었는데요?"

미첼은 오랫동안 화이트 부인이라는 사람에 대해 구체적으로 생각하지 않았다. 이제 그 부인을 생각하면 떠오르는 것은 사람이 아니라 어떤 느낌, 깊은 그리움뿐이었다. 부인을 아주 잘 아는 편도 아니었다. 서점으로 들어설 때면 그녀는 항상 그에게 "편히 있어요" 하고 말했다. 그리고서는 과학 코너의 딱딱한 분홍색 의자에 앉아 스티븐 제이 굴드의 책을 읽었다. 한번은 그녀와 함께 웃은 적이 있었다. 폴라보다 몇 살 더 많아 보이는 소녀가 가게로 들어와 토머스 핀천의 사진이 걸려 있는 벽까지 부리나케 걸어들어갔다가 울음을 터뜨렸을 때였다. 당시에는 그것이 유일하게 구할 수 있는 핀천의 사진이었고, 그나마도 본 사람이 많지 않았다. 당나귀가 이빨을 내보이고 있는 것 같은, 고등학교 졸업앨범에 실린 사진을 복사한 것이었다. "그 사진을 보고 울어야 할 사람은 핀천의 어머니뿐일 것 같은데." 화이트 부인이 말했었다.

케이트는 그가 침묵하도록 두었다. 질문의 형태를 바꾸지도 다른 질문을 던지지도 않았다. 화이트 부인 역시 그렇게 했을 것이다. 어떤 분이었는데요? 꼭 당신 같은 분이었어요, 케이트가 마지막 남은 수프를 플라스틱 숟가락으로 뜨는 것을 바라보며 그는 깨달았다.

"꼭 당신 같은 분이었어요." 그가 믿지 못하겠다는 듯 말했다.

이튿날 그는 케이트를 가까이 두고 싶은 마음에 엽서에 주소를 붙이는 일은 하루에 한 시간 이상은 하지 말라고 했다.

그 때문에 그녀에게 다른 데이트 상대를 만날 기회가 늘어나는 위험은 감수하기로 했다. 계산대에 함께 있었지만, 아주 드물게만 말을 주고받았다. 그는 사람들이 자동차에서 내린 책 상자들을 살펴보았고 그녀는 손님들의 책을 계산하다 중간중간 함께 말없이 상품에 가격을 매겼다. 케이트에게 다시 샌프란시스코로 이사할 것인지 아니면 다른 곳으로 가는지 묻고 싶었지만, 속으로 연습할수록 그 질문들은 하나같이 친구가 아닌 고용인이 하는 질문처럼 들렸다. 가게문을 닫기 직전에 한 손님이 계산대로 와서 두 사람이 혹시 친척이냐고 물었다. "두 분 눈이 똑같아요." 그가 말했다. 술에 취한 사람의 허무맹랑한 소리였다. 케이트는 통통한 눈꺼풀에 따뜻한 갈색 눈동자를 가지고 있었고, 그는 가늘고 의심이 많아 보이는 초록색 눈동자였다. 남자는 재킷도 입지 않은 채 비틀거리며 냉기 가득한 밖으로 나갔고, 그들의 시선은 그를 따라갔다. 의식적으로 그들은 서로 눈을 마주치지 않으려 조심했다. 함께 버섯 수프를 먹은 것이 어제인데, 이미 까마득한 옛일이 된 듯했다.

미첼은 이틀 후인 토요일이면 폴라도 함께 있을 거라는 생각으로 자신을 위로했다. 그러나 그날 저녁, 폴라는 토요일 아침에 연극 연습(《애니》에서 수탉 역할을 맡았다)을 한 뒤 친구 홀리의 집에 놀러간다고 했다.

실망스러운 마음을 달랜 후에 그는 문득 달력을 보다가 2월

14일이 화요일이라는 사실을 깨달았다. 다섯번째 스페인어 수업이 있는 날이었다.

토요일과 화요일이 오고 갔다. 달라진 것은 아무것도 없었다. 수요일과 금요일에는 눈이 내렸다. 그는 한밤중에 잠에서 깨어 케이트의 머리카락 끝에 매달린 눈송이와 스툴에 앉아 있는 그녀의 등이 그리던 곡선을 생각했고, 날이 밝을 때까지 자신을 나무랐다. 그는 어떻게 하면 폴라에게 아무렇지 않은 척 케이트의 생일이 다가온다고 말할지 고민했다. 그러나 언제나 그렇듯 그의 딸은 그보다 세 걸음은 앞서 있었다. "완전히 잊고 있었는데요." 폴라가 저녁식사 때 말했다. "이번 화요일에 케이트를 저녁식사에 초대했어요. 그날이 cumpleaños* 거든요."

"생일이라고?" 그는 몰랐다는 듯이 물었다.

"문가에서 엿들었어요, 아빠?"

그럴 만한 배짱이 있다면 좋을 텐데.

"무슨 선물이 좋을까요?" 폴라가 물었다.

"브로치가 어떠니?" 그가 제안했다.

"브로치요? 그게 뭔데요?"

---

* '생일'이라는 뜻의 스페인어.

"알잖아, 반짝거리는 거." 그는 손으로 자기 가슴을 가리켰다. "핀 달린 거."

"맙소사. 농담이죠?"

"그럼 뭐 만들어주든가."

"예를 들면요?"

"몰라. 그림이나 목걸이라든지. 아님, 그 조약돌로 네가 만들곤 하던 거 있잖아."

"아빠!"

미첼은 폴라가 어린이용 돌 광택기를 만지작거리며 보낸 시간을 떠올리며, 더는 진입로의 자갈밭이 놀이와 선물의 주 생산지가 아니게 된 것을 아쉬워했다. 이제 선물을 사러 폴라를 쇼핑몰까지 태워다줘야 한다는 걸 알았다.

그 주 일요일, 그들은 쇼핑몰에 갔다가 푸드코트에서 케이트를 보았다. 그녀는 혼자 부리토를 먹고 있었다. 케이트가 그들이 이곳에 온 목적을 짐작할까봐 두 사람은 숨어야겠다는 비이성적인 충동을 느꼈다. 그리고 케이트가 상점을 도는 동안 그녀 마음에 들 만한 것을 알아내기 위해 몰래 뒤를 밟았다. 점심을 먹은 후에 그녀는 메이시스백화점의 향수 코너로 향했다. 여자 직원이 브러시로 파우더를 발라주려 하자 케이트는 고개를 저으며 무슨 말인가를 해서 직원을 웃게 했다. 그 말을 알아들을 수 없어 미첼은 가슴이 약간 조여왔다. 그리고서 그들은 케이트가 빨간 테이프와 반짝이는 하트와 내 사랑, 특별한 사람과 같은 요란한 문구로 치장한 조그만 상점들 사이를 누비는 모습을 지켜보았다.

"슬퍼 보여요." 폴라가 말했다.

미첼은 폴라도 그렇게 느꼈다는 사실에 안도감을 느꼈다. 자신이 그렇게 보고 싶어서 그렇게 보이는 것뿐이라고 생각했던 것이다.

케이트는 아무것도 사지 않았다. 그들은 그녀가 쇼핑몰을 나서는 것을 보았다. 케이트는 주차장을 둘러보다가 차를 향해 발길을 돌렸다. 밖으로 나가니 위도 아래도, 쇼핑몰 저편 나무들까지도 사방이 잿빛이었다. 추위가 풀리자 단단했던 모든 것이 질척거리고 지저분한 진흙으로 변했다.

"일 년 중 이렇게 끔찍한 때가 생일이라니."

미첼의 말에 폴라가 동의했다. 그들은 케이트가 지나간 문가에 서 있었다. 그녀는 자동차 문을 열고, 긴 코트 자락이 걸리지 않도록 잡아당긴 뒤 문을 닫았다. 그리고 시동을 켜기 전에 일 분이 넘도록 그대로 앉아 있었다. 케이트는 오하이오주의 스완턴에서 태어났다. 아홉 살에 맹장수술을 받았다. 익힌 초록 파프리카와 코스튬을 입은 사람, 헨리 제임스가 쓴 모든 작품을 싫어했다. 가르마가 시작되는 지점에 점이 있었다. 폴라가 유리창에 구름 모양 입김을 불어 하트를 그리는 동안 그는 인정했다. 이 한줌의 사실만으로도 그녀를 정말 좋아하기 시작했다는 것을.

그들은 그녀에게 줄 브로치를 사고 집으로 돌아왔다.

아내는 그가 너무 답답해서 떠난다고 했다. 그가 제일 강력한 감정을 표출한 건 그녀가 식료품 쇼핑 목록에 쓴 쉼표에 관해 논쟁할 때였다고.

이제 와서 그가 달라지거나 누군가를 더 행복하게 해줄 수 있을 거라는 보장은 없었다. 그는 같은 사람이었다. 언제나 한결같은 사람이었다. 과거의 자신을 마치 전에 알던 지인처럼 애틋하게 회상하는 책 속의 인물들이 그는 놀라웠다. 미첼은 지금의 그 자신 외에 다른 누군가가 되어본 적이 단 한 번도 없었다. 어쩌면 순전히 외모상의 변화가 거의 없어서인지도 모른다. 머리숱이 줄지도, 몸무게가 늘지도, 수염을 기르지도 않았다. 지난 이십 년 동안 수많은 글을 읽었지만, 그 무엇도 그가 세상을 바라보는, 그리고 세상 속에서 자신이 맡은 미미한 역할을 바라보는 관점을 뒤흔들어놓지는 않았다.

그런데도 다섯번째 화요일, 스페인어 수업이 진행되는 동안 저녁을 준비하며 라자냐를 프라이팬에 올려놓는 미첼의 손은 떨렸다. 소녀처럼 긴장하며, 라는 말은 이상했다. 폴라가 이런 식으로 행동하는 것은 본 적이 없으니까.

그 표현은 마흔두 살의 서점 주인처럼 긴장하며, 라고 바꿔야 더 어울릴 것이다.

케이트는 조그만 하트 모양의 초콜릿 상자를 들고 왔다. 미첼은 거실 탁자 위에 그것을 올려두었다. 선물을 받고 너무 놀라 그녀를 제대로 보지도 못했다. 이제 폴라의 방에서 늘 앉는 침대 발치에 앉아 있을(종종 케이트가 가고 나서 이불에 남은 눌린 자국을 보았다) 그녀의 모습을 그려볼 수 없었다. 저녁을 준비하는 동안 미첼은 열린 문 사이로 틈틈이 초콜릿 상자를 훔쳐보았다.

케이트가 급히 지나갔을 때 그는 막 라자냐를 오븐에 집어넣으려는 참이었다.

"어디 가요?" 그가 물었다. 그녀가 소맷부리에 팔도 집어넣지 않고 외투를 어깨에 걸친 채 현관문을 여는 걸 보고 그는 경악스러운 표정을 감추지 못했다.

"금방 다시 올 거예요." 문이 닫히고 밖에서 이렇게 외치는 소리가 들렸다. "폴라는 괜찮아요."

그는 딸의 방으로 갔다. 문은 열려 있었지만 폴라는 없었다. 침대 위의 퀼트 이불에 검붉은 얼룩과 희미한 줄무늬가 보였다. 욕실 문은 잠겨 있었다. 그는 조용히 그 앞에 서 있었다.

"나 괜찮아요, 아빠." 마치 거꾸로 매달린 채 말하는 듯한 목소리였다.

"확실해?" 그는 떨리는 목소리를 가다듬을 수 없었다.

"케이트는 뭐 좀 사러 갔어요."

사실 그는 그 '무엇'을 자신의 욕실에 사두었다. 몇 해 전 딸을 위해 사둔 것이었다. "잘됐구나." 그가 말했다. 케이트가 고르는 게 더 나을 것이다.

그는 자신이 유난을 떨지 않아 기뻤다. 무슨 일이 일어난 건지 바로 파악했고 구급차를 부르지도 않았다. 그는 고개를 숙이고 핏자국을 자세히 보았다. 자신이 언제 침대에서 퀼트 이불을 벗겨냈는지는 기억나지 않았지만, 이불은 어느새 팔에 둘둘 말려 있었다. 그의 어머니가 만들어준 그 이불은 그가 어릴 때 덮고 자던 것이었다. 얼룩과 줄무늬는 경고처럼 보였다. 머지않아 폴라는 그가 딸을 이해하지 못한다고, 알아주지 않는다고, 충분히 사랑하지 않는다고 불평하기 시작할 것이다. 실은 종종 가슴이 찢어질 것 같다고 느낄 정도로 딸을 사랑하고 있음에도. 하지만 사람들은 늘 마음속에 있는 것을 말로 표현해주기를 원했다.

"기분은 어떠니?" 그가 조심스레 물었다.

"괜찮아요. 조금 이상하지만."

"네 엄마는 생리통이 정말 심했어." 그가 문틈에 대고 말했다. 아내에 대해 말할 때면 늘 그렇듯 누군가 그의 가슴털을 쥐어뜯는 느낌이 들며 제동이 걸리기를 기다렸다. "가끔은 두통도 있다더라. 추가로 철분을 복용했어. 아마 집에 남은 게 있을 거다. 하얀 병 속에 든 초록색 약." 제동은 걸리지 않았다. "있잖아, 그리고 네 엄마는 너를 낳을 때 단번에 낳았다. 내 생각에 삼십오 분 정도 걸린 것 같아. 간신히 병원에 도착했지. 뭐, 너더러 지금 그런 걸 신경쓰라는 건 아니지만." 땀이 흘러 두피 속이 근질거렸다. 입 닥쳐, 그가 자신에게 말했다. "한번은 네 엄마가 하얀 바지를 입었는데……"

"엄마 보고 싶어요, 아빠?"

"아니." 그는 그 말이 진심이라는 걸 알고 놀랐다.

"나도 이제 안 보고 싶어요. 보고 싶어야 할 것 같은데 말이죠. 확실히 기억나는 건 엄마가 나를 학교에 데려다줄 때 손을 잡고 있던 거랑 교문 앞에서 꼭 안아주던 게 다예요. 하지만 엄마가 등을 돌리는 순간 엄마 머릿속에서 나는 완전히 사라진다는 걸 항상 알고 있었어요. 엄마는 아빠 같지 않았어요. 아빠는 언제나 날 생각한다는 걸 알고 있었어요."

폴라는 과거를 되새기며 남아 있는 것들로 새로운 기억을 만들고 있었지만, 여하튼 그의 눈은 쓰렸다.

케이트가 약국에서 돌아오고 그는 다시 부엌으로 후퇴했다. 그는 폴라를 지도하는 케이트의 목소리를 들을 수 있었다. 처음에는 욕실에서 그리고는 방에서 진지하고 또렷한 케이트의 목소리가 흘러나오다가 두 사람이 함께 웃음을 터뜨리는 소리가 들리기도 했다. 한참 후에 케이트는 부엌으로 나왔다. 그는 꼼짝하지 않고 부엌 한가운데 서 있었다. 그녀가 그의 손에 들린 이불을 톡 건드렸다. "제가 지금 찬물로 빨면 얼룩이 지워질 거예요."

"내가 할게요." 그는 좁은 안쪽 복도를 지나 큰 세면대가 있는 세탁실로 갔고, 케이트는 그를 따라왔다. 그녀가 따라올 것이라고는 상상하지 못했다.

그가 수돗물을 틀었다. 케이트가 이불을 들어 천천히 얼룩이 있는 부분을 그에게 넘겨주었다. 이불은 조금씩 빨아야 했다. 먼저 일부를 비틀어 물기를 짜고 다음 부분으로 건너가는 식이었다. 그는 동화에서처럼 이불이 마법에 걸려 끝없이 이어지기를 그래서 남은 인생을 세탁하고 물기를 짜며 보낼 수 있기를 바랐다.

"당신이 나가 있는 동안 내가 저 아이에게 한 말들을 좀 수습해줘야 할지도 몰라요. 내가 철분 보충제니 임신이니 그런 소리를 지껄여서 잔뜩 겁을 집어먹었을 거예요."

"당신이요? 난 당신이 세상에서 제일 과묵한 사람인 줄 알았는데요."

"그런 사람도 사십이 년에 한 번은 지껄이기도 해요."

케이트는 아직도 코트를 입고 있었다. 다시 눈이 내리는 듯했다. 젖은 눈송이들이 그 위에서 별처럼 반짝였다.

그는 타이머가 울리고 오븐의 문이 끼익 열리는 소리를 들었다.

그들은 수년 전 그가 세탁실에 걸어둔 낚싯줄에 퀼트 이불을 널었다. 일을 마치고 나자 미첼은 케이트를 빤히 바라보는 것밖에는 아무것도 할 수 없었다. 그녀가 조심스레 그를 돌아보았다. 폴라가 저녁을 먹으라고 불렀지만, 둘 중 누구도 부엌 쪽으로 움직이지 않았다.

"저번에 그 남자가 우리 눈이 똑같다고 한 이유가 뭐라고 생각해요?" 그가 그녀에게 물었다.

"눈에서 뭔가 닮은 걸 봤나보죠."

"그게 뭘까요?"

"두려움." 케이트는 눈을 피했다. 그는 이런 대화가 얼마나 실망스러울 수 있는지를 잊고 있었다.

"욕망." 그녀가 조용히 덧붙였다.

사랑, 그가 생각했다. 곧 말이 되어 나올 것이었다. 단어와 감정들은 그의 마음속에서 소용돌이치다가 원자의 잃어버린 일부처럼 결합했다. 그는 밀어내거나 떼어내려 하지 않고 그것이 새로운 충만함으로 가슴을 부풀리도록 두었다.

그녀의 손이 그의 얼굴에 닿았다. 다른 여자들이 손을 댔을 때와 같은 얼굴이 아니었다. 피부가 달라진 것 같았다. 말초신경이 폭발하고 있었다. 그녀의 손가락 하나하나가, 각기 다른 크기와 온도가 느껴졌다. 그의 입술이 느낄 감각에 대한 기대감에 위가 천천히 비틀리는 것 같았다.

그는 그녀를 가까이 끌어당겼지만, 그 순간 폴라가 문가에 나타나 황급히 몸을 뗴었다. 그러나 그의 딸은 웃고 있었다. 폴라는 두 사람의 팔을 한 쪽씩 잡고는 저녁 식탁으로 데려갔다. 가보니 초 한 자루가 켜져 있었고 포도주잔에는 사과주스가 채워져 있었다. 초콜릿이 든 하트 상자는 미첼의 자리에 놓여 있었다. 라자냐가 식탁 한가운데서 지글지글 소리를 냈다. 케이트는 미소를 지었고 미첼은 부엌에 있는 이 한순간만은, 겨울의 이 저녁만은, 끝없는 마법의 주문이 필요하지 않을지도 모른다고 느꼈다.

도르도뉴에 가면

1986년 여름, 내가 고등학교에 입학하기 전인 그 여름에 부모님은 팔 주 동안 도르도뉴로 떠났다. 아버지가 아팠는데, 젊었을 때 공부했던 프랑스로 가면 회복에 도움이 되리라는 생각에서였다. 엄마는 대학의 취업지원센터를 통해 외국에 가 있는 동안 집안일을 돌봐줄 대학 2학년생 두 명을 고용했다. 나는 집의 일부였으므로 이 두 남학생은 나도 같이 챙겨야 했다.

우리는 짧은 도로 끝 조용한 주택가에 살았다. 우리집은 큰 회색 건물이었고, 세 사람이 살기에는 이상할 정도로 넓었다. 하지만 나는 에드와 그랜트가 밤색 폰티액을 타고 처음 도착했던 그날 오후에야 비로소 그 사실을 깨닫게 되었다. 부모님이 떠나는 모습을 바라보며 두 사람은 내 양옆에 믿음직스럽게 서 있었다. 부모님이 모퉁이를 돌아 사라질 즈음, 그랜트는 몇 밤만 자고 일어나면 그들이 돌아와 있을 거라는 위로 비슷한 말을 중얼거리기도 했던 것 같다. 그러고 나서 예의상 잠시 그 자리를 지킨 뒤 그들은 맘껏 풀어졌다.

에드는 집안으로 뛰어들어가 방금 목줄에서 풀려난 개처럼 방을 휘젓고 다녔다. 앞 계단을 쏜살같이 달려올라갔다 좁은 뒷계단으로 내려오더니 다시 앞 계단을 뛰어오르며 연달아 환호성을 쳤다. 그러고는 삼층의 발코니까지 단숨에 올라가 아직 현관 앞 복도에 서 있는 그랜트와 나를 향해 소리를 질렀다. 우리가 올려다보자 동그란 연초록색 가래침이 정확히 그랜트의 뺨 위로 떨어졌다. 그랜트는 움찔하는 기색도 없이 티셔츠 밑단으로 쓱 문질러 닦아내더니 계단을 쪼갤 기세로 뛰어올라갔다. 나는 그들이 한 층에서 다른 층으로, 아래층의 뒤편 복도를 지나 아버지의 서재로(그들에게 말하지는 않았지만, 속으로는 서재에 들어가면 안 된다고 비명을 지르고 있었다) 그리고 누나들이 예전에 쓰던 방들과 형이 쓰던 방으로 뛰어다니는 소리를 들을 수 있었다. 형과 누나들은 일찍이 집을 떠났고, 나는 그들이 그 방에서 지냈던 시절을 기억하지도 못했다. 방은 여전히 70년대에 머물러 있었다. 누나들의 옷장 문은 맥거번-머스키 범퍼 스티커로, 형의 것은 닉슨-애그뉴와

포드-록펠러로 뒤덮여 있었다.* 나는 아래층 복도에 얼어붙은 듯 서 있었다. 무서워서는 아니고 놀라움과 큰 깨달음 때문이었다. 이 집에서 나는 사람들이 말을 아끼고 신중하게 행동하는 모습만을 봐왔다. 이해할 수는 없어도 저절로 따라 하게 된 규칙들이 있었다. 그런데 이제 다른 방식도 존재한다는 사실을 알게 된 것이다.

나는 분명 1971년 7월이 저물어갈 무렵 부모가 술을 거나하게 마시고 나서 생긴 마티니 베이비였을 것이다. 부모님에게는 이미 가족이 있었다. 기숙학교에서 공부하는 두 딸과 7학년에 올라갈 예정인 아들. 아버지는 쉰한 살, 엄마는 마흔일곱 살이었다. 엄마 나이에 임신을 한 건 당시로서는 약간 외설스러워 보였을 수도 있다. 나는 그들에게 심히 불편한 존재였다. 어떻게 말로 표현할 수는 없지만, 그 정도는 확실했다. 순전히 직감이었다. 마음 깊숙한 곳에 자리한 모호한 수치심, 정말 끔찍한 잘못을 저질렀다는, 그러나 뭘 잘못했는지는 알 수 없는 느낌.

면접 때 엄마는 집안을 돌며 에드와 그랜트에게 차단기와 온수보일러, 소화기를 보여주었다. 실외 수영장으로 데리고 나가 화장실 걸쇠에 관해 설명해주고 척이라는 사람이 매주 수요일

---

* 맥거번과 머스키는 민주당의, 닉슨과 애그뉴, 포드와 록펠러는 공화당의 대통령, 부대통령 후보자였다.

마다 와서 수영장을 청소하고 소독할 거라고도 알려주었다. 집 안으로 다시 들어와서는 뒷문 계단 옆에서 키우는 박하 잎을 넣은 아이스티를 대접하며 다른 궁금한 점은 없는지 물었다.

나에 관해 물은 것은 그랜트였다. "아드님에 대해 조금 알려주시겠어요?" 그때 그는 아직 내 이름을 몰랐던 것 같다. "언제 잠자리에 드는지, 뭘 잘 먹는지, 자전거를 타고 가도 되는 곳과 안 되는 곳이 있는지요."

"아, 저애는 혼자 알아서 잘해요." 엄마가 나를 보며 짧게 웃었다. "얘가 어디 갔나 싶으면, 여기 냉장고에 붙어 있는 스포츠클럽의 시간표를 보면 돼요."

내 눈에 그들은 앳된 두 청년에 불과했다. 둘 다 별로 특별한 것이 없었다. 에드는 메인주 북부의 뉴잉글랜드라는 작은 마을에서 왔고, 그랜트는 펜실베이니아 사람이었다. 에드는 가족에 관한 얘기는 거의 꺼내지 않았고, 해준다고 해봤자 몇몇 짧고 재밌는 일화가 다였다. 예를 들면 외할머니가 매번 집에 올 때마다 우유가 없다고 불평해댄 나머지 그의 아버지가 소를 사주었다는 것 같은. 반면 그랜트는 누이들의 연애사에 대해, 소아마비를 앓은 어머니의 투병에 대해, 정원에 뿌린 아버지의 뼛가루 때문에 어릴 때는 정원에서 자라는 꽃에 손댈 엄두도 못 냈다는 것에 대해 긴 이야기를 들려주었다.

첫날 저녁 우리는 지하실의 냉동고에서 꺼낸 치킨 누들 캐서롤과 완두콩, 크링클컷 감자튀김을 먹었다.

"저 아래가 슈퍼마켓보다 나은데." 그랜트가 지하실에서 상자들을 한아름 안고 나오며 말했다. 서명만 하면 부모님 이름으로 시장에서 뭐든 살 수 있었지만 그랜트는 지하실을 뒤져 먹을 것을 찾아오는 걸 훨씬 더 좋아했다.

그랜트가 저녁을 만드는 동안 에드는 부엌 식탁 앞에 앉아 슐리츠 맥주를 마셨다. 하지만 아빠가 가족과 시간을 보내려고 (아니면 엄마가 시켜서) 억지로 앉아 있을 때처럼 우울하게 있지는 않았다. 의자의 각도를 조절하고 다른 의자에 발을 올려놓고는 수다를 떨었다. 끝내주게 입담이 좋았다. 수다란 내게 익숙하지 않은 행위였다.

"방학한 지 얼마나 됐어?" 그는 내가 전에 들어본 적 없는 억양을 갖고 있었다. '스쿨school'이 '스코얼scoal'처럼 들렸다. 스코틀랜드식 영어나 뭐 그런 것 같았다.

"내일이면 삼 주째가 돼요." 지루하고 외로운 날들이었다. 나는 테니스를 싫어했고, 콜라 따위를 상품으로 타려고 서브를 넣어 캔을 맞춰야 하는 것이 싫었다. 윈치니 핼리어드니 하는 것이나 돛을 접었다 펴는 방법만 알려주고 물에는 별로 들어가지도 않는 요트 수업이 싫었다.

"삼 주? 내 여동생은 어제 막 방학했던데."

"얘네 학교는 사립이잖아." 그랜트가 어깨 너머로 말했다.

"정말이야? 긴 방학을 위해 돈을 내는 거야?" 그가 그랜트에게 말했다. 그러고 나서 나에게 물었다. "학교scoal 좋아해?"

"별로요."

"좋아하는 건 없어?"

나는 곰곰이 생각했다. 뭔가를 좋아하고 싶긴 했다. 에드와 그랜트가 좋았지만, 그런 말을 할 생각은 추호도 없었다.

"없다는 거네." 그가 말했다. "내가 네 나이였을 때 뭘 좋아 했었는지 생각해볼까. 너 몇 살이지? 아니, 잠깐, 내가 맞혀볼 게." 그는 머리에 머리띠를 질끈 동여매는 시늉을 하더니 손가락으로 관자놀이를 눌렀다. "태어난 지 십사 년하고 넉 달, 그리고 하루가 되었군."

나는 계산해보았다. 하루도 틀리지 않고 정확했다.

휘둥그레진 내 눈을 보고 그가 웃었다. "너희 가족 여권이 네 아버지 책상 맨 위 서랍에 들어 있어."

그의 말이 내 뺨을 치고 가는 기분이었다.

"자, 어디 볼까." 에드가 말했다. "태어난 지 십사 년, 넉 달, 그리고 하루째 되던 날, 난 실리아 워시번을 사랑했지. 턱이 아프도록 사랑했고……"

"둘 다 서재에 더는 들어가면 안 돼. 절대! 약속해야 해."

뒤에 있던 그랜트가 우리를 향해 돌아서는 게 느껴졌다. 그리고 에드와 눈짓을 주고받는 것도. 그들은 내게서 흘러나온,

무언가에 씌기라도 한 듯 이상한 목소리를 비웃지 않으려 애쓰고 있었다.

"좋아. 약속해." 에드가 말했다. 그는 자세를 바꾸고 맥주를 한 모금 마셨다. "그러니까 우리 엄마가 턱이 아픈 나를 데리고 병원으로 갔더니 의사가 나더러 이를 그렇게 악물지 말라는 거야. 그리고 나더러 언제 그러느냐고 묻길래 어떤 여자애를 생각하면 그렇다고 했더니 의사랑 간호사랑 막 웃더라. 우리 엄마는 대기실에 있었어. 그러고 나서 다른 얘기들도 나눴지. 내 멍청이 같은 사촌 녀석이 그해 외야에서 머리에 공을 한 방 맞은 바람에 엄마가 나까지 야구를 못하게 하셨다는 것도. 의사는 엄마를 진료실로 불러서 아이가 스트레스를 좀 받는 것 같은데 야구를 하면 풀릴 거라고 말했지."

그랜트가 낄낄거렸다.

"아, 실리아 워시번의 그 윤나던 무릎과 긴 말총머리." 에드가 말하고는 내게 물었다. "좋아하는 사람은 있어?"

물론 있었다. 손쓸 수 없을 만큼 좋아하는 사람이. 하지만 나는 없다고 고개를 저었다.

에드가 갑자기 웃음을 터뜨렸다. "세상에, 너 거짓말 진짜 못한다! Le pire!* 됐고. 내가 알아낼 거야, 귀염둥이." 그는 맥

---

* '최악'이라는 뜻의 프랑스어.

주를 입으로 가져가다가 다시 내려놓았다. "현재로서는 이름을 알 수 없는 이 소녀 말고 또다른 건 없어? 마커스 교수님이라면 이렇게 말했겠지. 무엇이 그대의 심장을 노래하게 하는가? 그랜트, 그 교수님 기억나?"

나는 이런 심문이 상당히 불편했지만, 한편으로는 좋았다. 그런데도 대답하지 못했다. 아무것도 내 심장을 노래하게 하지 않았다. 베카 살리네로조차도 내 심장을 노래하게 하지는 못했다. 그녀는 내 심장을 아프게 했다.

"하나도 없어? 아무것도 너의 심장을 노래하게 하지 않는단 말이야?" 에드는 가스레인지 앞에 서 있는 그랜트 쪽으로 고개를 돌렸다. "네 심장을 노래하게 하는 건 뭐냐?"

"치킨 누들 캐서롤. 보름달과 진짜 가느다란 초승달. 〈뉴욕 타임스〉가 다 팔리지 않은 일요일 아침. 내 조카들. 내 파란 자전거. 예이츠. 그리고 이따금 헤르만 헤세."

"헤르만 헤세! Le pire!"

"『나르치스와 골드문트』." 그랜트가 말했다.

"오, 제발. 독일 작가가 쓴 것을 읽으려면 토마스 만을 읽어야지, 그렇게 가벼운 것 말고."

"낙타털 담요를 덮고 있는 남자에 대해서 사백 페이지를 읽으라고? 미안하지만 됐어."

"에드의 심장을 노래하게 하는 건 뭔데요?" 나는 용기를 내어 물었다.

"고색창연한 메인주."

"그럼 지금은 왜 거기 있지 않는데요?"

"오, 맙소사."

"거긴 여름이면 디즈니랜드가 돼. 전혀 알아볼 수가 없지. 할리우드라고. 싫어."

"음, 놀랄 만큼 간결한 대답인걸." 그랜트가 나에게 완두콩을 건네주며 말했다. 나지막하지만 에드도 들을 수 있을 정도의 소리였다. "원래 그 주제라면 한밤중까지도 너끈히 말할 수 있거든."

"여기 있는 우리 꼬맹이가 무섭다고 문밖으로 뛰쳐나가면 안 되니까."

우리는 식사를 했다. 자주 먹는 음식이었지만, 엄마가 만든 것보다 맛있었다. 나는 그들이 얼마 전 시작한 아르바이트에 관해 대화하는 것을 들었다. 그랜트는 점심시간에 고속도로의 작은 식당에서 일했고, 에드는 진입로를 포장했다. 그랜트는 잠드는 게 겁난다고 했다. 매번 커피에 그레이비소스를 부어 손님들 신발에 쏟는 꿈을 꾸기 때문이었다. 에드는 여름이 끝날 무렵이면 자신의 폐도 포장이 될 거라고 했다.

그랜트가 오븐에 데워둔 블루베리맛 사라 리* 파이를 꺼내서 우리는 그의 주변으로 모여들었다. 그가 파이를 자르려고 할 때 에드가 말했다. "어쩔 셈인지 안 봐도 알겠다. 어차피 한 번에 다 먹을 걸 알면서도 쪼잔하게 조각조각 썰어놓겠다는 거잖아. 이리 내."

그는 그랜트에게서 칼을 뺏어 파이를 세 조각으로 나눈 후 그 커다란 조각들 위에 아이스크림을 듬뿍 얹었다. 후덥지근한 밤, 포치에서 먹는 뜨거운 파이와 차가운 아이스크림은 완벽한 조합이었다. 어두워질 무렵이 되자 정원의 잔디밭은 파랗게 보였다. 몇 집 떨어진 곳에서 칵테일파티를 하는 소리가 들려왔다. 남자들의 웅성거림 사이로 한 여자의 웃음기 섞인 목소리가 들렸다. "안 돼, 안 돼, 그들한테 말하면 안 돼!"

"안 돼, 안 돼, 그들한테 말하면 안 돼!" 에드가 높은 소리로 말했다. "그들에게 말하지 마, 해럴드, 우리가 거대동물 페티시를 갖고 있다고!"

그의 말 하나하나가 내가 지금껏 들어본 어떤 말보다 재미있었다.

에드는 그랜트나 나보다 먼저 파이를 먹어치웠다. 접시를 포치 바닥에 내려놓고 포크를 조심스레 네시 방향으로 돌려놓았다. "부자로 사는 건 아주 고상한 거구나." 그가 말했다. "아주 여유롭고."

---

* 미국의 유명한 냉동 베이커리 브랜드.

나는 늘 우리가 중산층이라고 들었다. 부자란 뭔가 다른 것이었다. 요트나 전용기와 관련된. 부모님이 비행기를 타고 있다는 사실을 떠올렸다. 지금쯤 대양 위를 날고 있을 것이다. 신경쇠약이 무엇인지는 몰랐지만, 아버지가 줄곧 그걸 겪고 있단 건 알고 있었다.

멀리서 누군가 물장구치는 소리가 들려왔다. 그러자 에드가 웃기 시작했다. "저 수영장에 뛰어드는 소리를 듣고 참 운도 좋은 놈이라고 생각했는데, 그러고 보니 우리도 빌어먹을 수영장이 있잖아." 그는 티셔츠를 벗었다. "수영 한번 할까?"

밤에는 수영해본 적이 없었다. 내 하얀 팔다리를 문어처럼 놀리며 혼자 수영장에 있는 것은 너무 무서웠다. 심지어 그랜트와 에드와 함께인 그 첫날밤에조차 조금 무서웠고 또 부끄러웠다. 그들은 옷을 전부 훌훌 벗어던졌지만, 나는 그러지 못했다. 풀하우스 안에 걸려 있던 수영복으로 갈아입었다. 그들이 놀릴 거라고 생각했지만 그러지 않았다. 그들은 한마디도 하지 않았다. 나는 아기 때부터, 어쩌면 그때조차도 누구 앞에서 벌거벗은 적이 없었다. 엄마는 늘 닫힌 문 너머로 내게 물건들을 건네주었고, 수건이나 비누같이 내가 필요한 것들을 전해주는 것은 엄마의 팔뿐이었다. 한번은 내가 여덟 살인가 아홉 살 때 욕조에서 나오다 넘어졌는데, 엄마가 아빠를 불러 나를 꺼내주게 했다. 젖은 맨몸에 닿았던 아빠의 순모 재킷이 얼마나 따가웠었는지가 기억난다.

 깊은 쪽 바닥의 커다란 수중 전구가 발하는 빛 때문에 모든 것이 라임빛 녹색이었다. 물장구를 치자 물방울들이 인광성 물질처럼 보였다. 나는 에드와 그랜트의 벌거벗은 몸을 의식하는 동시에 거기 매혹되어 있었다. 에드는 그랜트보다 체구가 작고 탄탄했다. 종아리 뒤에 단단한 알이 박혀 있고, 배에는 잔근육이 촘촘했다. 머리숱은 많았지만 가슴은 털이 없고 고무처럼 매끈했다. 그랜트는 키가 크고 늘씬했지만 근육질은 아니었고, 겉으로 봤을 때 그렇게 말라 보였는데도 이상하게 살집이 있었다. 평소 고무 밴드가 받쳐주던 모양 그대로, 두 겹으로 접힌 뱃살이 그의 좁은 골반 위로 늘어졌다. 숱이 적은 머리카락뿐 아니라 가슴에 듬성듬성한 털도 갈색이었다. 하지만 페니스를 둘러싼 털은 상당히 붉었다.

 에드는 내가 수심이 얕은 쪽에 선 채, 다이빙대를 붙잡고 대롱거리는 그랜트를 빤히 바라보고 있는 걸 발견했다. "염색한 것 같아?"

 "다 들린다." 그랜트가 우리에게 외쳤다.

 "왜, 맞지 않아?" 에드가 되받아쳤다.

 그랜트가 물속으로 뛰어내리더니 수영장 밑바닥을 스치듯 미끄러지며 우리에게 헤엄쳐 왔다. 그는 긴 다리만을 움직였고, 그에 맞춰 각지고 부드러운 엉덩이가 조였다가 풀리고, 조였다가 풀렸다.

 수면을 뚫고 나온 그랜트는 에드에게 한 팔로 하프 넬슨*을 먹였고, 둘은 격투를 벌이다가 서로를 물속으로 내던졌다. 수영장 옆에서 엄마의 목소리가 들려오는 것 같았다. 수영장에서 법석 떨지들 마. 그러다가 누구 하나 빠져 죽어. 엄마가 언제 그런 말을 했는지는 알 수 없었다. 어쩌면 형이 어리고 내가 아기였을 때 엄마의 무릎에 안겨서 본 장면일지도 모른다. 프랭크 형을 형이라고 느끼기는 힘들었다. 그는 나보다 열세 살이 많았고, 형이라기보다 이따금 같이 술 마시러 오는 부모님의 친구 같았다. 항상 넥타이 차림이었는데, 심지어 토요일에도 매고 있었던 것 같다. 형은 도시에 살았고, 엄마는 그가 집에 너무 드물게 오고 일을 너무 많이 한다며 불평했다. 본인이 좋아서 하는걸, 아버지는 종종 말했다. 세상에는 열심히 일하는 것보다 나쁜 게 널려 있다고. 프랭크 형이 나에게 직접 말을 거는 경우는 드물었지만, 형은 나에 대해서 많은 이야기를 했던 것 같다. 나는 밤중에 들려오는 귀뚜라미 울음 같은, 윙윙거리는 말소리를 잘 알고 있었다. 다가가면 작아지고, 멀어지면 다시 커지는. 나는 그것이 나에 대한 얘기라고 생각했다. 하지만 어쩌면

---

* 등뒤에서 한쪽 겨드랑이 밑으로 손을 넣어 상대방의 목 또는 후두부에 손을 대고 누르며 목을 제압하는 레슬링 기술.

다른 것에 대한 얘기였을 수도 있겠다.

그랜트가 물밑에서 에드를 너무 오래 누르고 있는 것 같길래 내가 막 입을 열어 그만하라고 말하려는 순간 에드가 팔꿈치로 그랜트의 부드러운 배를 세게 쳤다. 그랜트가 길게 신음하며 풀어주자, 에드는 "빌어먹을, 뭐야?" 하고 비명을 지르며 물위로 고개를 내밀었다. 그랜트는 우는 것 같았지만, 섬뜩한 초록 그림자와 이미 그의 얼굴 가득 흘러내리고 있는 수영장 물 때문에 진짜 우는 건지 아닌지 판별하기는 힘들었다.

그랜트는 물 밖으로 나가 허리에 수건을 두르고 설거지를 하기 위해 집안으로 갔다. 에드는 수영장 끝에서 끝을 오가며 수영했다. 그들이 부모님처럼 싸울까봐 겁이 났다. 몇 마디의 날카로운 말과 뒤이은 며칠 동안의 침묵. 하지만 부엌일을 마친 다음 그랜트는 다시 밖으로 나와 수영장 모서리에 맥주캔을 세워두었다. 에드가 쏜살같이 미끄러져 가 수심이 얕은 쪽 끝에 선 채로 맥주를 마셨다. 그가 프랑스어로 농담을 던지자 그랜트는 웃었고, 둘 사이는 다시 원래대로 돌아갔다.

잠시 후 우리는 포치에 앉았다. 에드와 그랜트는 다시 옷을 입고 있었고 그것이 나에게는 훨씬 편했다. 그래도 그들과 함께 있는 것이 아주 편하지는 않아서 나는 더위에도 초조하게 몸을 떨었다. 그들은 맥주를 마셨고 에드가 나에게도 권했지만, 그랜트는 안 된다고 했다.

"아직 금요일이 아니라는 게 믿어지지 않아." 에드가 말했다. "화요일도 안 됐어."

"저 냄새 말이야." 액체 상태의 아스팔트를 말하는 것이었다. "Le pire!"

"왜 항상 'Le pire'라고 그래요?" 내가 물었다.

그는 눈썹을 치켜뜨고 이마를 찌푸린 채 생각하는, 매우 프랑스적인 표정을 지었다. 그러고는 손바닥을 들며 내게 말했다. "도르도뉴에 가면 도르도뉴 법대로."

한밤중에 나는 잠에서 깼다. 누군가 내 방 창문 아래서 기침하고 있었다. 창밖을 내려다보니 에드가 뒤쪽 포치에 앉아 쿠키 상자를 열고 있었다. 그는 쿠키 다섯 개를 연이어 입에 털어넣고 담배에 불을 붙였다. "염병." 그가 말했다. "제기랄."

나는 아버지의 서재로 갔다. 원래는 침실로 썼던 큰 방이었다. 벽을 따라 나란히 세워진 책꽂이에 책, 서류, 공책 들이 뒤죽박죽 꽂혀 있었다. 청소부 아줌마의 작품이었다. 이번 봄에 아줌마는 지난 수년 동안 바닥에 아무렇게나 흩어져 있던 것들을 모조리 책꽂이에 쑤셔넣었다. 방의 구석에 책상이 있었고 양쪽으로 의자가 하나씩 놓여 있었다. 책상 위는 이제 깨끗이 비어 있었다. 초록색 가죽이 덧씌워지고 서랍에는 굵은 놋쇠 손잡이가 달린 오래된 책상이었다. 나는 거기 앉아 서랍을 하나씩 열어보며 그곳에 더이상 없는 총을 찾아보았다. 그러고 나서 벽으로 돌아서 소르본대학의 석사학위와 바다가 그려진 오래된 그림 사이에 뚫린 구멍에 손가락을 집어넣었다.

복도에서 기침소리가 나더니 이어서 노크 소리가 들려왔다. 나는 회전의자를 휙 돌려 앉으며 손가락 끝에 묻은 석고를 문질러 닦아냈다.

"들어가도 돼?" 에드가 물었다. 이미 서재에 들어와서 내게로 다가오고 있었지만.

그는 책상 맞은편의 의자에 앉았다. 나는 그의 시야를 막아보려 했으나 그는 어쨌든 보고 난 후였다. 구멍과 석고 주변의 갈라진 틈들을.

"아버지가 그리 명사수는 아니었던 거지?"

"총알이 아빠 뺨을 가볍게 스쳤던 것 같아요. 며칠 밴드를 붙이고 있었어요."

에드가 얼굴을 찡그리며 웃었다. 그는 사각팬티를 입고 있었다. 밤은 무더웠고 피부가 가죽 의자에 달라붙었다.

"그건 이제 여기 없어." 그가 말했다.

"뭐요?"

"그 일."

"그럼 어디 있는데요?"

"없어진 거지. 끝났어. 더이상 찾을 수도 없고, 쓰다듬을 수도 없고, 어루만질 수도 없어. 시간이 데려간 거야. 빌어먹게도 늘 그렇게 모든 것을 앗아가듯이 훔쳐간 거라고. 드물게는, 너의 경우처럼, 그게 좋을 때도 있지."

 면접 때 엄마는 에드와 그랜트에게 테니스나 골프를 칠 줄 아느냐고 물었고, 그들은 그렇다고 거짓말을 했다. 엄마가 그런 사람을 뽑고 싶어한다고 생각해서였는데, 사실 엄마는 순전히 실용적인 이유에서 물어본 것뿐이었다. 만약 테니스나 골프를 친다면 그들의 이름을 스포츠클럽의 고객 명단에 올려 언제든 오갈 수 있도록 해주려던 것이었다. 첫번째 주말에 나는 그들을 데리고 테니스를 치러 갔다. 주말에는 복장을 흰색으로 통일해야 해서 그들은 아빠의 옷을 꺼내 입었다. 가는 길에 뒤늦게 나는 에드가 아빠의 흰 양말을 신는 것을 깜빡했다는 걸 알아차렸다. 나는 아무 말 하지 않았지만, 그랜트가 지적했다. 에드는 아무도 자신이 검은 양말을 신었다는 것을 눈치챌 수 없도록 코트에서 잽싸게 움직일 거라고 말했다.
 나는 우리가 클럽하우스에서 가장 먼 8번 코트를 배정받도록 손을 써두었다. 에드는 곧 알아차렸다.
 "멍청이 한 쌍과 눈에 띄고 싶지 않다, 이거지?"
 그가 옳았다. 야드에서 그들이 연습삼아 스윙하는 것을 보며 둘 다 자세가 전혀 잡히지 않았다는 걸 알 수 있었다. 그들을 웃음거리로 만들고 싶지 않아서 눈에 안 띄는 코트를 골랐다고 스스로 변명했지만, 사실 나 자신을 지키려던 것뿐이었다. 저런 사람들과 테니스를 치면 시합을 망치기 마련이라고 말하는 테니스 선생님의 목소리가 벌써 귓가에 쟁쟁했다. 다행히 우리 옆 코트는 비어 있었고, 초반에 그들이 막무가내로 쳐올린 공이 다른 누구의 시합을 방해하는 일은 없었다. 나는 그들의 부족한 기술에 실망했다. 오 일 동안 함께 살고 나서 나는 그들이 뭐든 할 수 있다고 확신했었다. 코트 위에서 그들은 어릿광대처럼 보였다. 특히 검은 양말을 신은 에드가. 에드는 운동신경이 있어 공을 따라오기는 했지만, 막상 공을 칠 때는 라켓을 쥐고 온몸을 던지는 바람에 맞히는 경우가 드물었다. 내가 몇 번이고 스트로크 동작을 반복해서 보여줘도 그대로 따라 하지 못하는 그들을 이해할 수 없었다. 한동안 나와 일대일로 공을 주고받던 에드와 그랜트는 한 팀이 되어 나에게 도전했다. 나는 우선 연습을 좀더 하는 게 어떠냐고 했지만 그들은 고집을 부렸다. 나는 라켓을 돌리며 바닥에 떨어뜨렸고, 그들이 업을 외쳤지만 다운이 나왔다.*

납작하게 눌러줄 작정이었다. 나는 공을 처음으로 넘겨주며

---

* 테니스 경기에서 서브권을 결정하는 방식으로, 라켓 손잡이가 정방향일 때는 업, 뒤집어졌을 때는 다운이다.

그들을 박살 내리라고 결심했다. 테니스코트에서 그런 기분을, 그런 날 것의 승부욕을 느껴본 적은 한 번도 없었다. 나는 능숙한 선수였지만 내가 탄 상은 대개 이등상이었다. 그들에게 한 점도 내주지 않으리라. 갑자기 나는 그들을 그렇게 우러러보고 좋아했던 나 자신이, 그들이 8월 중순에 떠날 것을 생각하면 벌써부터 목이 메어오는 나 자신이 경멸스러웠다. 왠지 공평하게 수준을 맞춰보고 싶었다. 나도 뭔가 가치가 있음을, 나도 그들에게 뭔가를 가르칠 수 있음을, 그들이 인정할 만한 면이 있음을 보여주고 싶었다.

내 첫 서브는 낮고 빨랐다. 에드가 배구를 하듯 밑에서 세게 받아쳤다. 공이 네트에 걸릴 거라고 생각했지만, 가까스로 네트를 넘었고 한발 늦어 공을 놓치고 말았다. 점수를 내주는 것은 처음이자 마지막이라고, 나는 스스로 다짐했다.

나는 그랜트에게 서브했다. 그는 획 뒤로 돌았다가 공을 놓쳤다. 에드에게 공을 높이 쳐서 보냈다. 그는 날아가는 공을 따라 뒷걸음치더니 다시 앞으로 달려나와 놀랍게도 정확히 내 앞으로 공을 돌려보냈다. 나는 스매시로 받아쳤지만, 이번에는 그랜트가 내민 라켓에 맞아 되돌아왔다. 에드 쪽을 향해 대각선으로 공을 쳤더니 그가 기다렸다는 듯 공을 높이 띄워 보냈다. 나는 다시 그의 발치를 향해 공을 후려쳤고, 공이 공중으로 높이 날아가는 것을 보았다. 에드는 내가 배운 것처럼 뒤로 조금씩 물러나는 대신 코트 뒤로 전력 질주해 공을 낚아챈 다음 정확한 각도로 나의 백코너를 향해 슬라이스 했다. 나는 뛸 준비가 되어 있지 않았고, 공은 나를 살짝 스치며 지나갔다. 득점이었다. 에드가 승리의 함성을 질렀다. 다른 코트에 있던 사람들이 우리 쪽으로 고개를 돌리는 것이 느껴졌다. 우리 셋 모두 투덜대고 신음하고 고함을 쳤다. 에드와 그랜트는 점점 나아지고 나는 나빠졌다. 나는 단 1점도 내주지 않겠다던 희망을 서서히 버리고 보잘것없는 승리라도 거두기 위해 노력했다.

결국 그들은 나를 6 대 4로 이겼다. 라켓을 펜스에 던지고 코트를 뛰쳐나왔다. 내 모습이 어떻게 보일지 알고 있었다. 부모님은 그런 행동을 끔찍이 싫어했다. 어떤 형태로든 분노를 내비치면 부모님은 빠르고 엄격하게 대응했고, 나를 바로 격리시켜 그 누구의 시선도 끌지 못하게 했다. 그랜트와 에드도 비슷하게 반응할 거라고, 나를 가능한 한 빨리 집으로 데려가 공공장소에서 격리시킬 거라고 생각했다. 사람들이 봤으니까. 클럽하우스의 베란다에 있던 사람들, 자동차로 가던 사람들, 테니스코트에 있던 사람들과 심지어 골프장에 있던 사람들까지도 내가 주차장에서 욕을 하며 자동차 바퀴에 발길질하는 모습을 보았다. 나는 자신에게 놀랐다. 고만고만한 상대 둘한테 테니스에서 졌다고 이렇게까지 화를 낼 일인지. 하지만 그랜트와 에드는 아무렇지도 않은 듯 테니스코트 너머 좁은 잔디밭에 앉아 있었다. 벌써 라켓 세 개를 다 케이스에 넣고 공도 다시 캔에 넣어둔 채였다. 조금 지나자 화가 풀렸고, 그들은 내가 서 있는 클럽 입구 옆의 단풍나무로 왔다. 그리고 우리는 집으로 걷기 시작했다.

너무 창피해 말이 나오지 않았다. 그들은 나 때문에 화나지도, 부끄럽지도, 모욕감을 느끼지도 않은 듯 서로 수다를 떨었다. 엄마가 나를 방으로 보낼 때 늘 말하는 것처럼 내가 다시 소년으로 변해야 할 작은 괴물이 아니라는 듯.

"너희 식구들도 저런 클럽 회원이겠지?"

에드가 그랜트에게 묻자 그랜트는 웃었다. "아닌데."

"저 덤불로 기어들어가는 남자 좀 봐. 뭐하는 거야?"

"봐봐, 베란다에 개가 있는데."

"주인이 공 물어오길 기다리고 있군!" 에드가 농담을 했다.

그리고 그 남자가 덤불에서 빠져나왔을 때 정말 손에 공이 들려 있는 모습을 보고는 웃음을 터뜨렸다. 그들은 우리 이웃에서 일어나는 모든 일을 재미있어했다.

"레이턴과 양들." 그랜트가 말했다.

에드는 폭소했다. "가끔 침대에 누워서 그 얘기를 생각하면 웃음을 멈출 수 없어."

"알아. 지금껏 들어본 얘기 중에 제일 웃긴 것 같아."

"지금 뭐할까? 알래스카에는 갔을까?"

"그럴걸, 내가 아는 레이턴이라면."

"그 여자랑?"

"그건 모르겠네. 그 부분은 영 확신이 없어서."

"나도 그래."

잠시 후 에드가 말했다. "그 여자는 같이 안 갔으면 좋겠다. 맙소사, 여자들이란 사람 신세를 조져놓기만 한다고." 우리 앞의 정지 신호등을 바라보는 에드의 얼굴이 붉게 물들어 있었고, 그랜트는 그런 그를 빤히 바라보았다. "제기랄, 아직도 아픈걸." 에드가 말했다.

나는 그랜트의 팔이 살짝 올라가다 다시 내려가는 것을 보았다.

에드가 팔꿈치로 나를 쿡 찔렀다. 그들이 내가 거기 있단 사실도 다 잊었다고 생각하던 참이었다. "오늘 저녁 그라운드 라운드* 어때?"

"좋아." 나는 가볍게 대답했다. 왜인지 모든 분노가 사라져 있었다.

우리는 마을의 번화가인 엘름 스트리트로 갔다. 초록색 캔버스 천으로 된 차양의 물결무늬 단에는 가게들의 이름이 흰

---

* 70~80년대 인기를 끈 미국의 캐주얼 다이닝 레스토랑.

색으로 적혀 있었다.

"힐리스 가서 스니커즈 하나 사자." 에드가 말했다. 우리는 곧장 집으로 가는 윈스럽 스트리트 대신 엘름 스트리트의 모퉁이로 돌아갔다.

베카 살리네로와 베카의 남동생이 우리에게 등을 보인 채 냉장고에서 음료를 고르고 있었다. 내가 돌아서서 나가려고 하자 에드가 나를 붙잡고 속삭였다. "쟤 맞지?"

나는 대답하지 않았지만 그는 그러거나 말거나 이미 음료 냉장고로 향하고 있었다. 가게를 나오려고 했지만, 발이 떨어지지 않았다.

"걱정하지 마." 그랜트가 말했다. "에드는 재주가 좋잖아."

"무슨 재주요?"

"친구 사귀는 재주."

에드는 그들이 음료를 선택하기를 기다렸다. 베카의 남동생은 셔츠를 벗어서 옷깃과 소매를 반바지 속에 구겨넣어 셔츠의 나머지 부분이 허리춤에서 펄럭거리게 해놓았다. 몸이 깡말라서 갈비뼈 하나하나를 3D로 볼 수 있을 정도였다.

에드가 그녀의 남동생이 고른 음료를 가리키며 물었다. "뭐야, 다이어트 음료 안 마시니, 뚱보?" 그 말에 베카가 특유의 깊은 웃음소리를 내며 웃었다.

그들이 대화를 나누는 동안 나는 제일 뒤쪽 통로에 숨어 있었다. 베카와 남동생은 계산을 마치고 가게를 떠났다.

에드는 베카가 지역센터의 여름 캠프에서 도우미로 일한다는 사실을 알아냈다. 집에 가면 전화를 걸어 운영시간을 알아보자고 말했다. 다시 뙤약볕으로 나와 아스팔트의 열기와 마주하며 그는 우리 쪽에서 먼저 치고 나갈 계획을 세워야 한다고 설명했다.

방금 상점에서 베카를 보지 않았다면, 베카의 존재가 내 몸에 새겨지지 않았다면 반대했을지도 모른다. 하지만 나는 주무르기 쉬운 상대였고, 그는 그것을 알았다.

"그 아이를 선택하다니. 흥미롭네." 그랜트가 말했다. 그리고 그들은 웃음을 터뜨렸다.

베카가 성장기의 어정쩡한 단계에 있는 것은 사실이었다. 최근에는 부쩍 키가 컸다. 하지만 다리만 길어져서, 반바지를 입으면 짧은 몸통이 죽마에 올라타고 있는 것처럼 보였다. 봄에 교정기를 뺐지만 여전히 새끼 고양이 혀 같은 분홍색을 띤 두꺼운 유지장치를 끼고 있어서 실제 잇몸은 어둡고 아파 보였다.

"다듬어지지 않은 다이아몬드겠지, 아마도." 에드가 웃음을 참으려 애쓰며 말했다. "진짜야, 보는 눈이 있네. 애가 내숭이 전혀 없더라. 아주 맑은 시냇물 같아. 그런 애를 좋아해야지. 나는 정반대인 사람을 좋아했다가 인생을 망쳤잖아."

"인생이 아니라 봄을 망친 거겠지." 그랜트가 말했다.

"봄, 여름, 겨울을 망쳤지. 뭐가 빠졌지? 가을. 맙소사, 가을은 생각하기도 싫어. 여하튼, 실리아 워시번만큼 예쁜 건 아니지만. 약간 〈동물의 왕국〉에 나올 것처럼 생겼어." 에드는 기린처럼 목을 빼고 입으로 나뭇잎을 따먹는 시늉을 했다. 그랜트가 코웃음을 쳤고 에드는 우스꽝스레 목소리를 떨었지만 다시 원래 목소리로 돌아와 말을 마쳤다. "하지만 아주 귀여워."

집으로 오는 길에 우리는 공원을 지났다. 농구장에서 아이들 몇몇이 모여 즉흥 농구 경기를 하고 있었다. 에드의 발걸음은 곧장 그곳으로 향했고, 나는 움찔했다. 공이 바스켓을 통과했을 때 그는 농구장 안으로 들어갔고, 제일 키가 큰 아이에게 말을 걸며 천천히 뒤따라오고 있는 나와 그랜트를 가리켰다.

"빨리 오지 않고 뭘 꾸물거려!" 그가 말했다. "우리 차례야."

농구를 좋아하진 않았다. 하지만 테니스 경기에 참패한 후 손에 큰 공을 가득 쥐자 그 촉감이 좋았다. 나는 한 번도 그 농구장에서 시합을 해본 적이 없었고, 그건 내 친구들도 마찬가지였다. 이곳은 공립학교 애들이 오는 곳이었다. 득점하고 공을 건네주는 사이에 내가 사는 동네를 둘러보았다. 정자, 그네와 정글짐, 농구장, 도서관이 있는 석조 건물과 그 너머의 주차장. 이곳에서 동네를 바라본 적은 없었다. 우리집 뒤뜰에는 나 혼자 쓰는 그네가 있었고, 여름에는 운동하러 스포츠클럽에 갔으니까. 경기중에 한 아이가 나를 방해하며 작은 소리로 부잣집 도련님이라고 불렀다. 하지만 다른 애들은 내가 뭔가 제대로 했을 때는 등을 두드려주고 그러지 않았을 때는 용서하며 게임을 즐길 뿐이었다.

뭘 하고 있든 말을 하지 않고는 잠시도 못 배기는 에드는 모두에게 웃음을 안겼다. 그는 말로 상대 팀의 주의를 흩트려놓으려 했다. "오케이, 빅 레드 선수가 공을 차지했군요. 빅 레드 공격합니다. 빅 레드 선수, 저건 근육인가요, 가슴인가요? 판단이 어렵네요. 맙소사, 자꾸 눈이 거기로 가는군요. 저런, 시선을 공에서 뺏어가네요." 그는 술술 계속했다. 그가 공을 빼앗아 상대편 골대를 향해 달려갈 때조차 등뒤로 목소리가 메아리쳤다. 나는 조금 전 베카와 만났던 것, 그리고 집에 돌아가 지역센터에 전화할 것을 생각할 때마다 기운이 불끈 솟았다.

베카의 일정을 손에 넣자마자 우리는 우연을 가장한 만남을 계획했다. 에드는 동선을 예측하는 비상한 재주가 있었다. 덕분에 우리가 있는 곳에 베카가 우연히 오는 것처럼 보이게 할 수 있었다. 실은 그 반대였지만. 셋이 먼저 어디에 가 있으면 그녀가 나중에 우리를 발견하는 식이었다. 에드는 내가 또다시 뒤에 숨도록 놔두지 않았다. 처음은 샌드위치 가게였다. 베카가 들어섰을 때 우리는 이미 줄을 서고 있었다. 모두 우리의 계획이었다. 그랜트가 아주 자연스럽게, 하지만 완벽하게 계획한 대로 내게 시간을 물었고 나는 뒷벽에 붙은 시계를 보려고 돌아섰다. 베카가 유지장치를 뱉어 반바지 주머니에 넣는 것이 보였다.

베카가 안녕, 하고 말했고 나도 안녕, 하고 대답했다. 베카는 머리를 하나로 올려 묶고 여름 캠프의 하늘색 티셔츠를 입고 있었다. 티셔츠에는 말라붙은 물감이나 찰흙 같은 것이 묻어 있었다. 베카의 눈은 더없이 맑았다. 눈동자를 무슨 색이라고 불러야 좋을지 알 수 없었다. 여름 잘 보내고 있느냐고 베카가 물었고 나도 똑같이 물었다. 우리는 여름방학 도서 목록에서 읽기로 한 책들에 관해 이야기했다. 베카는 『카라마조프가의 형제들』이 첫 육십 페이지만 넘기면 그다음부터는 재미있어질 거라고 장담했다. 그러고 나서 우리는 샌드위치를 주문했다. 샌드위치는 금세 단단히 포장되어 나왔다. 베카는 남동생에게 샌드위치 하나를 가져다주러 집에 가야 한다며 떠났다.

"뚱보가 샌드위치 하나로 돼?" 에드가 말했다.

베카가 가고 나서 그가 말했다. "쟤가 우리 귀염둥이를 좋아하는데."

"어떻게 안 좋아할 수 있겠어?" 그랜트가 말했다.

계획상 다음번에 베카를 만났을 때 데이트 약속을 잡아야 했다. 하지만 나는 겁을 먹고 그만뒀다. 에드가 다음 만남 때

나 대신 물어봐주었다.

"우리 오늘 저녁에 영화 보러 가는데. 같이 갈래?"

"음, 그래요."

"음, 온다는 거구나. 우리가 정확히 여섯시 사십오분에 데리러 갈게."

"하지만 제가 어디 사는지도 모르잖아요."

"전화번호부에 있지 않아?" 나는 이미 베카가 바인 로드 67번지에 살며 집 앞에는 커다란 자작나무가 있고 작년에 지은 차고 안에는 어머니가 모는 폴크스바겐(LL3783)과 아버지의 아우디(KN9722)가 세워져 있다는 사실을 알고 있었지만 아무것도 모른다는 듯 말했다.

"아, 너 부자 전용 전화번호부에 실려 있구나?" 에드는 나중에 내 억양을 그대로 본떠 우스갯소리를 했다. 나는 이제껏 한번도 내 억양이 다르다는 사실을 의식하지 못했었다.

처음에는 당연히 베카가 에드를 좋아할까봐 겁이 났다. "Une femme qui rit est une femme au lit."* 그가 한번은 프랑스어로 그렇게 말했다. 에드는 내가 아는 그 누구도 따라갈 수 없을 만큼 재밌었다.

---

* '여자가 웃으면 그다음부터는 일사천리'라는 뜻.

베카와 세번째로 만났을 때 우리는 미니 골프를 치러 갔다. 하지만 다섯번째 홀에 공을 넣는 데 성공하자마자 비가 쏟아져 같이 우리집으로 갔다. 그랜트가 팝콘을 튀기려고 큰 냄비를 꺼냈고 에드는 거실 소파에 쓰러졌다. 나는 방에 올라가서 셔츠를 갈아입겠다고 했지만, 계단에 멈춰 서서 에드와 베카의 대화를 엿들었다.

"미니 골프 꽤 쳐본 솜씨더라." 그가 말했다. "자주 가니?"

"남동생이 좋아해요."

"너는 별로 안 좋아한다는 거네."

"동생을 이기는 게 너무 쉬워서요."

에드가 웃으며 말했다. "앉아." 하지만 베카는 나에게 가보겠다고 말했다.

베카가 나를 발견하기 전에 남은 계단을 마저 올라갔다. 베카는 내가 있는 곳으로 올라왔고, 우리는 계단 손잡이 너머로 텅 빈 현관 복도를 바라보았다. 이층은 더웠다. 몸이 비에 젖어 있어서 그 더운 느낌이 오히려 좋았다. 처음으로 우리집이 아늑하게 느껴졌다. 나는 아래층을 쳐다보는 척했지만 실제로는 베카가 신은 운동화와 양말을 보고 있었다. 뒤꿈치에 달린 보송보송한 털 방울이 밖으로 나와 있었다. 그중 하나는 금방 떨어지게 생겼다고 말해주려던 순간 베카가 내게 키스했다. 아니면 내가 베카에게 키스한 걸까. 적어도 우리가 그때의 기억을 떠올릴 때면 베카는 그렇게 주장한다. 나는 항상 첫 키스가 두려웠고, 진작에 일어났어야 하는 일임을 알고 있었지만 어떤 식으로 이루어질지는 몰랐다. 당시에 나는 꽤나 성적인 꿈을 자주 꾸었지만, 꿈은 그런 일들이 어떻게 시작되는지는 물론, 키스의 순서조차 알려주지 않았다. 마음속으로도 이런 말까지는 한 적이 없지만, 그런 상황에서 나는 차라리 여자가 되고 싶었다. 하지만 그랜트와 에드가 아래층에 있다는 사실이, 그들이 떠드는 소리와 팝콘이 팬에서 튀어오르기 시작하고 에드가 그랜트에게 뭐라고 외치는 소리가 왠지 용기를 줬다. 너는 잘하고 있어, 라고 아래층에서 들려오는 소리가 말하는 것 같았다. 네가 위층에 베카와 있다는 것을 알고 너를 위해 최선을 빌고 있어. 나는 내 혀가 베카의 입속으로 들어가는 것을 느꼈다. 베카의 혀가 망설이다 내 혀에 닿는 것을, 베카 역시 나만큼 경험이 없음을 느꼈다. 베카의 목덜미와 머리카락을 느꼈다. 내가 느껴야 할 감정을 느끼고 있음을 처음으로 느꼈다. 마치 그 한순간에 내 삶의 모나고 쓸모없는 조각들이 모두 제자리를 찾은 듯했다.

텔레비전이 켜졌다. 에드와 그랜트가 웃기 시작하자 우리도 웃음이 나왔다. 복도의 작고 높은 창을 통해 짙은 파란색 불빛이 들어오고 있었다. 내가 그렇게 행복했던 적이 있었는지 모르겠다.

"너한테서 젖은 강아지 냄새가 나." 그녀가 말했다.

"너한테서 젖은 몽구스 냄새가 나." 우리는 웃고 키스했다. 키스하며 젖은 것들에 관해 얘기하니까 뭔가 지저분한 짓을 하는 기분이었다.

그리고 우리는 아래층으로 내려가 팝콘을 먹었고 베카의 뺨은 붉게 달아올라 있었고 입술은 빨갛게 빛났고 밖에는 비가 세차게 쏟아지고 있었다. 나는 에드와 그랜트가 모든 것을 알고 있음을 알았고, 모든 것, 정말 모든 것이 나를 행복하게 했다.

그 여름 나는 한 번 이상, 아니 수차례 부모님이 프랑스에서 차가 박살나 돌아가시는 것을 상상했다. 그래서 그랜트와 에드가 우리집으로 이사와 영원히 같이 사는 것을 상상했다. 부모님이 써둔 유서가 있는지, 양육권자로는 누구를 지정해뒀는지 궁금했다. 상상 속의 긴 법정 공방에서 나는 양육권자 후보가 될 만한 외삼촌이나 고모할머니를 한편에, 나와 에드와 그랜트를 다른 한편에 세웠다. 소송에서 이긴 뒤 자동차에 올라타 긴 여행을 떠나는 모습을 상상했다. 우리가 늘 얘기했던, 루이지애나나 아카풀코 같은 곳으로.

부모의 불행을 비는 것, 그들이 다시 돌아오지 않기를 바라는 것은 어른들의 관점에서 보면 심한 일인지 모른다. 하지만 그 여름의 나에게는 별것 아니게 느껴졌다. 절대 이뤄지지 않

도르도뉴에 가면 129

을, 경솔하고 변덕스러운 바람.

  그리고 그런 일은 일어나지 않았다. 부모님은 약속했던 대로 8월 16일에, 계획했던 대로 저녁 여섯시에 돌아왔다. 아버지는 기운을 차린 듯 보였고, 내 기억 속의 쩌렁쩌렁한 목소리도 그대로였다. 엄마는 할머니처럼 나를 여러 번 껴안으며 내가 얼마나 컸는지 말했고 내 눈을 들여다보았다. 나는 엄마의 말이 맞다는 것을 알았다. 나는 컸다. 엄마와 시선을 맞추려면 이제 예전보다도 더 눈을 비스듬히 내리떠야 했다. 엄마는 내가 얼마나 끔찍이 보고 싶었는지 자신도 놀랐다고 했다. '끔찍이'를 발음할 때 평소의 단정한 입매가 일그러졌지만 바로잡지 못하는 것 같았다. 나는 엄마를 똑바로 마주보며 엄마가 얼마나 안 보고 싶었는지 나 자신도 놀랐다고 말했다. 그리고 우리는 웃었다. 달리 뭘 할 수 있었을까.

  "그럼, 돈을 지급해야지." 아버지가 말했다. 그는 지난 수년간의 무기력함을 벗은 모습으로, 에드와 그랜트를 데리고 재빨리 이층으로 올라갔다. 아버지는 서재의 문을 열었고 나도 뒤따라 안으로 들어갔다. 책상 맨 아래 서랍에서 수표를 넣어두는 링 세 개짜리 바인더를 꺼냈다. 그러고는 천천히 에드에게 줄 수표 한 장과 그랜트에게 줄 수표 한 장을 썼다. 그의 등 뒤편으로 보이던 벽의 구멍은 사라졌다. 나는 눈으로 하얀 벽을 훑었고, 마침내 약간 더 어두운 톤으로 구멍을 막고 페인트를 작게 덧칠한 부분을 찾아냈다. 나는 에드를 보았지만, 아버지가 그들을 가르치는 교수들이 누군지 묻는 참이었다. 그는 그중에 아는 사람이 있는지 알고 싶어했다.

"도르도뉴는 어떠셨어요?" 그랜트가 물었다.

둘은 긴장하고 뻣뻣한 모습이었다. 한때 그들의 것이었던 이 집에서 이제 낯선 사람들이 되어 있었다.

아버지가 바인더를 다시 집어넣고 서랍을 잠갔다. "도르도뉴야 도르도뉴였지."

나는 그것이 에드의 입맛에 맞는 문장이며 그가 그랜트와 함께 만들어온 어록에 수록될 것임을 알았다. 아버지는 그들과 힘껏 악수하고 집을 잘 돌봐줘서 고맙다고 했다.

나는 에드와 그랜트와 함께 현관 앞 계단을 내려가 잔디밭을 지나 폰티액이 세워진 곳으로 갔다.

"우리 멕시코에 못 가봤네." 에드가 말했다.

"뉴올리언스도." 그랜트가 말했다.

"어쩌면 내년 여름에도 부모님이 유럽 여행을 떠날지 몰라." 내가 말했다.

"집안 곳곳에 여행사 카탈로그를 뿌려둬." 에드가 팔을 크게 벌렸다. "7월의 카프리로 오세요!"

그랜트가 자동차 옆에 가방을 내려놓고 나를 꽉 안았다.

"사랑해."

마치 그의 두꺼운 팔이 내게서 그 말을 짜낸 것 같았다. 나는 민망하면서도 놀랐다. 나는 항상 내가 에드를 더 좋아한다고 생각했다.

"에이, 우리 귀염둥이와 헤어지기 싫은데." 에드가 말하며 나와 그랜트를 동시에 꼭 안았다. 나는 담배와 아스팔트 냄새가 섞인 그의 냄새를 맡았다.

"사랑한다."

우리는 서로를 다시 볼 거라 생각하며 그걸 마지막 이별이라 여기지 않았던 것 같다. 그들은 가족들을 보러 본가에 갔다가 일주일 후면 다시 우리집에서 몇 킬로미터 떨어지지 않은 기숙사로 돌아올 것이었다. 차를 타고 지나가다가 낮은 벽돌 건물들 사이에 솟아 있는 높은 건물을 내게 보여준 적이 있었다. 몇 주만 있으면 그곳에서 우리의 삶이 계속되리라고 상상했다. 빈백 의자와 피자 상자, 영화 편성표가 실린 신문들이 펼쳐진 모습이 눈앞에 그려졌다. 하지만 개학을 하고 나자 나는 기숙사의 팔층까지 올라가는 건 고사하고 캠퍼스에 발을 들일 엄두도 내지 못했다. 베카가 전화해보라고, 편지라도 써보라고 나를 재촉했지만, 여름은 끝났고 다시 돌아갈 길은 없어 보였다.

지금 그때를 돌아보노라면 책 한 권을 다시 읽는 것 같다. 예전에는 너무 어려서 이해하지 못했던 책을. 이제는 그랜트가 에드를 얼마나 사랑하고 있었는지 보인다. 에드가 그것을 알고 있었고, 그 마음을 받아줄 수 없으면서도 필요로 했으며, 그런 식으로 자신의 다친 마음을 치유하고 있었다는 것을. 그리고 그들이 우리집에서 무슨 일이 일어났었는지, 도착하기 전부터 이미 너무도 잘 이해하고 있었다는 것을. 에드가 프랑스어로 항상 말했듯, 내가 '현재완료$_{\text{passé composé}}$'형이 될 때까지 이 여름을 마음속에 간직할 것이다. 이후로 나는 그들을 다시 본 적이 없지만, 에드가 쓴 소설 세 권을 모두 읽었고 매번 다 좋았다. 고백하자면 나는 그의 책 속에서 그해 여름의 흔적들을 찾고 싶었다. 커다란 회색 집, 대학가의 동네, 부모가 외국으로 떠난 외로운 소년의 흔적을. 하지만 지금까지 나 또는 그랜트를 연상시키는 것은 없었다. 그들이 여전히 지구 어딘가를 걷고 있으며, 그들도 나와 마찬가지로 그해 이후로 수십 년을 더 살았고, 지금도 각자 어딘가에서 눕거나 자리에서 일어나거나 책을 읽거나 비행기를 타고 있거나 병실에 있거나 택시 안이나 사무실에 앉아 있다고 생각하면 기분이 묘하다.

하지만 베카와는 결국 결혼했다. 다른 사람들은 어떻게 그러는지 모르겠다. 열네 살 때, 발목 양말만으로도 정신을 달아나게 하던, 젖은 머리에서 과거의 냄새를 풍기는 소녀와 어떻게 함께하지 않을 수 있을까. 행복이 무엇인지 알게 된 바로 그 순간에 곁에 있던 소녀와.

북해

오다의 딸은 자기 트렁크를 들지 않겠다고 버텼다.

"엄마 물건이 너무 많이 들어 있잖아." 한네가 말했다.

오다는 차에서 내렸다. "각자 쓸 비치타월 한 장씩이랑 간식 넣은 거잖아. 혹시 배에서 아무것도 안 팔 수도 있으니까. 그게 다야."

한네는 자리에서 꼼짝하지 않았다. 딸아이는 오고 싶어하지 않았고 하를레질 마을 입구의 언덕에서 바다를 봤을 때도 오다가 기대했던 것처럼 감동하지 않았다. 사실 그 풍경에 감동하지 않은 건 오다도 마찬가지였다. 그때까지는 자신이 어떤 흥분과 변화를 기대했다는 사실조차 모르고 있었다. 하지만 한네는 어렸다. 열두 살 반밖에 되지 않은데다, 이처럼 드넓게 펼쳐진 바다를 본 적이 거의 없었다.

어쩌면 잔뜩 낀 구름이 태양을 가리며 질주했기 때문이었을까. 마치 두꺼운 대롱으로 불어 만든 유리처럼 둥그렇고 커다란 구름은 밑부분이 바람에 평평하게 깎여 있었다. 그 구름이 새파란 물빛을 칙칙하게 만들고, 시선을 빼앗았다.

주차장 너머에서 초록색 작업복을 입은 남자가 탑승용 경사로의 입구를 가로막고 있던 긴 사슬을 풀며 트럭을 향해 전진하라는 손짓을 했다.

"배에 차도 들어가잖아." 한네가 말했다. "봐."

"트럭만. 건축자재나 그런 것 때문이야. 이제 내려. 트럭을 싣고 나면 승객들이 타야 하는데 우린 아직 표도 못 샀어."

한네는 움직이지 않았다. 작업복을 입은 남자가 트럭 앞에서 뒷걸음치며 손을 좌우로 획획 내저었고, 트럭은 철커덕 소리를 내며 경사로를 내려가 여객선에 올랐다. 빈 곳을 트럭이 겨우 비집고 들어갔다. 남자는 개를 다루듯 트럭의 엔진 덮개를 톡톡 두드리더니 다시 경사로에 올라섰다. 그러고는 보행자들에게 고개를 끄덕였다.

오다는 조수석의 문을 열고 딸의 위팔을 잡았다. 손에 잡히는 것이라고는 너무 여리여리한, 가느다란 뼈를 둘러싼 피부뿐이었다. 조금만 힘을 줘도 팔이 어깨뼈에서 떨어질 것 같았다. 한네가 그녀의 손을 뿌리쳤다.

"알았어." 오다가 말했다. "터미널까지는 내가 들고 갈게, 하지만 배에 싣는 건 네가 해." 스무 살은 어린 여자들의 스타일을 따라 하는 것 같아 별로였지만 오다는 핸드백을 대각선으로 가슴에 매고 트렁크 두 개를 들어올렸다. 둘 다 그리 무겁지 않았지만, 매표소 창구까지의 짧은 거리를 끙끙거리며 가야 했다.

처음으로 딸과 단둘이 보내는 휴가였다. 이때를 위해 오다는 이 년 가까이 돈을 모아야 했다.

매표소의 여자는 다음 여객선이 있는 세시까지 좀 쉴 수 있겠다고 생각하며 겨자를 바른 샌드위치를 먹고 있었다. "서두르셔야겠어요." 여자는 입에 빵을 가득 문 채 빨간 승선권 두 장을 내밀며 말했다.

오다는 한네의 트렁크를 매표소 입구에 세워두고 작업복을 입은 남자에게 표 두 장을 보여주었다. "한 장은 딸애 거예요. 지금 오고 있어요." 한네는 여전히 차 안에 있었다.

남자는 경사로를 다시 막으려고 손에 사슬을 들고 있었다.

"부탁드려요." 오다는 한네가 화장실에 갔다고 말하려 했지만, 매표소는 화장실이 있기에는 너무 작았다. "아이 아빠가 세상을 떠났어요." 오다가 말했다.

남자가 사슬을 든 손을 떨궜다. 굵은 쇠사슬이 서로 부딪치며 절그럭 소리를 냈다. 오다는 남자의 눈을 마주보기가 민망했지만, 딸을 배에 태우기 위해서는 그래야만 했다.

"힘들겠네요."

뱃고동소리가 들렸다. 한 젊은 남자가 조타실의 작은 창문 밖으로 손짓하며 뭔가 외쳤는데, 유리에 막혀 들리지 않았다.

"배에 타세요. 따님 안 보이는 곳에 자리 하나 잡으시고요." 저지 독일어*라 뜻만 겨우 알아들을 수 있었다. "그럼 올 거예요."

갑판 아래에는 플라스틱 의자 몇 개와 벤치, 그리고 소금이 말라붙은 창문이 있었다. 오다는 선실 안의 유일한 승객이었다. 다른 사람들은 트럭 앞의 남은 자리에 서 있거나 작은 계단을 올라가 갑판으로 나갔다. 오다는 자신의 트렁크를 다른 승객들의 짐과 함께 문가에 세워두고 벤치에 앉았다.

고동이 이번에는 더 화난 소리로 울렸다. 금속 크랭크가 쓱 쓱, 쿵쿵 소리를 냈다. 오다는 벌떡 일어나 선실 문밖을 내다보았다. 선미에서 경사로가 올라가며 접히고 있었다. 덜컥, 하며 선체가 흔들리더니 배가 흰 물거품을 일으키며 육지로부터 멀어지기 시작했다. 한네의 트렁크는 여전히 매표소 옆에 있었다.

"엄마! 여기 위를 봐!"

---

*독일 북부와 네덜란드 동부 지역에서 사용되는 독일 방언.

딸의 가느다란 팔이 갑판 위의 다른 사람들 팔 속에서 흔들리고 있었다.

"난간 밖으로 몸 너무 내밀지 마!" 오다가 말했다. 하지만 하고 싶던 말은 그것이 아니었다.

몇 킬로미터 지나자 하늘은 낮아지고 바다는 높아져 그 두 겹의 잿빛 세상 사이를 배가 겨우 뚫고 나가는 듯 보였다. 상갑판에 서 있던 사람들이 춥다며 안으로 들어왔다. 그러나 한네는 들어오지 않았다.

어두운 베일이 비스듬히 드리워진 섬이 시야에 들어왔다. 오다는 창유리에 이마를 댔다. 그 섬 말고는 넓디넓은 북해 어디에도 비가 내리지 않았다.

한네더러 섬에 있는 매표소 직원(오다의 눈앞에 겨자를 바른 샌드위치를 먹던 여자가 떠올랐다. 당연히 거기엔 다른 사람이 앉아 있겠지만)에게 직접 부탁하라고 말할 것이다. 트렁크를 다음 배 편에 가져다달라고. 모든 비용은 한네가 직접 자기 용돈으로 내야 할 것이다. 호락호락 넘어가지 않을 것이다.

하지만 여객선이 속도를 늦추고 한네와 다른 승객들 틈에 섞여 후드득 쏟아지는 비를 맞으며 육지에 닿기를 기다리는 동안 오다는 도착지에는 매표소가 없다는 사실을 깨달았다.

"따님 여행 가방은 제가 저녁 배로 올 때 가져다드리지요."

마치 오다가 묻기라도 한 듯 작업복을 입은 남자가 말했다.

"가방이 아니라 트렁크예요." 짐이 바뀔까봐 오다가 덧붙였다.

"엄마도 다른 사람한테 그러면서 나더러는 무례하게 굴지 말라지." 한네가 앞서 경사로 위로 올라서며 말했다.

오다는 이미 펜션 주인에게 전화로 마지막 남은 방을 자세히 설명해달라고 했었다. 더블베드 하나, 초록색 책상, 푸른 벽, 면으로 짠 러그. 창이 세 개 나 있고 그중 두 개로 바다가 보인다고 했다. 그리고 꽃무늬 천을 덧씌운 팔걸이의자. 무슨 색인데요? 오다가 물었다. 그는 잠시 주춤했다. 버건디와 핑크. 분명 지어낸 걸 거야, 오다는 생각했다. 앞서 던진 다른 질문들에 대답할 때도 펜션 주인은 두 번이나 수화기를 내려놓아야 했다. 오다가 7월에 이 주간 그 방을 빌리겠다고 했을 때, 그는 실망하는 기색을 감추려 애썼다.

방은 정확히 그가 묘사한 대로였지만, 오다의 상상과는 조금도 부합하지 않았다. 주인은 방의 면적을 미리 알려주었고 오다는 그와 전화하면서 집 거실에 대고 그 크기를 가늠해보았다. 그러나 실제로 보니 벽 때문에 더 작아 보였다.

"마음에 안 드는 부분이 있으신가요?"

그들은 여전히 문가에 서 있었다.

"침대가 하나잖아." 한네가 말했다.

펜션 주인이 오다를 바라보았다. 그는 전화로 접이침대를 따로 둘 자리가 없다고 설명했고 오다는 아이와 한 침대에서 자버릇해서 괜찮다고 거짓말을 했다. "좋을 것 같네요." 오다는 말했었다.

펜션 주인도 상상과는 달랐다. 예상보다 더 젊었고, 수염을 길렀으며, 몸에 달라붙는 패드 반바지를 입고 있었다.

"죄송해요. 막 한 바퀴 돌고 왔거든요." 오다가 그를 너무 빤히 쳐다보았나보다.

"말 타고요?" 한네가 물었다.

그가 웃었다. "자전거 타고."

"배에서 말 한 마리를 봤어요." 한네가 오다에게 말할 때만 쓰던 말투로 말했다.

그가 다시 웃었다. "배에 말이 타고 있었다고?"

"아뇨, 배에서 봤다고요."

그는 한네의 말투가 거슬리지 않는 듯했다. "동쪽 끝에 승마용 마구간이 있어. 말을 빌려주기도 하니까 관심 있으면 가봐."

"난 말 타는 법 몰라요."

"가르쳐주는 여자분이 계셔. 필라어라고. 세르비아 사람인데 독일어가 유창해."

"이름이 필라어*라고요?" 한네가 말했다.

"내가 전화해서 약속 잡아줄 수 있어."

"그럼 좋겠는데요."

오다는 승마 교습은 고사하고 말을 한 시간 대여할 돈도 없었다. 한네도 그걸 알고 있을 것이다. 지난 일 년 동안 모은 돈마저 이 휴가가 꿀꺽 삼킬 것이다. 남자가 전화를 걸기 전에 아래층으로 내려가야 했다.

주인이 나가자 방에는 둘만 남았다. 낮인데도 너무 어두워 오다는 램프를 둘 다 켰다. 하지만 조명이 방의 분위기를 더 망쳐놓자 다시 스위치를 눌러 껐고, 방은 그전보다 훨씬 어두워 보였다.

팔걸이의자의 색이 버건디와 핑크라는 말은 사실이었다. 창 두 개로 바다가 보인다는 말도 맞았다. 하지만 바다와 하늘, 비와 안개가 구분되지 않으니 아무 소용이 없었다. 프리츠라면 지금 웃었겠지. 이 아무것도 보이지 않는 전망을 위해 들인 비용과 노력이라니. 그러나 이제 그는 결코 볼 수 없을 젖은 얼룩과 아스라한 잿빛을 내다보며, 오다가 느낄 수 있는 것이라고는 자책감뿐이었다. 여행 계획은 늘 그가 세웠다. 언제나 남쪽으로, 언제나 해가 있는 곳으로. 이제 그 이유를 알 수 있

---

* Pilar. 독일어로 '말의 고삐를 매어놓는 기둥'이라는 뜻도 있다.

었다.

"엄마는 내가 말 타는 거 싫지?" 한네가 말했다.

오다는 한편 딸이 겨우 열두 살이고 엄마가 우울하게 생각에 빠져 있으면 당연히 말 때문일 거라고 믿는다는 사실이 기뻤다.

"난 옛날부터 항상 말 타는 거 배우고 싶었단 말이야."

프리츠는 그들에게 빚만 물려주었다. 신용카드 세 장으로 빌려 쓴 많은 빚을 올봄에야 다 갚을 수 있었다. 승마 같은 쓸데없는 것 때문에 또 빚을 질 수는 없었다.

오다가 아래층으로 내려갔을 때 펜션 주인은 식탁을 차리고 있었다. 그는 필요한 건 없냐고 물었다.

"크래커 같은 거 파는 제일 가까운 가게는 어디에 있어요?"

식료품을 사서 대부분의 식사를 방에서 해결할 거라고는 말하고 싶지 않았다. 내일이나 모레쯤에는 그의 냉장고에 저민 고기나 치즈를 보관해도 되냐고 물을 엄두를 낼 수 있을지도 모른다.

"언덕 내려가서 오른쪽으로 가시면 왼편에 가게가 있어요. 조금 비싸긴 하지만요. 원하시면 육지에 저희 물건 주문할 때 같이 해드릴 수 있어요. 물건은 이틀에 한 번 첫 배로 와요."

"고마워요." 오다가 당황하며 말했다. 이런 친절 앞에서 그녀는 발가벗은 기분이 들곤 했다. 오다는 맨몸을 가리듯 서둘러 자신을 위장했다. "어쩌면 다음에요. 오늘은 그저 몇 가지 물건이 다 떨어져서 그래요."

"오늘은 문 닫았을 거예요. 일요일이라."

"그렇군요."

"저녁식사 준비해드릴까요?"

"예, 고마워요."

승마 이야기는 꺼내지도 못하고 오다는 위층으로 돌아갔다.

한네가 오다의 트렁크에 든 물건들을 쏟아 바닥에 펼쳐놓았다. "내 샴푸 왜 안 가져왔어?"

"우리가 제노바에서 산 작은 샴푸 병을 챙기겠다고 네가 그랬으니까." 우리란 그들이 셋이었던, 다른 시절의 우리였다.

"그러면서 저 끔찍한 디오더런트는 가져왔네. 저건 바르면 썩은 채소 냄새가 난단 말이야."

머리 위 천장에서 누군가 한 모서리에서 다른 모서리로 향하는 가벼운 발소리가 들려왔다. 쿵쿵거리며 바로 그 뒤를 따라가는 소리도. 정적. 요란한 울부짖음.

"미치겠네." 한네가 말했다. "애들이야."

한네는 복도 끝의 샤워실로 가고, 오다는 버건디와 핑크 의자에 몸을 파묻었다. 이 방과 안개 낀 전망을 위해 돈을 내가며 여기 있고 싶지 않았다. 자신의 침대에서 자고, 아침에는 일하러 가고 싶었다. 친구들, 가족, 사회가 휴가를 떠나라고 오다를 압박했다. 오다 자신은 원치 않았다. 한네도 원치 않았다. 그런데 왜 이런 일을 자초하고 있는 걸까?

오다는 창가로 갔다. 밖은 조금 맑아져 있었다. 모습을 드러낸 바다는 잔잔하지 않았다. 채찍질하듯 몰아치는 바람에 하얗게 거품이 인 파도가 솟아올랐다. 커다란 어선들이 멀리서 서로 어장을 차지하려고 다투고 있었다. 튼튼한 다리를 가진 선사시대의 동물처럼 들쭉날쭉 늘어선 석유 굴착 장치들 사이로 드문드문 수평선이 보였다. 여객선이 섬의 동쪽 모퉁이를 돌아 항구로 들어오는 것이 보이기도 전에 고동소리의 진동이 느껴졌다. 비옷을 입은 사람들이 반짝거렸다.

한네가 돌아와 머리를 빗었다.

"여객선이 금방 들어오겠어."

"보여."

"가서 네 트렁크 가져와."

한네가 빗을 내려놓았다.

아래층 입구로 나와 젖은 머리카락을 날리며 맨발로 거리를 내려가는 딸의 모습이 창밖으로 보였다.

아까 본 친절한 남자가 짐을 가져와 한네를 기다렸다. 무슨 내용인지는 알 수 없었으나, 두 사람은 놀랄 만큼 한참이나 말을 주고받았다. 그리고 한네는 내려갈 때보다 천천히, 트렁크를 들고 다시 언덕을 올라왔다.

 윗방에는 호주에서 온 가족이 묵고 있었다. 머리가 긴 아이들 셋이 잠옷을 입고 식당을 뛰어다니며 식탁 위의 장식품과 책꽂이의 책들을 낚아챘다. 그러다 간신히 뒤따라온 아빠의 손에 붙들려 셋 다 킥킥거리고 팔다리를 휘저으며 사라졌다.
"너는 저런 적 없는데." 오다가 말했다.
"그러기 전에 엄마가 말렸겠지."
"너의 자유로운 영혼을 뭉갰다, 이거네?"
 그들은 옆자리의 벨기에 부부처럼 말없이 식사했다. 호주 사람이 돌아오고 얌전해진 세 아이가 그의 뒤를 따라왔다.
"엄마가 나한테 항상 불러줬던 폴카도트 원피스를 입은 소녀 노래 기억해?"
 한동안 한네는 그 노래를 불러달라고 밤마다 졸랐다.
"내가 그 노래를 폴키 폴키라고 불렀잖아."
"아냐, 도트 도트라고 했어."
 한네가 미소 지었다. "맞아, 도트 도트. 난 엄마가 세상에서 노래를 제일 잘 부르는 줄 알았어."
 오다는 파도를 타고 붕 떠오른 기분이었다. 멀리 바다에 떠 있는 배 중 하나가 된 것처럼.

방으로 돌아와서는 잠자리에 드는 것 말고는 달리 할 일이 없었다. 위로 올려 열어둔 창틈으로 찬바람이 들어와 뮌헨의 7월에 비해 훨씬 추웠다. 침대 위의 퀼트는 무거웠고, 매트리스에 딱 맞게 정리된 이불이 몸을 꽉 조이듯 덮고 있었다. 한네는 벽에 가까운 오른쪽에 누웠다. 오다가 눕자 침대가 삐그덕거렸다. 그녀는 불을 껐다.

지금이 그 순간이었다. 그만큼의 돈을 들여도 좋다고 확신한 여행의 이유. 프리츠가 죽고 나서, 오다의 친구 프라우케가 그녀에게 말했다. 자기 남편이 세상을 떠났을 때는 일 년 동안 아이들이 한 침대에서 자고 싶어했다고. 하지만 한네는 심지어 사고가 일어난 그날 밤에도 엄마와 한 침대에서 자려고 하지 않았다. 오다가 한네의 방으로 가서 바싹 껴안으려 하면, 한네는 덥다고 불평하며 그녀를 내보냈다. 하지만 어둠 속이라면 더 쉽게 안전한 기분으로 대화를 나눌 수 있을지도 몰랐다.

"편안하니?" 오다가 물었다.

"응."

"졸려?"

"별로."

"우리 서로 얘기를 들려주면 어떨까."

"무슨 말이야?"

"너한테 뭔가 얘기해줄 수 있을 거야. 엄마에 대한 이야기나

네가 어렸을 때 이야기. 아니면 할머니나 아빠에 대한 이야기."

오다는 잠시 시간을 두고 말했다. "그다음에는 네가 나한테 뭔가 얘기해주고." 오다가 한네 쪽으로 돌아누웠다. 한네도 자신을 향해 돌아눕기를 바랐지만 그러지 않았다. 한네는 등을 침대에 댄 채 그대로 누워 있었고, 옆얼굴은 하루의 마지막 푸른빛을 받아 어두웠다.

"나 피곤해."

몇 시간 후 오다는 잠에서 깼다. 방은 어두웠다. 어릴 때 시골의 조부모 집에서 잠을 잘 때 무서워했던 그런 어둠이었다. 어둠은 여전히 그녀를 불안하게 했다. 오다는 창밖을 내다보려고 돌아누웠다. 멀리 물위에서 석유 굴착 장치들이 작은 불빛을 뿜어내고 있었다. 항구에 계류중인 배 위에서 쇠붙이들이 쩔그럭거렸다. 물이 선체에 부딪힐 때면 개들이 빠르게 정신없이 핥는 것 같은 소리가 났다. 베개에서 머리를 들자 초록색 불빛 몇 개가 더 가까이서 나타났다. 정박중인 여객선의 불빛이었다. 여객선이 밤새 이곳에 머무는 줄은 몰랐다. 비상시를 생각하면 그래야 할 것 같았다. 지금은 고동소리가 나지 않았지만, 그로부터 전해지던 진동을 떠올리니 마음이 편안해졌다.

충분히 밝아지자 오다는 침대에서 책을 읽었다. 한네가 깨지 않도록 조심하며 조용히 책장을 넘겼다. 아래층에서는 아침을 준비하고 있었다. 갓 구운 빵과 소시지 냄새가 방안 가득 퍼졌다. 오다는 몸이 움찔하는 것을 느꼈다. 지금은 서두를 필요가 전혀 없었는데도. 출근할 필요도, 한네의 점심을 준비할 필요도, 토요일 수업이나 교회에 데려다주러 일어날 필요도 없었다. 다른 사람들이 어떻게 휴가에 적응하는지 궁금했다. 차의 기어를 중립으로 놓아둔 채 대기하듯 불편한 감정이었다. 더이상 책에 집중할 수 없었다. 눈이 단어들을 따라가지 못했다. 프리츠가 죽은 이후 몇 달간의 시간으로 되돌아간 것 같았다.

하지만 그가 죽은 것은 거의 이 년 전이었다. 그는 자전거를 타고 병원으로 출근하다가 다른 의사가 몰던 차에 치였다. 사고 현장에서 500미터도 떨어지지 않은 곳에서 구급차가 달려왔지만, 그는 이미 숨을 거둔 뒤였다.

프리츠가 죽었을 때 그의 계좌에는 2천 유로도 안 되는 액수가 남아 있었다. 오다는 어딘가에 그녀를 위해 돈을 모아둔 다른 계좌가 있으리라고 확신했다. 한네가 태어난 후에 계좌를 하나 개설할 생각이라고도 했었으니까. 프리츠는 전문의가 되려 했었다. 하지만 계획대로 현업에 뛰어드는 대신, 존경하던 혈액학 교수 밑에서 박사 후 과정을 이수하는 길을 택했다. 연

구는 감염병으로, 그리고 1847년에 유행한 티푸스로 이어졌다. 그는 호기심이 많았다. 안정적이고 규칙적인 월급은 항상 거의 눈앞에 있었다. 일 년만 더, 마지막으로 한 번만 버티자. 오랫동안 오다는 그다지 신경쓰지 않았다. 그녀는 그사이 병원을 개업한 남편의 대학 친구들을 위해 회계업무를 봐주며 약간의 부수입을 챙겼다. 친구들의 수입을 보며 오다는 안심했다. 프리츠는 벌이가 신통치 못했지만, 그도 그렇게 벌 수 있는 사람이었다. 언제든 그 정도의 액수를 벌어들일 수 있었다. 하지만 그는 죽었다. 그리고 두번째 계좌는 없었다.

생명보험도 없었다. 오다로서는 상당히 믿기 힘들었던 또 하나의 사실이었다. 오다는 보험회사 사무실에 앉아 담당 직원에게 다시 한번 컴퓨터를 봐달라고 부탁했다. 분명 남편과 함께 신청서를 작성했었다. 심지어 공동 보험에 들지 않았던가? 가끔 이름이 시스템에서 누락되는 경우도 있다고, 오다는 담당자에게 설명했다. 같은 프로그램을 쓰는 그녀의 고객에게도 그런 일이 발생했었다. 직접 한번 봐도 될까요? 거절당할 줄 알았지만, 직원은 순순히 책상 앞자리를 내주더니 마음껏 마우스를 클릭하게 두었다. 오다는 무엇을 하는지, 무엇을 찾는지 자세히 설명했다. 프리츠 이름으로 된 보험은 찾지 못했지만, 며칠 후 그 직원이 전화를 걸어와 회사에 곧 공석이 생기는데 정규직으로 지원하지 않겠느냐고 제안했다. 오다는 일에 능숙했다. 자신과 딸아이에게 보험이 없었던 일을 이야기하면 사람들의 마음이 움직였다. 그렇게 오다는 고객들을 확보했다.

머리 위 방 한가운데서 누군가 단단한 물건으로 맨바닥을 인정사정없이 두드렸다. 발소리. 점점 커지는 목소리. 정확하게 들리지는 않아도 분명 독일어였다.

한네는 쿵쾅쿵쾅 두드리는 소리, 고함소리, 쿵쿵대는 발소리가 어우러진 혼돈 속에서도 잠을 잤다. 윗방 식구가 아침을 먹으러 내려가며 계단참에서 내는 소음은 다섯 명이 아니라 열여덟 명이 내는 소리에 가까웠다. 그들이 계단을 다 내려가고 나서도 바로 조용해지지는 않았다. 이제 식당으로부터 소음이 들려왔지만 그래도 오다는 다시 책에 주의를 돌릴 수 있었다. 질주하던 감정이 차츰 잦아들다가 서서히 사라졌다. 단어의 의미가 다시 머릿속에 들어오기 시작했다.

한네는 바로 누웠다가 다시 엎드렸다. 깨어나고 있다는 확실한 표시였다.

"엄마가 책 넘기는 소리 때문에 깼어." 한네가 머리카락 사이로 말했다.

"위층 사람들이야. 지난 두 시간 동안 동네 축제라도 연 줄 알았어."

"난 못 들었어. 엄마 소리만 나던데. 책 좀 높이 들 수 없어?

페이지 넘길 때 이불에 닿아 부스럭거리는 소리 좀 안 나게."

"그렇게 하고 있잖아."

"안 그러잖아."

"우리도 일어나야 해. 아침식사 언제 끝날지 몰라."

"배 안 고파."

"방값에 포함되어 있으니까 먹어야 해." 휴가 때도 이런 말투를 쓰게 될 줄은 상상도 못했다. "샤워하러 갈게." 한네가 샤워실을 차지하기 전에 오다가 먼저 말했다. "넌 식사 후에 해."

샤워를 마치고 와보니 한네는 옷을 다 입고 있었다. "왜 이렇게 오래 걸렸어. 나 배고픈데."

아침을 먹으며 오다는 지나가는 말처럼 슬쩍 할일을 제안했다. 해변에 가거나 마을을 산책하거나 방파제를 따라 여객선에서 본 빨간색과 흰색 줄무늬가 쳐진 등대까지 걸어가볼 수도 있을 거야. 공공 수영장에 가거나 섬 중앙의 언덕까지 올라갈 수도 있겠지. 한네는 새로운 제안을 들을 때마다 얼굴을 찌푸렸다. 뚱하고 고마워할 줄 모르는 다른 열두 살짜리 애들은 섬에서 대체 뭘 하면서 재밌게 놀았을까. 오다는 펜션 주인에게라도 물어보고 싶은 심정이었지만 그가 다시 승마 얘기를 꺼낼까 두려웠다. 묻지도 않았는데 먼저 말을 꺼내기라도 할까봐 걱정된 나머지 그가 음식과 커피를 가져왔을 때도 눈조차 마주치지 않았고, 고맙다는 말 외에는 어떤 말도 하지 않았다.

오다는 식당 맞은편의 호주인 가족을 자세히 바라볼 수 있었다. 아이 셋을 모두 자리에 앉히는 것은 전쟁이었다. 여섯 살이 넘어 보이는 아이는 없었지만, 아기용 의자에 강제로 앉혀놓을 만큼 어린 아이도 없었다. 부모는 지친 동물원 사육사들처럼 피곤해 보였다. 화가 난 것은 아니고, 육체적 한계에 다다른 듯했다. 남편은 마르고 키가 크고 숱이 많은 금발 곱슬머리에 코끝이 샤프심처럼 날카로웠다. 아내는 그와 또래인 삼십대 초반 같았는데, 사리를 입은 모습과 빗질하지 않은 머리로 볼 때 십대라 해도 무방할 듯했다. 그녀는 학창시절 오다의 오빠가 짝사랑했던 상급반 여학생들과 닮았다. 집까지 태워줄 사람도 없고, 대마초를 피워 분홍색이 도는 눈은 게슴츠레 뜨고, 온종일 키스를 한 듯 입술이 빨갛게 부어 있던 소녀들이었다. 호주인 부부는 아이들에게 온 신경이 쏠려 있어 식사하는 내내 거의 대화를 나누지 못했다. 그러나 오다는 남편이 그릇에서 뭔가를 한 스푼 떠서 아내에게 주는 순간을 포착했다. 아내의 반응을 지켜보던 남편은 그녀가 맛있다고 고개를 끄덕이자 미소를 지었다.

"달걀 맛있니?" 오다가 한네에게 물었다.

"괜찮아."

"내 것도 먹어볼래?" 오다는 와플 한 조각과 딸기를 포크로

찍었다.

한네가 질색하며 바라보았다. "와플이 무슨 맛인지는 나도 알거든." 그러고는 달걀을 몇 입 더 먹은 후 덧붙였다. "엄마 진짜 이상하게 굴고 있는 거 알아?"

오다는 커피 한 잔을 더 시키고 나서 펜션 주인을 따라 부엌으로 갔다. 커피포트를 들고 돌아서던 그는 뒤에 서 있던 오다를 발견하고 깜짝 놀랐다. "저기요, 그 말 타는 법 가르친다는 여자분 이름이랑 번호 알려주실 수 있어요? 딸 때문에요. 승마 수업 때문에요."

그날 오후, 오다는 부엌에서 차를 만들어 방으로 올라갔다. 바다가 보이는 창문을 마주보게 버건디 핑크 팔걸이의자를 돌린 뒤 자리에 앉았다. 여객선이 입항했다. 자전거를 가지고 온 일일 여행객들, 작업복을 입은 수리공들, 상자 가득 식료품을 든 섬사람들이 내렸다. 오다는 그들이 내린 뒤 텅 빈 배가 다시 채워지는 모습을 지켜보았다. 그 남자도 거기 있었다. 그는 우체국 트럭을 배 위로 안내하고 자리에 서서 갑판으로 올라가는 사람들 그리고 갑판에 오르지 않는 사람들과 수다를 떨었다. 섬에 도착했거나 섬에서 출발하려는 게 아니라 그저 배가 왔으니 기웃거리는 사람들이 많았다. 하늘은 여전히 잿빛이었지만 더이상 섬을 짓누르듯 낮게 내려앉지는 않았다. 갈매기들이 물위를 스쳐지나 구름 속으로 증발할 듯 높이 날아올랐다. 해변에서 멀어져가는 여객선의 엔진과 굉음 너머로 배 위의 남자들이 나누는 말소리가 항구 저편에서 들려왔다. 창틈으로 뜨거우면서도 찬 공기가 한차례 밀려들었다. 처음 창문 앞에 앉았을 때 코를 찌르던 톡 쏘는 바다 냄새는 더이상 나지 않았다.

한네가 돌아올 때까지 오다는 차 한 모금도 마시지 못했고, 아무것도 읽지 않았다.

"무슨 일 있어?"

"무슨 말이야?"

"왜 이렇게 빨리 왔어?" 오다는 시계를 보았다. 세 시간이 지나 있었다. "아." 그녀는 혼란스러운 듯 말했다.

"나 말 탔어."

"네가 말을 탔다고?" 오다는 지나치게 놀란 투로 물었다.

한네가 노려보았다. "그러기로 한 거 아니었어?" 그러나 즐거움을 온전히 감출 수는 없었다. 딸아이의 얼굴에 떠오른 홍조를 오다는 보았다.

"어땠어?"

"괜찮았어."

한네는 그 어떤 감상도 나눌 생각이 없어 보였다. 몇 해 전이었다면 한네는 눈을 동그랗게 뜨고 들뜬 목소리로 오다에게

북해 157

시시콜콜 모든 것을 말했을 것이다. 프리츠와 오다가 행복의 춤이라고 부르던 춤을 빙글빙글 추며 기쁨을 가누지 못했을 것이다. 어른들은 고통과 두려움, 실패를 감추지만, 사춘기의 아이들은 행복을 감춘다. 보여주면 사라질 어떤 것처럼.
"엄마, 내 양말 신고 있었어?" 한네가 말했다.
"발이 시렸는데 이 양말이 따뜻하고 보드라워서."
"벗어. 내가 아끼는 거란 말이야."
덧붙이자면, 행복과 친절 사이에는 아무 연관성이 없었다.

한네는 그 주 내내 오후가 되면 말을 탔다. 월급의 반 이상이 들었다. 오다는 최근에야 변제한 신용카드로 비용을 결제했다. 하지만 승마 수업시간은 한네뿐 아니라 오다의 휴식이기도 했다. 휴가로부터의 휴가. 오다는 한네가 가기 싫다고 한 등대로 산책하러 가지 않았다. 바다박물관에 가지도, 펜션 주인이 모든 손님에게 권하는 바의 예쁜 정원에서 맥주를 마시지도 않았다. 책과 차를 옆에 두고 의자에 앉아 창밖을 내다보기만 했다. 하늘은 보이지 않을 때가 더 많았다. 어쩌다 보인다고 해도 한두 시간을 넘지 않았다. 여객선은 들어오고 나갔다. 이따금 창유리에 닿을 정도로 다가서서 정확한 순간에 왼쪽을 멀리 내다보면 한네가 말을 타고 긴 동쪽 해변을 따라가는 모습을 볼 수 있었다. 얕은 물에서 말발굽이 반짝였다.

일주일이 지나자 한네는 전보다 아침 소풍을 흔쾌히 받아들이게 되었다. 마구간에서 돌아와 가고 싶은 곳을 제안할 때도 있었다. 그들은 미국인이 운영하는 '버거 장인'이라는 가게까지 수 킬로미터를 걸었다. 고래박물관에 가는 대신 한네는 오다에게 그 가게 뒤의 숲속에 있는 고래 뼈 무덤을 보여주었다. 몇 주 간격으로 박물관의 직원들이 뼈 무더기를 치운다고 설명했다. 하지만 며칠 후면 새로운 뼈들이 들어온다고. 둘이 오전시간을 잘 보내면 오다는 자신에게 말하곤 했다. 오늘 저녁에는, 오늘 저녁에는 꼭 어둠 속에서 한네와 대화를 나눠야 한다고. 프리츠가 그녀에게 늘 들려주던 퓌르트에서의 어린 시절에 대해, 그들의 연애 시절에 대해, 또는 한네가 태어나기 전에 둘이 룩셈부르크로 떠났던 이상한 여행에 대해 이야기를 들려줘야 한다고. 구혼자나 유혹하는 사람이라도 된 기분이었다. 오다는 한네에게 줄 팔찌를 사서 저녁을 먹을 때 선물했다. 그리고 커피나 카페인이 든 차를 후식으로 권했다. 그러나 낮 동안 딸의 기분을 아무리 좋게 해줘도 저녁에 침대에서 대화를 시작하려고만 하면 한네는 말을 막았다. "우리 그냥 바닷소리 들으면 안 될까." 또는 조금 더 사납게 말했다. "오늘은 더이상 엄마 목소리 못 듣겠어."

어느 날 오다는 점심을 먹으며 프리츠에 관한 얘기를 들려주고 싶은 이유를 설명하려 했다. "우린 아빠에 대해 충분히 얘기하지 않고 있어. 아빠의 죽음에 대해서도. 엄마가 그 일에 대해 말할 수 없다고 네가 생각하는 걸 원치 않아. 난 할 수 있어. 할 거야. 하고 싶다고."

"좋아." 한네가 말했다.

"그럼 듣겠다는 거야?"

"몰라. 지금 당장은 아니야."

"오늘 저녁에?"

"아니."

"언제?"

"몰라. 엄마가 나한테 무슨 말을 듣고 싶은 건지 모르겠어."

"특별한 걸 듣자는 게 아니야. 그저 침묵이 건강하지 않다고 생각할 뿐이야. 엄마가 자랄 때는 부모님이 정말 중요한 일이나 힘든 일은 절대 입 밖에 내지 않았거든."

"전쟁 말이야?"

"그래, 전쟁도 그중 하나였지."

"그러니까 아빠의 죽음은 전쟁 같은 거고, 내가 그 얘기를 하지 않으려는 나치처럼 군다는 거네?"

"한네. 내가 무슨 말을 하는지 알잖아. 나중에 네가 커서 엄마를 대화할 수 없던 사람으로 기억하지 않았으면 좋겠어. 왜냐하면 엄마는 대화하고 싶으니까."

"좋아. 그럼 엄마가 대화를 나눌 수 없는 사람이었다는 말 안 하기로 약속하면 이 대화를 끝낼 수 있는 거야?"

"아빠랑은 프랑스어 수업에서 만났어."

"네에, 알아요. 아빠는 역사 수업인 줄 알고 강의실에 들어갔는데, 다시 나오지 않았잖아. 엄마 뒤통수를 보고는."

조금 과장된 면은 있었지만 굳이 지적하지 않기로 했다.

"그 이야기 알아. 사진도 산더미만큼 있어. 나 아빠를 기억해."

"아빠 아직 보고 싶어?"

"그런 것 같아."

"아빠가 죽어서 억울하다고 느끼니?"

"물론. 인생의 절반밖에 못 살았잖아. 어쩌면 그보다도 더 짧고."

"네가 억울하냐는 뜻이었어."

"그런 것 같아. 하지만 내가 아빠를 그렇게까지 잘 알았던 것도 아니고."

"무슨 뜻이야?"

"일을 많이 했었잖아."

"아빠는 거의 매일 집에서 저녁을 먹었어. 네 숙제도 도와줬고."

"한 번이었나."

"한네, 아니야. 여러 번이었어."

"그리고 주말에는 학회에 갔고."

"일 년에 몇 번. 가끔은 우리도 같이 갔어. 바르셀로나, 기억해?" 셋이 호텔 근처 공원에 있던 기억이 났다. 하지만 프리츠의 어머니 집에 맡겨놓은 한네를 위해 종려나무 잎으로 만든 인형을 산 기억도 났다. 어느 쪽이 맞을까? 확실하지 않았다.

"이게 대화야? 엄마가 나한테 뭘 기억해야 하는지 말해주는 느낌이라서."

오다는 섬을 떠나기 사흘 전에 처음으로 호주인 가족과 진짜 대화를 나눴다.

한네 없이 혼자 아래층으로 내려갔을 때였다. 한네가 전날 밤에 늦게까지 푹 자고 싶다고 말했기 때문이었다. 오다는 식탁의 늘 앉던 자리에 앉았다. 그러고는 다른 편 의자에 앉을 걸 그랬다고 생각했다. 맞은편에 한네가 없으니 호주인 가족을 정면으로 마주보게 되었다.

"Guten Morgen.*" 남편이 말했다. 능숙하지만 너무 활기찬, 과장된 억양이었다.

"잘 지내시나요?" 오다가 영어로 말했다.

---

* '안녕하세요'라는 뜻의 독일어.

"아, 이 말썽꾸러기들을 데리고 휴가의 세번째 주를 버텨내야 하지만, 그런 것치고 꽤 잘 지내요."

단어를 전부 이해할 수는 없었지만, 요점은 이해했다. 제일 큰 아이가 작은 봉투에 든 설탕을 머리에 뿌리고 있었다. 아빠가 손에서 그것을 빼앗고 남자아이 머리에서 설탕을 털어냈다. 그중 몇 알은 오다의 접시까지 튀었다. "미안합니다." 그가 말했다. "당신은요? 잘 지내세요?"

그가 알고 있나? 당연히 아니었다. 하지만 한동안 오다가 만난 사람들은 안부를 물을 때마다 연민으로 가득했고 무장을 한 채 대답을 기다렸다. 마치 오다가 진실이라는 무기로 그들을 아프게 할 힘이라도 있다는 듯.

"잘 지내요." 오다가 가볍게 말했다. 이번만은 그럴 수 있었다. 그 남자에게 그녀는 비극의 당사자가 아니라 그저 딸과 여행을 온 엄마였다. "바닷가에서는 잠이 잘 오네요." 전치사를 제대로 사용했나? 그녀는 늘 영국과 미국에서 전치사를 어떻게 쓰는지가 헷갈렸다. 호주는 또 뭐가 다를지 어찌 알까.

"저도 그래요." 그가 미소를 지었다. 헝클어진 머리카락과 빛나는 초록색 눈동자가 매력적인 사람이었다. 그리고 늘씬하고 긴 몸. 그는 딸의 접시에서 햄 한 조각을 훔치려고 상체를 식탁 너머로 뻗었다. 얇은 티셔츠 위로 등의 갈비뼈가 드러났다.

"혹시 따님이 베이비시터를 해본 적 있나요?" 악을 쓰기 시작하는 딸에게 햄을 돌려주며 아내가 물었다.

"아뇨, 없는데요."

한네가 이 조무래기들을 통제하려 애쓰는 모습은 상상할 수도 없었다.

아침식사가 나오자 오다는 눈을 내리뜨고 빠른 속도로 먹었다. 그들이 자리를 떠날 때 남편이 말했다. "좋은 하루 되세요." 아내가 작은 여자아이를 남편의 손에 건넸다. 오다는 그들 중 한 사람이 먼저 세상을 떠나고 다른 하나는 한동안 망연자실하게 될지 속으로 궁금해했다.

그날 저녁 한네는 다음날 호주 아이들을 돌봐줄 거라고 통보했다.

"그 사람들한테 왜 내가 베이비시터 해본 적 없다고 했어?"

"해본 적 없으니까. 그리고 윗방의 저 소리가 들리니까. 천재지변이 따로 없잖아. 게다가 그 사람들은 독일어도 못해."

"나 영어 할 줄 알아, 엄마." 한네가 영어로 말했다.

오다가 피식 웃었다.

"뭐! 그렇게 말하는 거 맞잖아."

"네 목소리. 영어 할 때 목소리를 깔잖아."

한네도 웃을 뻔했다. "만필트 선생님한테 오래 배워서 그래. 선생님은 낮은 레까지 내려가는 오스민의 아리아도 부를 수 있어." 오다가 반응이 없자 한네가 덧붙였다. "모든 오페라 곡 중에서 가장 낮은 솔로야."

한네의 피아노 레슨비는 프리츠의 아버지가 내주었다. 장례식 이후에 찾아온 적은 없지만, 그는 우편으로 교사에게 돈을 지급했다. 마치 오다가 중간에서 가로챌 수도 있다는 듯이.

한네가 뭔가 할말이 있는 듯 바라보았지만, 오다는 그 순간 프리츠의 아버지에게 화가 치민 나머지 방을 나가 욕실로 갔다.

호주인 부부는 심해동굴로 가기 위해 보트를 빌렸다. 오다는 심해동굴에 대해 읽은 적이 있었다. 무서울 것 같았다. 가는 데 한 시간, 오는 데 한 시간, 그사이 한 시간 정도는 물놀이를 할 것 같다고 호주인 남자가 아침식사 때 한네에게 설명했다.

다들 시계를 보았다. "그럼 어림잡아 열한시 반쯤 돌아올 것 같아요." 그가 말했다. "꼬마 괴물들은 밖에 풀어놓으면 좀 과격해져요. 장난감과 책이 있는 위층 방에 머무는 게 상책일 거예요."

오다는 속으로 웃어야 했다. 얌전히 앉아 책 읽어주는 것을 듣고 있을 아이들이 아니었다.

그러나 그건 오다의 착각이었다. 한네는 그들과 삼층으로 사라졌고 오다는 몇 분을 기다리다가 발꿈치를 들고 계단을 살금살금 올라가 문틈으로 나는 소리를 엿들었다.

"너희들 어떤 거 좋아해?" 한네가 목소리를 깔고 영어로 물었다. "오리 아니면…… 이건 뭐라고 부르니?"

"개미!" 남자아이 중 하나가 말했다.

"개미? 개미 나오는 책 읽고 싶어?"

"아니, 오리." 작은 여자아이가 말했다. 남자아이들은 반대하지 않았다.

한네는 아이들에게 오리 책을, 그러고서는 개미 책을 읽어주었다. 그다음 도시에 사는 어떤 소년이 부모님 몰래 지붕에서 동물을 키우는 이야기를 읽었다.

"나 농장 있어, 여기. 동물이 엄청 많아." 이야기가 끝나자 여자아이가 말했다. "보여줄까?"

"그래, 그러자." 한네가 말했다.

"여기, 여기 있어!" 남자아이 중 하나가 말했다.

"내가 보여줄 거야!"

"여기, 이 살찐 커다란 소 좀 봐!"

"내가 보여줄래!" 작은 목소리가 쨍하고 갈라졌다.

"네가 보여줘, 머핀." 머핀? 그게 진짜 저 여자아이의 이름인가? "눈 감을게, 네가 나를 데리고 가."

눈 감아봐, 한네는 오다에게 말하곤 했다. 내가 뭔가 특별한 걸 보여줄 거야. 한네는 눈을 감은 오다나 프리츠의 손을 잡아 끌고 다른 방으로 또는 놀이터 저편으로 수없이 그들을 데려갔었다. 마치 말을 데려가듯이, 하고 오다는 이제 와 생각했다.

"좋아, 이리로, 이리로." 작은 소녀가 어르듯 종알거렸다. "그래, 이리로 돌아." 그들의 목소리는 안쪽 방으로 사라졌고 오다는 다시 아래로 내려갔다.

언젠가 한네는 아이를 갖게 될 것이다. 자신의 가정을 이루고 미래의 그들에게 온 마음과 애정을 쏟을 것이다. 오다는 휴일마다 억지로 방문해야 하는 노인이 되고, 귀갓길 차 안에서 놀림감이 될 것이다. 앞으로는 지금보다도 멀어지겠지.

오다는 의자에 앉으려 했지만, 한네가 승마를 하러 갔을 때와는 달랐다. 발소리와 떠드는 소리, 웃음소리가 들렸다. 무슨 말인지는 이해할 수 없었지만, 아이들의 목소리와 한네의 낮고 느린 목소리를 구별할 수 있었다. 한네가 호주 여자아이의 나이쯤이었을 때는 시나몬 토스트를 좋아했다.

오다는 아래층으로 내려갔다. 아침식사가 끝나고 부엌은 청소가 되어 있었다. 펜션 주인은 없었다. 자전거를 타고 나간 모양이었다. 오다는 자신이 사온 빵에서 네 조각을 잘라 구운 다음 버터를 발랐다. 그리고 가스레인지 위쪽 찬장에서 시나몬 가루를 찾은 다음 식탁에 놓인 설탕 몇 봉지와 섞어 토스트 위에 뿌렸다. 그러고는 접시에 담긴 토스트를 들고 삼층으로 올라갔다.

"냄새 좋은데." 한네가 말했다.

호주 가족이 머무는 방은 거의 아파트나 다름없었다. 거실과 침실 두 개가 딸린 구조였고 여러 개의 커다란 창으로 빛이 들어왔다. 한네가 오다를 조그만 조리대가 있는 부엌으로 이끌었다. 한네와 여기에 다시 온다면 이 방을 빌릴 것이다. 물론 그들은 다시 오지 않을 테지만.

"냠냠!" 첫째 남자아이가 말했다. "이렇게 맛있는 간식을 주셔서 감사합니다." 이 아이가 매일 아침식사에 나타나던 악동이라는 것이 믿어지지 않았다.

"잘되어가니, 한네?" 오다가 독일어로 물었다.

한네가 고개를 끄덕였다. 오다는 딸아이가 영어로 대화하는 흐름을 깨고 싶어하지 않는다는 걸 알아챘다. 하지만 한네나 아이들에게 자신의 녹슨 영어 솜씨나 엉성한 억양을 들려주고 싶지 않았기에 자리를 떴다. 오다는 한네가 가진 절대음감을 갖고 있지 않았다.

방으로 돌아온 오다는 방을 가볍게 정돈하고 나서 책을 들고 다시 팔걸이의자에 앉았다. 발 언저리에 뭔가 따뜻한 것이 느껴졌다. 두 개의 네모 모양으로 바닥에 퍼진 햇빛이었다. 창밖에 보이는 수면 위에서 빛이 춤추기 시작했다.

호주 부부는 열한시 반에 돌아오지 않았다. 열두시에도. 열두시 십오분에 윗방의 전화벨이 울렸지만 대화는 한마디도 들을 수 없었다. 어쩌면 한네가 아이들의 점심을 준비하는 데 도움이 필요할지 몰랐다. 어쩌면 오다의 빵이 좀 필요할지도. 위층으로 반쯤 올라갔을 때 첫날 아침에 들었던 쿵쿵 소리가 들려왔다. 아이들이 보여준다던 살찐 커다란 소겠거니, 하고 오다는 짐작했다.

"벌써 열두시 십구분이야!" 첫째 남자아이였다.

"그만. 우리 엄마가 아래층에 계셔."

그는 멈추지 않았다. "누나가 하라는 대로 할 필요 없잖아. 누나는 베이비시터 해본 적도 없잖아."

"해봤어."

"아니, 없어. 누나네 엄마가 그랬어."

"우리 엄마는 몰라. 전에 해봤어."

"우리. 엄마. 아빠. 어디. 있어?" 한 마디가 끝날 때마다 그는 소 인형으로 바닥을 쾅쾅 쳤다.

다른 두 아이는 뭔가를 차지하겠다고 다투고 있었다.

"둘 다 그만해. 그만. 머핀이 먼저, 그다음이 너야."

"쟤가 아침 내내 가지고 있었단 말이야!"

"우리. 엄마. 아빠. 어디. 있어?"

"누나는 그냥 쟤가 여자애라서 더 좋아하는 거잖아. 여자애들은 다 그래. 남자애들을 싫어해."

"나도 너희 부모님이 어디 있는지 몰라."

쿵쿵 소리가 더 커졌다. 아이들은 쿵쿵 소리보다 더 크게 소리를 질렀다. 한네는 아이들을 한 명씩 진정시키려고 애썼지만 소용없었다. 오다가 문을 두드렸지만 아무도 듣지 못했다.

"그만해! 그만하라니까!" 이제 한네도 고함을 치고 있었다. "멈춰야 말해줄 거야."

아이들은 멈췄다.

"이리 와 앉아." 한네가 말했다. "하고 싶지 않지만 해야 할 말이 있어."

오다는 속이 서늘해졌다.

아이들은 소파에 앉을 자리를 두고 싸웠다. 다투는 소리 너머로 한네가 말했다. "너희 엄마랑 아빠가 돌아가셨어."

"아니야, 안 돌아가셨어."

"맞아, 돌아가셨어."

"동물들이 죽는 것처럼?" 여자아이가 끽 비명을 지르듯 말했다.

"거짓말이야." 아이의 오빠가 말했다.

"전화 온 거 봤잖아." 한네가 말했다.

"펜션 주인 아저씨가 가게에서 사야 하는 거 있는지 물어본 거라고 했잖아."

"나도 말 뭐라고 할지 몰라서 그랬어." 한네의 영어가 부정확해지기 시작했다.

"엄마 아빠는 동굴에 간 거란 말이야. 아주 잠깐만." 남자아이의 목소리는 점점 높아졌다.

"나쁜 가이드를 만났어. 틀린 길로. 물이 너무 많았대."

"동굴에서 빠져 죽었어?"

"응."

남자아이가 울기 시작하자 동생들도 따라 울었다.

"이리 와." 한네가 말했다. "내 품으로 와. 너희들 다. 이리 와서 나한테 안겨."

오다는 한네가 학교에 가 있던 오전에 사고 소식을 들었다. 그녀는 시신의 신원을 확인하고 수많은 서류의 첫 묶음에 서명해야 했다. 마치 죽음도 하나의 처리해야 할 업무인 듯했다. 한네가 돌아왔을 때 오다는 딸을 소파로 데려가 품에 안고, 하고 싶지 않지만 해야 할 말이 있다고 했다. 한네는 벌떡 일어나 자신의 방으로 달려갔다. 그럼 말하지 마, 한네가 외쳤다. 그러나 오다는 말했다. 그녀는 한네의 침대에 앉았다. 나한테 손대지 마, 오다가 머리를 쓰다듬으려 하자 한네가 말했다. 그래서 오다는 병문안을 온 방문객처럼 침대 옆의 의자에 앉았다. 한네를 품에 안고 싶은 마음이 간절했다. 안기고 싶었다. 안게 해줘, 오다는 다시 또다시 애원했다.

오다는 나머지 계단을 올라갔다. 한네를 말려야 한다고 생각했지만, 한네의 부드러운 목소리, 조용히 다독이는 소리가 그녀를 문밖에 머물도록 붙들었다. "다 괜찮을 거야. 우리 다 괜찮을 거야. 내가 너희들을 돌볼게."

마치 최면에 걸린 한네가 오다가 했던 역할을 하는 것 같았다.

"그럼 이제 우리 어디에 살아?" 첫째 아이가 울부짖었다.

"너희들은 우리랑 살 거야."

"여기서? 이 집에서?"

"아니." 한네가 말했다. "하지만 여기로 이사올 수도 있어. 그렇게 할까? 내가 승마를 가르쳐줄게."

"몰라."

"난 좋아." 여자아이가 말했다.

"내가 독일어도 가르쳐줄 수 있어. 우린 다 괜찮을 거야."

펜션 현관에서 호주 부부의 목소리가 들려왔다. 아내가 뭔가 말하자 남편이 웃었다. 오다는 혼자서 유령의 목소리를 들은 듯 팔다리에 소름이 돋았다.

그들은 빠르게 계단을 올라왔다.

"오다, 늦어서 미안해요. 어땠어요?" 아내가 물었다.

오다는 뭐라고 할 말을 찾지 못했다. 그러나 그럴 필요가 없었다. 세 아이가 방에서 뛰쳐나와 비명을 지르며 부모에게 달려갔다. 오다는 그들 사이를 비집고 객실로 들어갔다. 한네는 새로이 흘러들어온 빛을 받으며 소파에 앉아 있었다. 달아오른 피부에서 빛이 났다.

  오다가 그 곁에 앉았다.

  "엄마." 한네가 말했다. 그리고 무너지듯 엄마의 품에 안겼다.

타임라인

내 물건을 자기 아파트로 나르는 것을 도와주며 오빠는 말했다. "『이선 프롬』 얘기만 하지 말아줘, 알겠지?"

"뭐?"

"그런 애야." 그가 말했다. "술에 취했을 때 나랑 싸우기만 하면 이렇게 말해. '내가 『이선 프롬』을 안 읽었다는 이유만으로.'"

"뭐. 진짜야?"

우리는 계단참에서 멈췄다. 이 사소한 사실이 얼마나 내 구미를 당기는지 오빠는 알아챘다.

"제발. 하지 마." 그가 말했다.

만약 오빠가 내 입장이었다면 그는 벌써 그 책의 구절을 줄

줄 외우고 있을 것이다. "'좋아,' 그녀가 마지못한 기색을 내비치며 말했다."

소설 구절을 흉내내자 오빠는 웃음소리처럼 들리지 않는 소리를 내며 웃었다. "완전한 실패가 될지도 모르겠군."

우리는 나머지 계단을 올랐다. 모텔처럼 건물 밖에 계단이 설치되어 있었다. 책과 옷가지가 든 쓰레기봉투를 끌고 집안으로 들어갔다. 내 방은 일자로 뻗은 복도 끝에 있었다. 오빠와 맨디의 방은 부엌 옆이었다. 그곳에 사는 동안 그 방에는 한 번도 발을 들여놓지 않았기 때문에 안이 어떻게 생겼는지는 말해줄 수 없다. 문이 열려 있을 때 부엌에서 보면 방이 깜깜한 동굴 같았다. 내 방은 주차장이 아니라 노스 스트리트 방향으로 큰 창이 두 개 나 있어 밝았다. 그리고 책상을 둘 수 있을 만큼 넓었다. 오빠는 내가 책상을 가져온 것을 우스워했다. 실은 서랍이 없는 식탁에 가까웠다. 다리도 나사못을 끼워 다시 조립해야 했다.

전에도 이사는 자주 했지만, 이번에는 스스로 선택한 추방처럼 느껴졌다. 그날 저녁 내 방을 꾸밀 때도, 책상다리를 다시 상판 밑에 돌려 끼우고 책상을 두 창문 사이의 벽에 붙여놓을 때도 평소의 느낌이 들지 않았다. 묵은 것을 털어낸 상쾌한 출발, 뭐든 가능하리라는 느낌. 그런 느낌이 없었다. 이 책상 앞에서 터무니없는 글을 상당히 많이 써내리라는 것을, 제대로 된 결과물이 나올 때까지 숱한 눈물을 쏟을 것임을 나는 이미 알고 있었다.

오빠가 들어오더니 내가 가진 유일한 포스터를 보며 웃었다. 인류 역사의 타임라인이었다. 세 면의 벽에 걸쳐 이어지는 좁고 기다란 타임라인은 중기구석기시대부터 최근의 체르노빌 원전 사고까지 이어졌다. 그것을 보면 나는 마음이 놓였다.

오빠는 엄지손톱으로 타임라인의 끄트머리쯤을 눌렀다. "난 여기네. 인류의 첫 우주비행과 베를린장벽 건설 사이."

내가 일곱 살, 오빠가 열세 살이 된 이후로 우리는 함께 산 적이 없었다. 이제 나는 스물다섯이고 그는 늙다리다. 오빠는 내 침대에 앉으며 물었다. "그 녀석 네가 어디 있는지 알아?"

"아니."

"찾아낼까?"

"아마도."

"내가 그 녀석이랑 한판 붙는 상황이 생길까?"

"그보다 걔가 내 창문 밑에서 시타르를 치면서 〈노르웨이의 숲〉을 부르는 걸 들어야 할걸."

"그렇다면 진짜 한 방 날려야겠는데."

"그러기 전에 오빠 이웃들이 먼저 들고일어날 거야."

"진짜 그러고도 남겠다." 오빠는 푸하하 크게 웃고는 방을 둘러보았다. "이 책들은 맨디 마음에 안 들 텐데."

책꽂이가 없어서 방 여기저기에 책 탑을 쌓아두었다. 자라지 못하는 나무들이 무리 지어 있는 모양새였다. "그래도『이선 프롬』은 안 보이니까 걱정 마."

"닥쳐. 당장."

"그 여자한테나 그렇게 말해." 나는 더 큰 소리로 말했다. 어차피 맨디는 아직 집에 오지도 않았다. "난 그 책 읽어본 적 없다고 해."

"아니. 그 책 제목 자체를 입에 올리면 안 된다니까. 내 말 못 알아들었어?"

"이렇게 『이선 프롬』에 대해 말하고 싶은 건 난생처음이야."

"미치겠네, 맨디가 너 진짜 싫어할 것 같다." 오빠는 그렇게 말하면서도 타임라인에 기대어 또다시 웃음을 터뜨렸다.

나는 다른 레스토랑에 일자리를 찾았다. 내가 찾을 수 있는 한 가장 음식값이 비싼 곳이었다. 도심을 벗어나 샘플레인호수와 농장지대로 가는 길에 있었는데, 겉으로 보면 그저 그랬지만 내부는 본래의 스타일을 유지하며 개조한 작은 방들로 나뉘어 있었다. 어떤 방은 테이블이 하나, 어떤 방은 몇 개씩 있었다. 레스토랑은 아늑했다. 사람들은 아늑함에 끌려 이곳에 왔다. 면접을 볼 때 나는 졸업식이 열리는 주말에 일할 수 있느냐는 질문을 받았다. 5월 12일부터 14일, 필요한 경우에는 두 타임 연속으로 근무해야 할 수도 있었다.

"그렇게 약속해줘야 일자리를 줄 수 있을 것 같아." 아이 같은 얼굴을 한 매니저 케빈이 내게 말했다.

나는 그러겠다고 약속했다. 바로 그 주말에 나는 매사추세츠에 사는 친구 사스키아의 결혼식에 들러리를 서기로 되어 있었다. 아직 풀지 않은 쓰레기봉투 어딘가에 사스키아가 내게 입으라고 보내온 보라색 드레스가 들어 있었다.

"네 오빠는 세상에서 가장 친절하고, 가장 관대한 사람이야." 맨디가 말했다. "난 워낙 민감한 사람이라 그런 건 바로 알아. 우리 엄마는 항상 그러셨어, 마음이 가장 넓은 사람을 찾으라고. 오빠가 매일 아침 내 자동차 앞유리에 낀 서리를 긁어주는 거 알아?" 버몬트주에는 4월에도 아침에 이따금 눈이 내리곤 했으므로 한두 달 닦아주는 것으로 그친다는 얘기가 아니었다. 여섯 또는 일곱 달 이상 그렇게 해줬다는 거다. 그건 정말 친절한 거였다. 하지만 맨디의 웨스와 나의 웨스는 전적으로 다른 사람이었다. 나의 웨스는 방어적이고 면도날처럼 날카롭고 항상 까칠했다. 맨디의 웨스는 '귀여운 곰 인형'이었고, 너무도 솔직했고, 너무도 달콤했다. 우리 가족 중에 달콤하다는 말이 어울리는 사람은 아무도 없었다. 달콤함은 패자의 것이었다. 정직, 관용, 친절도 별로 가치가 없었다. 오빠와 나는 혀를 날카롭게 단련해 죽을 각오로 스스로를 방어할 수 있도록 키워졌다. 우리 가족은 서로를 사랑했고 함께 있으면 재미있었지만, 절대 방심하지 않았고, 갑작스러운 일침에 절대 놀라지 않았다.

맨디는 키가 크고 섹시했고 물리치료실에서 조수로 일했다. 그녀의 말에 의하면, 열일곱 살에 '집에서 일어난 사고' 이후로 그곳에서 치료받았기 때문이었다. 오빠는 맨디의 아버지가 남동생의 야구방망이로 그녀의 슬개골을 분질러놓았다고 나중에 말해주었다.

오빠와 맨디의 집에는 책이 없었다. 펜조차도 찾을 수 없었다. 기숙학교에 있던 시절 받은 상도, 대학을 자퇴할 때까지 그가 쓰고 연출했던 연극 대본들도 사라져 있었다. 웨스 오빠는 맨디를 위해 자신의 모든 문학적인 면모를 매장했다.

나는 오빠를 자주 보지 못했다. 그는 낮에 일했고, 아름다운 택지에 지어진 보기 싫은 새 주택들에서 전기배선 공사를 했다. 나는 저녁에 일했고, 계단을 오르내리며 잘 차려입은 가족들이나 작은 방에서 약혼식을 하는 연인들을 위해 음식과 음료를 날랐다. 매사추세츠에서 열리는 결혼식에 참석해야 한다고 말했을 때 케빈은 나를 해고하지 않았다. 그러나 화를 내며 내 수습 기간을 연장했고, 티파니를 시켜 삼층의 제일 힘든 테이블들을 맡겼다. 하지만 레스토랑 영업이 끝나고 다음날을 위해 테이블을 미리 세팅하며 주방과 바에서 받은 팁을 나눌 때면 어울려서 술을 마셨다. 어느 날 밤 우리는 모두 푸른 방 Azul Room의 방바닥에 앉았다. 모든 방 중에 가장 고급스러운 방이었고, 주지사나 대학 총장이 오면 안내했던 곳이었다. 우리는 뭔가에 대해 열띤 토론을 벌였다. 아마도 케네디 대통령의 암살에 대해서였던 것 같다. 모두 엄청나게 취해 동시에 소리를 질러댔다. 아동심리를 전공했지만 일자리를 구하지 못했던 리니가 꽃병을 들어올리더니 그걸 든 사람만이 발언권을 가질 수 있다고 말했다. 벽난로(실제로 사용하는 벽난로라 푸른 방을 담당하는 웨이터는 기본적인 업무 외에도 불 때는 일을 추가로 맡아야 했다) 위에 있던 길고 좁은 도자기 꽃병이었는데, 리니는 그것을 발언 막대기라고 했지만, 나는 '왕홀王笏'이라고 이름 붙였다. 나를 무시하려고 무던히 애쓰던 케빈이 그 말에 웃자, 나는 내 수습 기간이 얼마 남지 않았음을 알았다. 버몬트주 셸번의 그 레스토랑에서의 기억은 많이 남아 있지 않지만, 그 밤만은 기억한다. 알게 된 지 몇 주밖에 안 된 낯선 사람들 가운데서 느낀 행복감은 내 인생도 결국은 그럭저럭 괜찮을 거라고 느끼게 해주었던 것 같다.

매사추세츠주 케임브리지에 있을 때 마지막으로 일했던 레스토랑에서 나는 바텐더와 사랑에 빠졌었다. 지독하게. 전혀 예상치 못했던 일이었다. 윌리엄은 이름만큼이나 조용하고 함께 일하기 무난했다. 일할 때 그는 고풍스러운 여성 의류를 입었다. 대개 기모노, 사바이, 치파오 같은 아시아 옷이었지만 때로는 샤넬 정장이나 나풀거리는 플라멩코 드레스를 입기도 했다. 그는 해바라기꽃 같은 노란색이나 진한 주홍색 비단옷을 입고, 손님이 기다리다못해 자신의 주문을 잊어갈 무렵 식당을 미끄러지듯 가로질러 포도주병이나 칵테일을 가져다주었다. 사람들이 자신의 옷을 주목하는 걸 원치 않는 듯했다. 한번은 자수로 장식된 청록색 사리를 입고 있어서 옷을 칭찬하자 그는 짧게 고맙다고 인사하더니 내가 맡은 6인 테이블에서 주문받으러 오기를 기다린다고 말했다.

어느 일요일 아침 나는 근처 베이커리에서 우연히 그와 마주쳤다. 그는 두 사람에게 순서를 양보하고 나와 함께 대기 줄에 섰다. 그는 남자들이 입는 코르덴 바지와 양모 스웨터를 입고 있었다. 내 몸속의 모든 것이 움직였다. 마치 알고 있었던 듯, 마치 기다리고 있었던 듯. 돈을 꺼내려 바지 주머니에 손을 넣는 방식, 돈을 내고 계산대에서 커피를 집어드는 방식, 셀프바 앞에 서서 크림을 넣는 방식. 그가 걸쳤던 의상들은 줄곧 그의 넓은 어깨와 좁은 골반, 단단한 엉덩이를 가리고 있었다. 빌어먹을. 그에게는 여자친구가 있다고 들었다. 나는 차에 우유를 넣지도 않고 빵집을 나왔다.

하지만 그는 나를 뒤따라왔고 우리는 그 추운 날 손에 뜨거운 음료를 들고 함께 산책했다. 그는 내게 와이드너도서관 앞의 새로운 조각상을 봤느냐고 묻더니 보여주려고 나를 교정 안으로 데리고 갔다. 우리는 도서관 계단에 앉아 하버드에 다니는 대학생인 척했다. 내가 전공이 뭐냐고 묻자 그는 미술사라고 대답했다. 나도 그렇다고 하자 그는 말도 안 된다고 했다. 우리는 함께 들은 수업이 있는지 따져보다가 강의 제목을 지어내기 시작했다. 현대 조각에서의 손가락 거스러미들, 서유럽의 찌푸린 얼굴 대 미소 짓는 얼굴. 어느 정도 예상은 했지만 그는 역할놀이에 능숙했다. 다시 대학 시절로 돌아가 방금 만난 귀여운 남자에게 키스를 받는 기분이 들었다. 그리고 그는 그렇게 했다. 11월의 어느 일요일 아침 오전 열한시에. 바로 섹스를 원하게 한 키스는 처음이었다. 그것도 당장. 그도 같은 기분인 것처럼, 그리고 유별난 일이 아니라는 듯 나를 보았다. 긴장을 풀고 내게 기댔다. 우리 아버지가 술을 한 모금 마시고 나서 소파에 몸을 파묻듯. 멀리서 아이의 즐거운 비명이 들려오자 윌리엄은 내게서 몸을 뗐다. 어린 소년이 교문으로 들어와 우리를 향해 달려왔다. 윌리엄이 내 손을 잡았다. "이리 와." 그는 나와 함께 계단을 내려가 소년과 그 뒤를 따라오는 여자에게로 갔다. 둘 다 한껏 꾸미고 나온 옷차림이었다. 아이는 낙타털 코트 안에 작은 실크 나비넥타이를 매고,

여자는 검은 매킨토시 트렌치코트에 하이힐을 신고 있었다. 코트 앞자락 사이로 청록색이 살짝 보였다.

"우리 신神은 잘 지내시나?" 윌리엄이 외쳤다.

"잘 지내." 소년이 여전히 달려오며 말했다. 짧은 다리로 우리에게 뛰어오기까지 한참이 걸렸다. "아주 잘 지내." 그는 말하며 윌리엄의 허벅지 사이에 얼굴을 들이밀었다.

아들과 아내 페트라라고 했다. 그들에게 나를 소개할 때 그는 여전히 내 손을 쥐고 있었다.

그는 아내가 신경쓰지 않는다고 주장했다. 그들의 관계에는 전혀 제약이 없으며, 어느 순간이라도 서로가 각자의 본래 모습대로 살 수 있도록 해줄 수 있는 사이라고. 그는 늘 어느 순간이라도라고 말하곤 했다. 마치 바로 다음 순간에 전혀 다른 사람이 되어 뭔가 다른 것을 원할 수 있다는 듯. 나는 그의 말이 사실이기를 바랐다. 나는 오로지 그를 원했다.

그는 랠프 엘리슨을 자주 인용했다. "내가 누구인지 깨닫는 다면, 나는 자유로워지리."

알고 보니 그는 드레스 밑에 아무것도 입지 않고 다녔다. 그저 옷을 들어올리기만 하면 됐다. 그렇게 간단했다. 장애인 화장실에서, 물품보관실에서, 창고에서. 페트라와 나는 같은 달에 임신했다.

내 정자가 원기 왕성한 달이군, 그가 말했다. 그는 기뻐했다.

그의 눈에는 아무것도 잘못된 것이 없었다. 나의 임신중절수술은 그를 슬프게 했지만, 그는 군말 없이 절반의 비용을 냈다.

4월 초의 어느 날, 점심 영업이 시작되기 직전에 그의 아내가 레스토랑으로 왔다. 그에게 자동차 열쇠를 주러 잠시 들렀을 뿐이었지만 더운 날씨였고 그녀가 입은 랩 드레스의 허리끈 아래로 불룩 나온 배가 드러났다. 나는 소금통과 후추통이 담긴 쟁반을 내려놓고 그곳을 나왔다. 오빠에게 전화를 걸고, 내 물건들을 커다란 검은 쓰레기봉투에 집어넣은 뒤 벌링턴으로 떠났다.

사스키아의 결혼식 일주일 전에 나는 웨스와 극장에 가기로 했다. 나는 휴무였고 맨디는 러틀랜드에 사는 자매를 방문하러 간 참이었다. 오빠가 퇴근 후 자주 가는 단골 술집에서 만나기로 약속했다. 가보니 그는 구석에 앉아 피치 카드게임을 하고 있었다. 직장 동료 스튜, 심장이 약해 걸핏하면 입원하는 론, 캐나다 국경 근처에서 마약 운반을 하다 일이 꼬여 감옥에 갔다가 막 출소한 라일과 함께였다. 나는 앉아서 그가 게임을 마칠 때까지 기다렸다. 내가 모르는 남자도 한 명 더 있었다. 아직 앳된 대학생 같았다. 그와 웨스는 이쑤시개를 잘근잘근 씹고 있었다.

웨스가 클로버 잭을 써서 게임에 이겼다.

"말도 안 돼. 웨슬리!" 론이 말했다.

다들 오빠를 웨슬리라고 불렀다. 원래 이름이 웨스트민스터라는 사실을 말하지 않은 모양이었다. 그는 술값을 계산하기 위해 일어났다.

"그런데 당신은 웨슬리랑 어떻게 아는 사이예요?" 이쑤시개를 문 젊은 남자가 내게 물었다.

"우리 오빠예요."

그가 웃었다.

맞은편에서 웨스가 고갯짓으로 문을 가리켰고 나는 그를 따라 나갔다.

며칠 후 오빠는 내게 술집에서 만난 어린 녀석을 기억하냐고 물었다. 나는 모르는 척했다.

"대학 다니는 애 말이야." 그가 자신은 대학에 다녀본 적이 한 번도 없다는 듯 말했다. "머리숱 많던 애. 네가 내 동생이라는 게 믿어지지 않는대."

"내가 그렇다고 했는데."

오빠가 미소를 지었다. "그러니까 기억난다는 거네. 걔는 네가 농담하는 줄 알았다더라, 내 누이라고. 100달러를 걸고 내기를 해야 했어."

"오빠."

"그냥 와서 네 운전면허증을 보여주기만 하면 돼. 너 다음번

휴무가 언제지?"

나는 눈썹을 치켜떴다.

"그러지 말고. 이보다 쉽게 돈 버는 방법이 어디 있겠어."

나는 그렇게 했다. 그 대학생의 이름은 젭이었다. 사진이 더 잘 나와서 운전면허증 대신 여권을 가져갔다. 그는 묘하게도 여권에서 깊은 인상을 받은 듯했다. 머리를 멋있게 자르고 탈색한 티셔츠를 입은 남자가 보이는 반응치고는 좀 과하다 싶을 만큼. 왜인지는 모르겠지만 그는 자신의 운전면허증을 내게 보여줬다. 그의 원래 이름은 제베디아였다. 사진은 그가 열여섯 살 때 찍은 것 같았다. 얼굴이 희망 그 자체로 보였다. 그는 오빠에게 20달러 지폐 다섯 장을 주었다.

"이 녀석 왜 웃는지 모르겠네. 이득을 본 쪽은 난데."

"형이 바위 밑에서 자랐다고 생각했잖아. 버섯처럼 땅에서 솟았을 거라고 말이야."

내가 가고 난 후에 젭은 오빠에게 물었다. 나를 만나도 되겠느냐고.

어느 목요일 오후 젭과 나는 도시 외곽의 언덕(여기는 모든 것이 언덕 아니면 골짜기에 있었다)에 있는 사탕 공장을 방문했다. 위생모를 쓴 나이 지긋한 아주머니 셋이 우리를 안내해 주었고, 어떤 놀이터 같은 곳의 그네에 앉아 갈색 봉투에 담긴 초콜릿을 먹었다. 굵은 설탕이 박힌 따뜻한 다크 초콜릿과 말랑말랑한 피넛버터 컵초콜릿이었다. 내 유년 시절에 일어난 일들은 그의 마음을 사로잡았는데, 나 때문이 아니라 오빠에게 일어난 일이기도 했기 때문이었다. 그는 약간 웨스의 마법에 걸려 있었다. 그에게 오빠는 바위 밑에서 기어나와 니코틴이 낀 이빨과 암내를 풍기며 술집에 나타난 설교자였다. 웨스는 흄에서 헨드릭스까지 모든 것을 설파했고, 그의 주변으로 젊은이와 노인, 정직한 자와 부패한 자, 무일푼 노동자와 슬럼 투어에 나선 엘리트 들이 몰려들었다. 젭은 코네티컷의 부유한 집안에서 자랐다. 그는 자신의 애칭 덕분에 사람들이 그를 유대인으로 보지 않는다고 말했다. 그의 형 에즈라는 그런 애칭이 없던 탓에 더 힘든 유년을 보냈다. 젭은 와스프*는 많이 알지만, 웨스 같은 사람은 한 번도 만나보지 못했다. 웨스는 자신의 출생을 한탄하고 부인하는 사람, 자신은 마블헤드가 아닌 린에서 자랐다고 말하는 사람,** 과거에 테니스로 트로피를 땄다거나 바베이도스로 스노클링을 하러 갔다는 사실을 절대 언급하지 않을 사람이었다.

---

* 초기 이민자의 자손으로서, 미국 사회의 주류를 이루어온 앵글로-색슨 백인 프로테스탄트를 뜻한다.
** 마블헤드와 린은 매사추세츠주에 위치한 도시이며, 서로 근접해 있지만 마블헤드가 상대적으로 더 부유한 지역으로 간주된다.

오빠의 집 아래층에는 스테이시와 아이 셋이 살았다. 아이들은 버릇없고 시끄러웠으며, 셋이 안에서 악을 쓰는 동안 스테이시는 이따금 전남편의 것으로 보이는 커다란 야상 점퍼를 입고 길 건너편에서 담배를 피웠다. 그러나 나는 그녀가 좋은 엄마인 것을 알 수 있었다. 책상 앞에 앉아 있으면 스테이시가 아이들을 학교에 데려가는 모습이 보였다. 스테이시는 오리처럼 걷거나 싸구려 사랑 노래를 부르곤 했다. 아이들은 아직 부끄러움 따위는 모르는 나이였고, 그들이 모퉁이를 돌아간 다음에도 셋이 깔깔거리는 소리는 계속 들려왔다. 그 책상에서 나는 스테이시와 아이들에 관한 짧은 이야기들을 끄적거리곤 했지만 뭐가 되지는 못했다. 스테이시는 한동안 실직 상태였다가 마침내 새 일자리를 구했는데, 병원 청소일은 야간 근무뿐이었다. 하지만 그 일을 해야만 한다고 스테이시가 웨스 오빠에게 말했다. 만약 남편이 그녀가 무직인 것을 알게 되면 양육권 동의안을 뒤집으려 할 거라고. 석 달 뒤에는 주간 근무를 요청할 수 있을 거라고 했다. 오빠와 맨디는 아래층에서 무슨 소리가 들리면 내려가 확인해주고 아이들이 도움을 필요로 할 때는 올라올 수 있게 해달라는 스테이시의 부탁을 받아들였다. 스테이시는 아이들을 재우고 집을 나가 아이들이 일어나기 전에 돌아왔다.

잽과 사탕 공장에서 데이트를 한 날 저녁(그는 신호등 빨간

불에서 내게 키스하고 나서 집으로 돌아오는 내내 웃음기 띤 얼굴로 나를 훔쳐보았다) 웨스와 맨디와 나는 찢어질 듯한 비명에 잠이 깼다. 짐승의 울부짖음에 가까운, 마치 무언가에 물린 듯한 비명이었다. 막내 에이제이가 꿈에서 새끼 고양이의 공격을 당한 것이었다.

"새끼 고양이들이 아주 무서워질 수 있지." 웨스 오빠가 아이들 셋을 모두 데리고 우리 부엌으로 올라와 우유를 데우며 말했다. "말도 못하게 날카로운 이빨을 가진데다, 못되게 굴 때는 심지어 오싹할 만큼 더 귀엽거든."

꼬마 에이제이는 식탁 위에 놓인 자기 손을 바라보며 고개를 끄덕였다. 얼굴은 발그레했고 땀으로 젖어 있었다. 제일 나이가 많은 남자아이는 아직도 잠이 덜 깬 듯 보였고, 또다른 동생인 여자아이는 돌아다니며 부엌에 있는 거의 모든 물건을 가리키면서 "우리 엄마도 이런 거 있어"라고 말했다. 웨스는 높은 선반에 있는 꿀을 꺼내는 데 도움이 필요하다며 여자아이에게 발판 사다리를 놓아준 다음 올라가는 동안 손을 잡아주었다. 모두의 앞에 달콤한 꿀을 탄 우유가 놓이자 그는 식탁 위의 소금통과 후추통에 손을 뻗었다. 그리고 숲에서 길을 잃은 두 친구, 윌리와 닐리라는 이름을 붙였다. 그는 윌리와 닐리를 움직이며 말하게 했고, 독수리가 잡으러 날아오면 몸을 굽히게 했다. 그걸 보다보니 나중에는 우리 모두 그 작은 도자기 통들을 정말 아이들이라고 믿게 되었다. 그가 주머니에서 꺼낸 이쑤시개 엄마가 그들을 찾으러 왔다. 맨디는 숟가락을 들고 아빠라며 끼어들려 했지만 에이제이가 아빠는 이 이야기에 안 나온다면서 숟가락을 빼앗았다. 맨디가 내는 아빠 숟가락의 목소리가 듣기 힘들 정도로 가식적이라 다행이다 싶었다. 우리는 아이들을 집으로 다시 데려가 침대에 눕히고 이불을 덮어주었다.

여자아이가 침대 옆 협탁에 놓인 시계를 바라보았다. "세 시간만 있으면 엄마가 와."

나는 아이의 이마를 쓰다듬어주었다.

아이가 눈을 번쩍 떴다. "내가 몇 시간이라고 했지?"

"세 시간." 내가 대답했다.

우리는 현관문을 잠그고 위층으로 올라왔다.

여자아이의 침대에 앉아 머리를 토닥이는 동안 숨이 멎고 중력이 더이상 제대로 작동하지 않는 듯 붕 뜨는 느낌이 들었다.

나는 스테이시가 돌아올 때까지 깨어 있었다. 그녀가 현관문을 여닫는 소리가 들렸지만, 곧 조용해졌다. 아이들이 일어나기 전까지 두어 시간이라도 그녀는 휴식이 필요했다. 나는 깊은 잠에 빠졌고 스테이시가 아이들을 이미 학교에 데려다준 후에야 잠에서 깼다.

나는 차를 몰고 사스키아의 결혼식에 갔다. 리조트 호텔 방값을 낼 형편이 아니었기 때문에 결혼식 전날 만찬에는 불참했다. 결혼식의 마지막 지시사항을 전달받으려면 한 시간 일찍 교회에 도착해야 했다. 칼레도니아라는 사람이 교회 입구에서 나를 기다렸다. 칼레도니아는 자신이 나 대신 대표 들러리 역할을 맡게 되었음을 확실히 했다. 심지어 일곱 명의 신부 들러리 모두에게 날짜가 새겨진 순은팔찌를 선물했다. 그중 하나만 사려고 해도 레스토랑에서 며칠을 근무해야 할 것이다. 칼레도니아가 내 것을 주었다. 상자는 두 겹으로 매듭지어진 푸른 리본으로 단단히 묶여 있었다. 그녀는 내가 리본을 풀고 상자를 열 때까지 기다렸다. 늘 그렇듯이 팔찌는 너무 컸다. 나는 손목이 비정상적으로 가늘었다. 팔찌를 팔꿈치까지 올려 차고서 칼레도니아를 따라 본당으로 갔다. 결혼식장에 입장하는 사스키아를 알아볼 수 없었다. 어릴 때는 감전 사고를 당한 것처럼 머리카락이 사방으로 뻗쳐 있었는데 지금은 매끄럽게 펴진 머리를 모란 꽃잎 모양으로 겹쳐놓아 얼굴이 소멸할 듯 작아 보였다. 긴장한 탓인지 내게 화가 난 것인지 알 수 없었지만, 사스키아는 나를 발견하고 흘낏 보았을 뿐 표정을 바꾸지 않았다. 우리는 십삼 년 동안 서로 보지 못했다. 아마 진짜 친구 중에 누구 한 명을 뽑기 곤란해 나를 대표 들러리로 선택했을 것이다.

식이 끝나고 신랑 들러리와 식장을 걸어나오면서 나는 윌리엄이 마치 신랑의 가족인 양 하객석 거의 맨 앞쪽에 앉아 있는 것을 보았다. 그는 좌우에 앉은 나이든 아주머니 둘과 소곤거리고 있었다. 이 작은 오후의 결혼식에는 터무니없이 과한 흰색 빈티지 턱시도 차림이었다. 그러나 디자인은 완벽했고 그 옷을 입고 겸연쩍게 나를 바라보는 그는 너무도 멋있었다. 내가 사라지기 전에, 아마도 케임브리지의 내 옛집에서 초대장을 발견했음이 틀림없었다.

"빌어먹을 인간." 내가 말했다.

"만찬에 불참한 것도 모자라서, 친절한 말씀까지." 신랑 들러리가 말하며 교회 문에 이르자마자 내 팔을 놓았다. 칼레도니아가 하객 전부를 내 적으로 만든 것이다.

모두가 나를 싫어하는 리셉션에 멋진 윌리엄을 옆에 끼고 나타나는 것만큼 좋을 게 없긴 하겠지만 나는 그에게 떠나라고 말했다.

그의 손등이 천천히 내 목을 타고 귓불로 올라왔다. "몇 시간만 당신 곁에 있게 해줘."

"제발 가." 그 말이 내게 믿을 수 없이 힘들게 느껴졌다.

몇몇 신부측 들러리가 우리를 보고 있다가 내가 주차장을 가로질러 돌아오자 시선을 피했다. 다들 리무진을 타고 컨트리클럽으로 가서 골프장에서 포즈를 취했다. 해가 지면서 오렌지색 옅은 빛이 사진사의 맘에 드는 방식으로 우리의 얼굴을 비추었다. 나를 빼고는 하객 전부가 북부 뉴욕주의 작은 단과대학을 나왔다. 사스키아는 신랑인 보를 신입생 오리엔테이션에서 만났다. 어떤 축사든 '예견된' '운명' 그리고 '천생연분'이라는 말이 빠지지 않았다. 여자들은 적어도 키나 체형, 머리색으로 구별할 수 있었지만, 조정 대표팀 소속인 신랑 친구들은 하나같이 거구에다 구별이 되지 않았다. 똑같은 양복을 입은 사람이 앞의 사람과 똑같은 말을 하려고 일어날 때마다 나는 머릿속에서 그에게 피처럼 붉은 기모노 또는 레몬색의 랩 드레스를 입히고는 했다.

　내 차례가 되자 나는 자리에서 일어나 사스키아가 여섯 살 때 강아지가 아팠던 얘기를 했다. 다시 자리에 앉는데 테이블에 앉은 모두가 울고 있었다. 칼레도니아가 테이블 너머로 팔을 뻗어 내 손을 잡았다. 우리는 똑같은 팔찌를 하고 있었다. 그다음부터 사람들이 내게 말을 걸었고 장대처럼 큰 남자들이 춤을 신청했다. 사스키아가 나를 안고 사랑한다고 말했고, 신혼부부가 떠날 때는 다 함께 그들에게 새 모이를 던졌다. 예복을 갈아입은 그들은 보험회사 외판원처럼 보였다. 누군가 그들이 아테네로 가는 비행기를 탄다고 말해주었다. 내가 고등학교 때 좋아했던 남자가 나를 다시 교회로 데려다주었다. 그가 내 자동차 옆에 차를 세워놓고 나와 뭔가 더 할 여력이 되는지 고민하는 것이 보였다. 하지만 나는 그가 결정을 내리기 전에 차에서 내렸다.

버몬트로 돌아오는 길에 나는 말의 힘에 대해 생각해보았다. 비록 한 아이와 강아지에 관한 삼 분 남짓한 짧은 이야기일지라도 몇 마디 말을 순서에 맞게 하는 것만으로 다른 사람들에게 안긴 실망을 단숨에 잊게 할 수 있었다.

집에 도착했을 때는 새벽 두시가 다 되어가는 시간이었다. 집에 불이 켜져 있었다. 맨디가 발작을 일으키고 있었다. 가끔 그럴 때가 있다고 듣기는 했지만 직접 본 적은 없었다. 오빠 말로는 맨디가 이따금 술을 마시고 무아지경이 된다고 했다. 나는 웃으며 기대된다고 말했지만, 그는 전혀 웃을 일이 아니라고 했다. 맨디는 부엌을 서성거리는 중이었다. 웨스 오빠는 온갖 종류의 병과 유리잔과 머그잔으로 빈틈이 없는 식탁 앞에 앉아 있었다.

"네 방으로 바로 들어가." 그가 내게 말했다. "여기는 내게 맡기고."

맨디가 곧장 내게로 고개를 돌리더니 움직임을 멈췄다. 그녀의 얼굴은 마치 오빠와 내가 어릴 때 가지고 놀던 장난감처럼 재배열되어 있었다. 양철판에 그려진 남자의 얼굴 위에서 자석 막대로 쇳가루를 이리저리 움직이면 행복하거나 슬프거나 화난 표정으로 바뀌는 장난감이었다. 맨디는 화가 나 있었다.

"어이구, 우리 작가님 납셨네. 빌어먹을 세계 역사를 줄줄 꿰시는."

"다녀왔어." 나는 정신이 말짱하고 무척 피곤했다.

"동화 속 공주님처럼 차려입으시고."

공주처럼 치맛자락을 들어올려 인사하려고 했지만, 그러기에는 들러리 원피스가 너무 딱 달라붙었다. 나는 기형인 보라색 인어공주처럼 보였다.

웨스 오빠는 빨리 내 방으로 가라고 손짓했다.

맨디가 그를 보았다. 그녀가 칼꽂이에 너무 가까이 있어 마음이 불안했다. 그러나 그녀는 말했다. "내가 너를 얼마나 사랑하는데." 감정이 하나도 실려 있지 않은 그 목소리에 조정 선수들의 축사가 떠올랐다. "너무너무." 그녀는 여전히 무릎이 낫지 않은 듯 휘청거리며 웨스에게로 갔다.

나는 아주 낮게, 거의 소리 없이 토킹 헤즈의 〈사이코 킬러〉 한 소절을 흥얼거렸다.

맨디가 오빠의 무릎에 털썩 주저앉을 때 그의 눈은 그녀를 보고 있었지만, 내 목소리를 들은 건지 아니면 듣지 않고도 이해한 건지 웃음을 참느라 입꼬리가 실룩였다.

맨디가 벌떡 일어섰다. "뭐야, 지금?" 그녀는 웨스와 나 사이 허공에 대고 삿대질을 했다. "이게 다 뭐냐고? 싫다. 싫어." 이제 그녀는 식탁 위의 보이지 않는 떼거리와 싸우고 있었다.

손으로 쳐낸 유리잔이 그녀의 등뒤로 날아갔다. 이어 더 많은 유리잔과 유리병들이 사방으로 날아갔다. 웨스는 그냥 앉아 멈추기를 기다릴 뿐이었다. 마침내 멈추었을 때 그녀는 소리치고 싶은 말이 한가득 있지만 어딘가에 막혀버렸다는 표정이었다. 쇳가루를 움직이듯 얼굴 표정이 다시 재배열되더니 반항적인 절망의 모습으로 변했다.

문에서 노크 소리가 났다.

그녀의 고개가 다시 현관문으로 휙 돌아갔다. "누구신가." 그녀가 기계적으로 말했다.

"아마 이선인가 보네." 내가 말했다.

"이선 누구?"

"이선 프롬." 맨디가 대답하기도 전에 나는 이미 문을 열고 있었다.

윌리엄이었다. 빌어먹을 청록색 사리를 입은. 그는 날아오는 뭔가를 피해 고개를 숙였다. 짐빔 병이 그의 머리 위로 날아가 현관 앞 바닥을 미끄러지더니 난간 아래로 떨어져 보도에서 와장창 깨졌다. 윌리엄은 교회 앞 주차장에서부터 세 시간 동안 고속도로를 달려 나를 쫓아온 모양이었다.

맨디가 무릎을 뻣뻣하게 편 걸음걸이로 다가왔지만, 나는 재빨리 부엌 식탁 뒤로 피했다. 맨디는 나를 뒤쫓아 식탁을 빙 돌아왔다. 상상 속의 무릎 부상 때문에 걸음이 실제로 느려서 너무 빠르게 피하지 않도록 주의해야 했다. 그러다가 그녀의 뒤쪽에서 마주칠지도 몰랐다.

"수건돌리기 게임이라도 하나요?" 윌리엄이 말하며 부엌으로 들어왔다.

"오, 빌어먹을. 쟤가 너의 그 후레자식이야?" 웨스 오빠가 말했다.

"접니다." 윌리엄이 말했다. "그녀의 후레자식."

"기대했던 것과는 딴판인걸."

"저 옷 아래가 아주 섹시해, 불행하게도." 내가 여전히 식탁을 빠른 걸음으로 돌며 말했다.

맨디가 윌리엄 앞에서 멈췄다. 그리고 그의 깃에 새겨진 금자수를 만지며 말했다. "이거 너무 곱네."

문에서 다시 노크 소리가 났다. 현관에 제일 가까이 있던 윌리엄이 문을 열었다.

"안녕하세요." 젭이었다. "멋진 드레스네요." 그는 윌리엄에게 말을 건네고는 방을 둘러보다가 뒤쪽 벽에 서 있던 나를 발견했다. "루시, 돌아왔네요." 목소리가 밝아지며 그가 내게로 다가왔다. 그러고는 내게 키스했다. 차가운 입술에서 연기와 소나무 향이 났다. "왠지 당신이 매사추세츠에서 돌아오지 않을 것 같아서 겁이 났어요. 기분이 이상했어요."

"숲에 갔었네요."

"네." 그가 다시 내게 키스했다. "파티가 있어서요." 그리고 다시 한번. "거기서 모닥불도 피우고요." 그는 젊었다. 자신의 욕망과 에너지를 누가 보든 거리낄 게 없었다.

"페트라가 아기를 낳았어." 윌리엄이 말했다. "오리올*이라는 이름의 여자애."

내가 내 몸속에 혼자라고 느낀 것은 그때가 처음이었다. 누군가가 빠져나간 것처럼. 그전에는 느껴보지 못한 감정이었다.

오빠에게 페트라의 임신도, 나의 임신도 얘기한 적이 없었으니 맨디가 어떻게 알았는지는 모를 일이었다. 하지만 그녀는 빠르게 식탁을 돌아와 나를 꽉 안았다.

그 순간 사이렌이 울렸다. 경찰차 두 대가 아파트 주차장으로 들어왔다. 당연히 우리는 경찰이 우리 때문에 왔다고 생각했다. 하지만 그들은 아래층 문을 두드렸다. 두드리고 또 두드렸지만, 스테이시의 아이들은 대답하지 않았다. 우리 모두 조용히 있었다. 오빠가 불을 껐다. 우리가 무슨 말을 하든 스테이시에게 불리하게 작용할 수 있다고 그가 말했다.

또 한 대의 차가 주차장에 들어오더니 멈춰 섰다. 스테이시의 전남편이었다. 언젠가 그가 집에서 나가는 모습을 본 적이 있었다. 그러나 그는 자신이 아이들을 맡아 돌볼 수 있는 날인

---

* Oriole. '꾀꼬리'라는 뜻도 있다.

일요일에는 한 번도 오지 않았다.

우리는 경찰과 같이 아랫집 문을 향해 이야기하는 그의 목소리를 들었다.

"얘들아, 괜찮아. 문 열어. 아빠야. 너희들 아빠. 다 괜찮아. 마이클, 앨리, 에이제이." 그는 실수하지 않으려는 새로 부임한 교사처럼, 아이들의 이름을 천천히 또박또박 불렀다. "이제 문 열어." 아무 반응도 없었다. 그가 이번에는 이렇게 말했다. "내가 여기 있는 걸 너희 엄마도 알아. 엄마도 오고 있어. 제발 얘들아, 문 열어."

웨스 오빠가 병원에 전화를 걸어 스테이시에게 서둘러 집으로 오라는 말을 전해달라고 했다. 그러고는 아래층에 전화를 걸었다. 전화벨소리와 아이들 아버지가 밖에서 "그 전화 받지 마!"라고 외치는 소리가 들렸다. "제발, 좀 받아라." 오빠가 중얼거렸다. 이번에는 맨디가 말했다. "다들 너무 심각해 지금." 우리가 조용히 하라고 하자 그녀는 조용히 흐느끼기 시작했다.

전화벨이 멈췄다.

"에이제이." 웨스 오빠가 두 손으로 전화기를 움켜쥐었다. "에이제이. 내 말 잘 들어. 엄마가 집으로 오고 있어. 문 열면 안 돼, 알았지? 아니, 너희 아빠인 거 알아. 하지만 내 말 들어. 형한테 문 열지 말라고 말해. 에이제이, 형한테 말해……"

그러나 아이들은 문을 열었다.

오빠가 문을 열어젖히고 달려나갔다. 그의 다급한 발소리가 북소리처럼 둥둥 계단에서 울렸다. "이 남자는 아이들에게 접근금지 명령을 받고 있어요. 아이들 엄마의 허락 없이는 아이들을 집에서 데려갈 수 없다고요. 아시죠?"

"내가 애들을 데려가겠다는 게 아니고," 전남편이 말했다. "저 사람들이 그러겠다는 거지." 그는 우리가 그때까지 눈치채지 못했던 누군가를 가리켰다. 평상복을 입은 남녀가 아이들 옆에 쭈그리고 앉아 있었다. 이제 세 아이 모두가 울고 있었고, 에이제이는 그중에서도 제일 크게 울었다. 그는 엄마 Mumma를 부르려고 했지만 'm' 소리가 나도록 입술을 모으지 못하고 있었다.

"저 사람들은 누구예요?" 젭이 속삭였다.

"사회복지부." 윌리엄이 말했다.

"당신들을 무시하려고 하는 말은 아니지만," 웨스 오빠가 말했다. "지금 끔찍한 실수를 저지르고 있는 겁니다. 스테이시가 곧 돌아올 거예요. 잘못한 사람이 있다면 접니다. 스테이시가 저한테 아이들을 봐달라고 부탁했는데 잠깐 담배 한 갑 가지러 올라갔다가 이 지경이 된 거니까요. 스테이시보다 더 나은 엄마는 없습니다. 이 아이들을 제 몸처럼 아낀다고요. 돌봐주고 애들 말을 들어주고…… 보세요, 저기 왔네요." 그는 막 주차장에 멈춰 선 스테이시의 자동차로 달려가 큰 소리로 말했다. "스테이시, 제가 잠깐 위층에 갔었다고 말하는 중이었어요. 담배 한 갑 가지러……"

다음 순간 모든 것이 엉망이 되었다. 아이들에게 달려가려던 스테이시를 경찰들이 제지했고, 아이들은 엄마에게 가려고 비명을 지르며 사회복지부에서 나온 사람들을 때리고, 전남편은 갑자기 흥분해서 스테이시를 창녀라고 부르며 얼굴에 침을 뱉었는데, 침은 그녀가 아닌 두 경찰 중 더 체구가 작은 사람의 목에 떨어졌다. 경찰은 몹시 기분이 상해 스테이시를 놓고 대신 전남편을 붙잡아 우리가 서 있던 베란다 기둥으로 그를 밀어붙였다. 경찰이 그를 마구 구타하자 부실한 베란다가 흔들리는 것이 느껴졌다. 경찰은 엉뚱한 쪽을 공격했다는 것을 깨닫고 감정을 다스리기 위해 애써야 했다.

그동안 웨스는 쉬지 않고 말했다. 제대로 된 단어를 적절한 어투로 말하기만 하면 모든 것이 나아질 것처럼. 그러나 경찰은 전남편을 연행했고 사회복지부에서 나온 사람들은 아이들을 차에 태웠다. 스테이시는 뒤쫓아가려 했으나 웨스가 그녀를 말렸다. 그는 내게 자동차 열쇠를 던지라고 하고는 트럭에 그녀를 태우고 아이들이 탄 차를 따라잡기 위해 다급히 출발했다.

윌리엄은 여전히 아이들이 탄 자동차가 사라진 방향을 보고 있었다. 옆 건물이 시야를 막고 있었음에도.

"당신 가족에게로 돌아가, 윌리엄." 내가 말했다.

"그렇게 하지." 그는 내가 들어본 적이 없는, 목사처럼 엄숙한 어조로 대답했다.

그는 계단을 내려가 주차장을 가로질렀다. 평소에 사리를 입을 때 신는 높은 굽의 신발을 신고 있지 않아 끝자락이 진흙탕에 살짝 끌렸다.

젭은 손끝으로 내 관자놀이와 머리카락 속을 훑어내렸다. 그에게서 버몬트의 냄새가, 그리고 내가 이후에 그리워하게 될 그 모든 냄새가 났다.

맨디는 싱크대 옆의 작은 창문 너머로 여전히 웨스 오빠를 바라보고 있었다. "나 찾았어, 엄마." 그녀가 유리창에 대고 외쳤다. "세상에서 가장 마음이 넓은 사람."

젭은 나를 따라 내 방으로 들어왔다. 그는 내 책더미 숲을 보고 웃으며 부츠를 신은 채 내 침대로 갔다.

나는 책상에 앉아 그를 바라보았다.

"우리 맨 처음부터 시작해봐요." 그가 타임라인의 첫 지점을 가리켰다. 기원전 200,000년, 아담의 Y 염색체와 이브의 미토콘드리아 출현.

내 방에서 장작 냄새가 났다. 웨스와 스테이시는 아이들이 탄 자동차를 따라 도시를 달리고 있었다. 맨디와 나는 밤새 그를 기다릴 것이다. 그리고 머지않아 나는 이 책상에 앉아 모든 것을 언어로 붙들어두려 시도할 것이다.

젭이 나를 향해 손을 뻗었다. "이리 와요."

시애틀 호텔

대학 시절, 폴은 일요일마다 미사가 끝나면 도리토스 나초 칩을 대용량으로 사 들고 와 침대에 엎드린 채 교재와 노트들을 베개 위에 펼쳐놓고 다가오는 주에 해야 할 과제를 한꺼번에 해치우고는 했다. 그럴 때 그는 몇 시간이고 자리에서 일어나지 않았다. 커피 한 잔과 도리토스 한 봉지면 더 필요한 것이 없었다. 기숙사의 침대들은 L 자 모양으로 배치되어 있었다. 그러니까 매주 일요일이면 나는 내가 원하는 만큼 오래 그의 몸을 바라볼 수 있었다.

  우리는 같은 방을 쓰는 덕분에 제일 친한 친구가 되었다. 그 이유가 아니었어도 그가 나를 선택했으리라는 착각은 해본 적이 없다. 사회성이라는 면에서 우리는 서로를 보완했다. 그가 방에 들어서면 모두가 안도했고, 나는 사람들을, 누구보다 나 자신을 심히 불편하게 만드는 사람이었다. 우리가 방을 함께 쓰지 않았더라면 나는 그에게 우리 층 복도 끝에 사는 녀석들과 다름없는 존재였을 것이다. 폴은 계단참에서 그들을 만나면 고개만 살짝 끄덕였다. 개수대에서 면도할 때 잠깐 수다를 떠는 정도면 몰라도 새벽 두시에 정말 포도주와 빵이 예수의 피와 살이 될 수 있는지 토론하거나 브렛 이스턴 엘리스*에 관해 대화를 나누는 일은 없었다.

천주교신자로서 미사와 성경학교와 청년 수련회를 거친데다가 여섯 명의 형제와 과대망상인 아버지, 그리고 볼 때마다 무릎을 꿇고 기도를 올리고 있는 어머니와 함께 살아온 사람이 온갖 미신적인 베일을 걷어내고 자신이 게이임을 자각하기란 쉽지 않다. 코코란 신부님은 늘 각질이 일어나 있는 입술로 말하곤 했다. "성적 욕망은 만찬의 구더기다." 우리는 욕망을 느끼는 순간 그것을 제압하는 법을 배웠다. 동성애자의 욕구는 그보다 빨리, 뇌에 이르기도 전에 싹이 잘렸다. 그런데도 흔적이 남았다. 나는 내가 뭔가 이상하다는 것을 알고 있었다. 오랫동안 그저 종교로부터 자유로워지면 될 거라고 생각했다. 아니면 품에 안고 있는 소녀가 운명의 상대가 아닌 거라고. 상

---

* Bret Easton Ellis(1964~). 미국의 소설가이자 시나리오 작가.

대를 바꾸고 또 바꿨다. 날 만나줄 여자는 많았다. 그러나 그들 중 누구도 운명의 상대는 아니었다.

하지만 대학 시절의 일요일마다 내 눈이 몇 시간씩 폴의 늘씬한 몸을, 종아리의 단단한 잔근육과 튀어나온 어깨뼈를 더듬는 동안, 발굴이 시작되었다. 프루스트에게 마들렌이 있었다면 내게는 도리토스가 있었다. 지금도 도리토스 봉투에 코를 박으면 당장 우리들의 구석진 기숙사 방으로 돌아간 것 같은 느낌이 든다. 뉴잉글랜드의 어두침침함과 그 당시에는 대단한 감정의 혼돈처럼 보였으나 사실 그저 소년의 미숙한 욕망에 불과했던 것까지도 되살아난다.

물어볼 것도 없이 폴은 이성애자였다. 입학한 첫해에는 매리언 켈리와 사귀었고, 다음해에는 엘리 설리번, 브리짓 파파스와 셰릴 린치, 그리고 그다음 여름부터 마지막 해 겨울의 연례파티까지는 쭉 로리 더프를 만났다. 그 파티에서 폴은 그의 끔찍한 연애 연대기에서 최악이라 할 만한 게일 맥너마라를 만났고, 그 여자와 1987년 봄에 결혼했다. 졸업하고 두 번의 봄이 흘러간 뒤였다.

"신랑 들러리를 부탁하지 못해서 미안하다. 엄마가 조를 세우라고 압력을 주시잖아." 조는 그의 형제 중 가장 비호감이었다. "그렇게 안 했으면 걔는 집에 오지도 않았을 거야." 폴은 성당 지하에서 내 옷깃에 노란 장미를 꽂아주고 있었다.

"들러리 자꾸 서면 들러리 신세가 돼." 나는 점심부터 취해 있었다. 초조했다. 그로부터 몇 주 전에 남자와 처음으로 섹스, 진짜 섹스다운 섹스를 했다. 나는 내가 동성애자인 것을 알았다. 마침내. 이제는 그 말을 메스꺼움 없이 스스로에게 할 수 있었다. 나는 또한 폴이 잘못된 상대와 결혼한다는 것을, 폴이 이제까지 게일에게 갖고 있던 모든 불만을 세세히 알고 있었다. 게일은 그를 하인처럼 대했다. 가끔 나쁜 냄새를 풍기기도 했으며, 변덕스럽고 비이성적이었고, 정직하지 못할 때도 있었고, 섹스를 협상카드로 이용했다. 나는 그가 더이상 견디지 못하고 도망칠 수 있게 도와달라고 말하기를 기다렸다. 예식까지는 아직 십오 분이 남아 있었다.

"너 확실해?" 내가 마침내 물었다.

"응. 장미는 벌써 여섯 번이나 꽂았으니까."

"그게 아니야."

"결혼 확실하냐고 묻는 거야?"

"게일과 하는 결혼이 확실하냐고."

폴이 소리 내 웃었다. "완전 확실해."

신부 들러리들을 가득 실은 자동차가 도착했다. 조그만 창으로 그들의 발목과 드레스 자락이 보였다.

그는 스물넷도 채 되지 않았다. "꼭 거대한 상점에 들어가서 제일 먼저 눈에 들어온 조그만 장난감을 아무거나 하나 집어온 것 같아서 그래." 내가 말했다.

폴은 웃었다. 그는 놀라울 만치 참을성 있게 사람들을 대했다. 심지어 마지막 순간에 그의 삶을 궤도에서 탈선시키려는 취객에게도. "게일은 조그만 장난감이 아니야. 그리고 곧 내 아내가 될 거고."

회색 양복을 입은 그는 엄청났다. 바지 바깥쪽의 검은 선을 따라 손으로 어루만지고 싶었다. 연미복의 꼬리를 들고 그의 엉덩이를 마지막으로 바라보고 싶었다. 내가 사 년 동안 일요일마다 그토록 고지식하게, 그토록 주저하며 바라보았던, 내 안 깊숙이 묻어뒀던 욕망의 대상을. 그러나 지금은 가장 친한 벗에게 내가 게이이며 그를 원한다고 말할 때가 아니었다. 지하에서 올라가 어두운 복도에 서서 마음을 비우고 순수한 포옹과 함께 그의 행복을 빌어줄 때였다.

나는 폴에게 마지막으로 말했다. 처음은 어머니(아버지에게는 어머니가 대신 말해주겠다고 했지만, 결국 끝까지 말하지 않은 게 아닐까 싶다), 그다음은 형제들이었다. 영원히 놀림거리가 될 어느 크리스마스에, 한 명씩 차례로 계단참 아래 전화박스로 은밀히 불러 정성을 들여 쓴 편지와 선물을 건네며 고백했다. 지금도 형제 중 하나가 다른 형제들에게 쉿, 소리를 내며 상상 속의 전화박스(부모님은 이제 둘 다 세상을 떠났고 집은 팔렸다)를 가리키기만 해도 모두 바지에 오줌을 지릴 만큼 웃어댔다. 폴에게는 편지도 선물도 전화박스도 없었다. 일 년에 몇 번 그가 업무차 보스턴에 오거나 내가 뉴욕으로 갈 때 만나곤 했지만, 그의 얼굴을 마주보면서는 도무지 말을 꺼낼 수 없었다. 어느 날 밤에 그가 전화를 걸어와(늦은 밤에 전화를 거는 것은 대개 그였다. 그의 목소리 뒤로는 끔찍한 음악이 흐르곤 했다) 자기 아이의 패혈증 인두염 얘기를 지겹도록 오래 했을 때, 그 말이 입에서 터져나왔다. "그런데 말이지, 나 게이야."

돌아온 그의 반응에 나는 놀랐다. 그는 잘 받아들이지 못했다. 그는 침묵하다 얘기해줘서 고맙다는 등의 변변찮은 말 몇 마디를 중얼거리더니 전화를 끊었다. 그리고 다시는 전화하지 않았다. 그렇게 나는 그를 잃었다.

뉴잉글랜드를 떠나 남자친구 스티브와 시애틀로 갔다. 원래는 그와 끝낼 작정이었는데 그가 서부 해안으로 전근을 갈 수 있을 거라고 했다. 내가 처음으로 사귄 진짜 남자친구였고, 관대하고 부드러웠으며, 날 겹겹이 둘러싼 모든 두려움과 자기혐오의 가시덤불로부터 빠져나올 수 있도록 도와주었다. 하지만 이제 미련을 버리고 또다른 가능성에 눈을 돌릴 때라고 느끼고 있었다.

이사, 정착과 새로운 친구 만들기, 카페와 서점, 레스토랑과 클럽으로 가는 길을 새로 익히기. 이 모든 것은 한 관계의 끝을 무기한으로 미룰 수 있다. 시애틀에서 지낸 지 삼 년째 되던 해의 어느 날 폴이 전화를 걸어왔을 때도 나와 스티브는 여전히 그런 상태였다.

스티브가 전화를 받았다. 전화기에 번호가 뜨지 않던 시절이니, 상대가 누구인지 알 수 없었다. 스티브는 당장 팔을 크게 휘적거리며 소파에 앉아 있는 나에게 가까이 오라는 몸짓을 하면서도 조용하고 침착한 목소리로 말했다. "네, 집안 어디 있는 것 같은데요. 발코니에서 옆집 대마밭으로 떨어진 게 아니라면 말이죠." 스티브는 우리집에서 이웃의 불법 정원이 내려다보이는 것을 좋아했다. 그 말을 만나는 사람마다 했다. "경찰이 아니셔야 할 텐데." 그가 덧붙이고는 수화기를 손바닥으로 막고 소리 없이 입술로 폴 도노번이라는 이름을 반복했다. 그때 스티브와 나는 이미 팔 년째 사귀고 있었다. 내가 아무리 대학 시절 룸메이트에게 느끼는 매력을 별것 아닌 것처럼 보이게 하려 해도 그 순간 나는 스티브에게서 아무것도 숨길 수 없었다.

짧은 통화 동안 스티브는 소파를 경중경중 넘고 두근거리는 심장소리를 흉내내며 놀려댔다.

폴은 시애틀로 출장을 올 예정이었다. 레드삭스 경기를 보러 갔다가 우연히 내 형 손과 마주쳤는데 내가 시애틀에 살고 있다는 얘기를 들었다고 했다. 다음주 화요일에 술 한잔할래? 하고 그는 물었다.

나는 먼저 달력을 확인한 후에 다시 수화기를 든 것처럼 하고서, 시간이 있다고 말했다.

그는 저녁 일곱시 반에 그가 묵는 호텔에서 보자고 했다.

"좋아. 당장 스케줄러에 표시할게." 스티브가 여전히 내 주변을 돌며 방방 뛰는 동안 나는 무슨 말을 하고 있는 줄도 모른 채 계속 말했다.

"그놈의 스케줄러." 폴이 웃으며 말했다. 이 모든 걸 지난 몇 년 동안 줄곧 알고 있었다는 듯. "그거 없으면 기억을 못해?"

화요일 저녁에 나는 토라진 스티브를 두고 집을 나왔다. 그는 어째서 함께 가면 안 되는지, 만나서 디저트라도 함께 먹으면 왜 안 되는지 이해하지 못했다.

"그냥 한잔하는 거야. 저녁 먹는 게 아니고."

"그러면 마지막 잔 마실 즈음에 나도 끼워줘."

"어쩌면 첫 잔이 마지막 잔이 될 수도 있지."

"그럼 나도 바에 있게만 해줘. 우연히 온 것처럼 보이게 할 테니까. 내가 네 남자친구일 필요는 없잖아. 동료일 수도 있고. 마사지사일 수도 있고."

"폴이 나한테 마사지사까지 있다고 생각하면 참 좋기도 하겠다. 내가 게이인 것만으로도 충분히 나빠."

스티브는 눈을 감고 고개를 저었다. "상담선생님이랑 몇 년 동안 그렇게 노력했는데 네 생각은 변한 게 없는 거구나, 그렇지?"

"폴한테는 내가 게이인 것만으로 충분히 나쁘다는 거야. 그게 우리의 우정을 망쳤으니까."

"우정을 망친 건 폴이야."

"알았어. 다녀올게." 스티브의 입술에 키스하자 그는 좋아했다. 요즘에는 별로 그런 일이 없었다. 그는 나를 안고 놓아주지 않았고 나는 그대로 있었다. 그래야 그가 나를 따라오지 않을 확률이 높아질 테니까.

폴은 바에 팔꿈치를 괴고 바텐더의 머리 위로 보이는 평면화면 속의 야구 경기를 보며 앉아 있었다.

"분위기가 영안실 같네."

그는 내게로 몸을 돌렸다. "내 세상에 온 걸 환영해. 호텔 바와 회의실이 전부인 세상이지."

폴은 이제 중년 남자였다. 머리가 빠지면서 이마가 드러나고, 전보다 좁아진 어깨에는 살이 붙어 있었다. 우리는 악수하지 않았다. 그러고 싶지 않았다. 대신 재킷을 만지작거리며 어디에 내려놓을지 쓸데없이 고민하는 척 시간을 끌었다. 그리고 천천히 그의 옆자리로 돌아왔다. 내 심장은 분노로 뛰었다. 나는 여전히 그에게 분노하고 있었다. 그가 나를 떨쳐냈었기 때문인지 아니면 그가 더이상 지상의 신이 아니라 중년의 외판원이어서인지는 알지 못했다.

"그래도 난 이런 곳이 좋더라." 그가 잔 속의 얼음을 흔들며 말했다. "모두가 알 수도 없는 별의별 곳에서 표류해 오잖아. 저 구석의 여자 좀 봐. 맙소사, 오늘 저녁 저 여자에게 무슨 일이 일어나려나?"

"하얀 나일론 바지를 입은 남자가 들어와서 여자를 흘낏거리겠지."

"가수라고 하자." 그가 고갯짓으로 구석을 가리켰다. 마이크 하나만 달랑 서 있는 작은 무대가 있었다.

"그리고 저 여자와 멋진 듀오가 되리라는 걸 알아보는 거지."

"'기억나,'" 그가 가성으로 시작했다. "'넌 나를 사랑하고 싶어 못 견뎌했었지.'"

"'나와 헤어지기 싫어했었지.'" 나는 어쩔 수 없었다.

"'하지만 이제는 밤늦게 나를 사랑한 후.'" 우리는 웃었다. 그는 아직 고음을 낼 수 있었다. 손에 맥주병을 들고 침대에 걸터앉아 지금처럼 우리의 생각이 떠돌도록 내버려두었던 밤들. 그것은 대화가 아니었다. 조금도 힘들지 않았다. 나는 그걸 두서없는 말들이라고 부르곤 했다. 그는 사과 없이 어물쩍 넘어갈 수 있을까? 내가 그렇게 내버려둘까?

"아니면 그냥 네가 가서 저 여자랑 하든가." 내가 말했다.

그는 눈썹을 찌푸렸다가 곧바로 다시 치켜떴다. 자신이 나의 신랄함에 놀랐다는 걸 보여주지 않을 것이었다. "진짜 그러면 되겠네." 그는 단숨에 잔을 들이켰다. 그가 덧붙일 만한 재치 있는 말을 생각하고 있다는 것이 느껴졌다. 그 순간 나는 그의 생각이나 충동이 어떤 것이든 내 예상을 빗나가지 못하리라 생각했다.

"너도 출장 다녀?" 그가 물었다.

"아니. 전혀." 그는 내가 무슨 일을 하는지 몰랐다. "너는 자주 다니는 것 같네."

"원래 해야 하는 만큼은 아니야. 출장을 더 늘렸다간 집에 돌아갈 때마다 싸워야 할 테니까. 게일이 얼마나 잔소리가 많은지. 이번 같은 출장을 한 번 다녀오면 앞으로 삼 주 동안은 내 시간이라고는 단 한 시간도 가질 수 없어."

게일에 대해서는 듣고 싶지 않았다. 그녀를 떠날 기회라면 이미 줬다. "너를 위한 시간이 생기면 뭘 하는데?"

"몰라. 어차피 생기질 않는데, 뭘. 자유시간이 없어. 우리한테는 애들이 셋이고, 고쳐야 하는데 손도 못 대고 사는 집이 있어. 그러니까 난 새벽부터 밤중까지 그 혼돈을 관리하는 거지. 철물점, 약국, 애들 축구 연습. 반복."

바텐더가 드디어 내 존재를 알아차리고 우리에게 왔다. 그와는 파티에서 본 적이 있었지만 둘 다 알은체하지 않았고 폴은 그 긴장된 분위기를 바로 눈치챘다.

"뭐였어?"

"뭐가?"

"방금 그 가벼운……" 그가 손가락 끝을 맞대어 비볐다. "전율."

"전율 없었어."

"있었어. 내가 그렇다면 그런 거야."

"너는 그랬는지 모르겠지만, 난 그저 캄파리 한 잔 주문했을 뿐이야."

"캄파리 한 잔. 그게 암호 같은 거야?"

"무슨 암호?"

"왜 있잖아, 네가 게이라는 걸 바텐더에게 말하는 방법."

나는 일어섰다.

"앉아." 귀찮다는 티가 역력한 큰 목소리로 그가 말했다. 아마 자신의 아이들에게 쓰는 말투일 것이다.

"나한테 사과할 게 있지 않아? 다시 한번 모욕을 줄 게 아니라."

나는 그가 자기도 모르게 얼굴을 움찔하며 내 표정을 흉내 내다 다시 무표정으로 돌아가는 것을 보았다. 그가 자신의 아이들을 대할 때도 그들을 흉내낼지 속으로 궁금해했다. 우리 아버지는 늘 내게 그렇게 했다. 처음으로 폴과 내 아버지의 닮은 점을 깨달았다.

그때 자리를 떠났어야 했다.

그러나 그때 폴이 말했다. "너에게 사과할 게 있지." 그리고 나는 그 사과를 기다리며 다시 자리에 앉았다.

식사를 위해 우리는 칸막이가 있는 자리로 옮겼다. 술을 와인으로 바꾸지는 않았다. 그는 계속 싱글 몰트를 온더록스로 마셨고, 마티니를 여러 맛으로 바꿔가며 주문했다. 대학에 다닐 때는 둘 다 술을 그리 즐기던 편이 아니어서 그가 연이어 술을 주문하는 속도에 놀랐다. 그에게 속도를 맞추려는 내 태도에도. 우리가 서둘러 어딘가로 가고 있다는 느낌이 들었다. 어딘가로 떠나기 전에 음식을 마저 먹고 술잔을 비워야 할 것 같았다. 바보같이 그 목적지가 어디인지를 한참 동안 알지 못했다.

종잡을 수 없는 전채요리들이 이어졌다. 나무껍질 같은 반죽을 입힌 까맣게 탄 끔찍한 게살. 음식은 저절로 뉴잉글랜드의 요리들을 떠올리게 했다(그는 지금 오하이오주의 신시내티에 살고 있었다). 그리고 우리는 함께 보스턴대학의 구내식당에서 먹은 거의 모든 요리를 떠올렸다. 치즈 토스트, 미국식 촙 수이, 분홍색 스펀지케이크.

웨이터는 주요리를 가져왔다. 오소부코와 구운 연어. 나는 배부르고, 취하고, 피곤했다. 저녁이 시작될 무렵 가지고 있던 초조함은 두려움이 뒤섞인 극심한 피로감으로 무너져내렸다. 두려움을 느끼는 이유는 설명할 수 없었지만, 그것이 그의 변화와 관련 있다는 것은 알고 있었다. 그러나 나는 변화에 익숙한 편이었다. 형제 중 하나는 최근에 구십 킬로그램 이상 체중이 줄었고, 두 명의 친구가 성전환수술을 했고, 우리 엄마는 아버지가 돌아가시고 나서 다시 대학으로 돌아가 덩치 큰 동물을 고치는 수의사가 되었다. 웹사이트에 그녀는 종마 치료 전문의사로 소개되곤 했다. 그에 비해 폴이 한 것이라곤 몸집이 불고 세상에 환멸을 느끼게 된 것뿐이었다. 누구나 그렇듯이.

"네가 그때 전화해서 나한테 그 말을 했을 때, 그 왜, 네가 했던 말." 그가 말을 시작했고 나는 누가 누구에게 전화했는지 굳이 정정하지 않았다. 사람들이 정확하게 이야기하는 것을 좋아하는 나에게 쉬운 일은 아니었다. "그 이후로 아마 일 년 정도는 그때까지 간직하고 있던 우리의 추억을 하나하나 떠올리며 보냈을 거야. 빌어먹을, 우리는 캠핑도 갔었다고. 엄마 집에 가서 소파침대에서 같이 잤고, 샤워실이며 욕실도 같이 썼어. 너한텐 여자친구들도 있었는데! 카를라인지 칼리인지, 왜 너한테 아주 푹 빠졌던 애 있잖아. 그리고 그 이름이 b로 시작하는 애도 있었고. 내 결혼식 때는 애나랑도 뭐 있지 않았어? 맙소사, 게일한테 네가 게이라고 했더니, '아이고, 탐정 나셨네. 이제야 아셨어요?' 하는 반응이더라. 하지만 난 정말이지 전혀 몰랐어. 너 진짜 연기 잘한다."

"연기한 적 없어. 자각을 하는 데 오래 걸린 것뿐이야."

"아, 그만. 헛소리 집어치워. 자기가 게이인지 아닌지는 누구나 처음부터 알아. 그런 건 여섯 살만 되어도 아는 거야. 여자랑 떡을 치고 싶은지 남자랑 떡을 치고 싶은지는 알 거 아냐."

"넌 여섯 살에 벌써 떡 치는 생각을 했어?"

"했고말고. 딱 붙는 갈색 치마를 입고 다니던 칼라일 씨랑 하고 싶었지."

"여섯 살에 떡 치는 게 뭔지 알고 있었다는 거야?"

"칼라일 선생님과 내 페니스 사이에 무슨 일이 일어나고 있다는 건 알았어. 그 정도는 충분히 알았지."

"음, 내 페니스는 스물셋이 될 때까지 그 누구와도 아무것도 해본 일이 없어서."

"그건 사실이 아니야. 너한테는 여자친구들이 있었어."

"그들과는 그냥 애무만 했을 뿐이야."

"아무하고도 안 잤단 말이야?"

"응. 같이 잔 척한 적도 없어."

"그냥 당연히 잤을 줄 알았지."

"나는 너 같지 않았어."

그제야 나는 내가 무엇을 두려워하고 있는지 깨달았다. 내가 당시에 그와 자고 싶어했는지 물어볼까봐 두려웠던 것이다. 그리고 나는 내가 그 질문에 거짓말로 답하지 않으리란 걸 알고 있었다. 그 대답이 정말 우리의 마지막이 되리라는 것도.

"그러면 지금은 남자들하고만 자냐?"

"그래. 한 번에 한 남자씩."

"셋이 같이 자본 적은 없어?"

이성애자 남자들은 왜 이 질문을 그토록 좋아할까? "꼭 그런 건 아니지만."

"꼭 그런 건 아니라고?"

"그게, 스티브랑 내가 남자 하나를 집에 초대한 적이 있거든. 진짜 그 사람이랑 해볼까 했어. 그런데 그가 바지를 벗으니까 축 늘어진 엉덩이가 나오더라. 상당히 마른 편이었는데도 엉덩이가 하얀 젤리 같아서 스티브랑 나는 웃음을 멈추지 못했고 남자는 화가 나서 가버렸어. 그럴 만하지." 스티브는 그 사건을 처진 엉덩이 실패 소동이라고 불렀다. 우리는 아직도 그 생각을 하면 배가 아프도록 웃는다.

스티브가 이 자리에 있었다면, 그날 저녁 일에 대해 숨넘어가게 웃긴 이야기를 들려줄 수 있을 것이다. 하지만 폴은 내 얘기가 재미있지 않은 듯했다. "남자들이랑 하는 섹스가 더 나아?"

내가 웃었다. "나한테는 그렇지."

"내 말은, 섹스는 어딘지 운동 같은 면이 있잖아. 그냥 궁금해서. 나도 한동안 이 문제에 대해 생각해봤다고. 내 말은. 여자들은 항상 아프다고 불만이잖아, 알아?"

"감정적으로 그렇다는 말이야?"

"아니, 육체적으로. 여자들은 섹스할 때 아프다고."

"진짜?"

"내 말은, 진짜 뭔가 온다 싶으면 여자들은 꼭 아프다 그러잖아."

"정말?" 이제 모든 종류의 섹스를 어느 정도 알고 있다고 생각하고 있었지만 이건 내게 새로운 사실이었다.

"게일은 나랑 섹스할 때 오십 번도 넘게 '아야' 소리를 내고는 해. 그러니까 그냥 남자들은 다른지 궁금해서."

"어쩌면 그럴 수도. 어떤 사람들은 다른 사람들보다 거치니까."

"넌 거칠어?"

그가 나를 향해 테이블 너머로 몸을 반쯤 기울이고 있음을 깨달았다. 그의 손마디가 내 접시에 닿아 있었고, 그의 눈, 술에 취해 젖은 듯한 초록 눈동자가 나를 응시하고 있었다.

"응, 어떤 면에서는." 마티니의 취기가 섞여 나온 말이었다.

"난 네 페니스가 어떻게 생겼는지 알아."

"나도 네 것 알아." 가볍게 농담조로 말하고 싶었지만 실패했다. 그가 언급한 페니스가 갑자기 단단해졌다.

"하고 싶다."

"폴." 내가 말했다.

그는 자리에서 일어나 웨이터에게 계산서를 자신의 호텔 요금에 추가하라는 손짓을 보내고, 나를 엘리베이터 쪽으로 떠밀듯 데리고 갔다. 엘리베이터가 도착하고 문이 닫힌 뒤 우리만 남자마자 그의 입, 까슬한 수염, 오소부코 냄새가 내게 덤벼들었다. 나는 폴에게 키스하고 있다, 나는 폴에게 키스하고 있다. 그의 이름이 대성당의 종소리처럼 내 온몸으로 울려퍼졌다. 그는 나를 놋쇠로 된 엘리베이터 손잡이로 밀어붙였고, 내 바지 지퍼로 손을 뻗었다. 엘리베이터가 딩동 소리를 내며 멈춰 서자 어느새 그는 마치 나와 한 번도 마주친 적이 없는 사람처럼 엘리베이터 안의 반대편에 서 있었다. 그러나 문이 열렸을 때 칠층 복도에는 아무도 없었다. 그는 나더러 먼저 내리라는 손짓을 하더니 나를 다시 엘리베이터 입구에 대고 밀었다. 닫히려는 문이 내 등에 자꾸만 부딪히며 나를 그에게로 밀착시켰다. 그는 마치 거대한 고깃덩이를 갖고 어떻게 해야 할지 모르는 짐승처럼 나를 덮쳐 셔츠 위로 젖꼭지를 물고, 몸을 밀치고, 찔러댔다.

"폴." 나는 그의 얼굴을 손으로 쥐고 눈을 들여다보았다. "침착해, 베이비. 먼저 방으로 가자."

그는 눈을 마주칠 엄두를 내지 못하는 듯했지만, 주머니에서 열쇠를 꺼내고 나를 복도로 안내했다.

그가 문을 잠그고 빗장을 걸고 쇠사슬을 거는 동안 나는 감청색 방 한가운데 서 있었다. 그의 숨소리를 들을 수 있었다. "있잖아, 우리 좀 천천히 가야 할 것 같아."

그는 내가 말했다는 것조차 인지하지 못한 듯했다. 한 손을 등뒤로 뻗더니 셔츠를 단박에 위로 벗어던지고 다른 손으로는 허리띠와 지퍼를 더듬었다. 그의 페니스가 나를 향해 일어섰고, 폴은 여전히 숨을 거칠게 몰아쉬면서도 자신의 발기에 자랑스러워하며, 레스토랑에서 나온 이후 처음으로 나를 바라보았다. 자신이 해낸 일을 칭찬이라도 해달라는 듯.

"누워." 그가 으르렁거렸다.

나는 침대에 앉았다. "난 정말이지 이러고……"

"엎드리라고."

"폴, 난 안 할 거야."

다시 그가 얼굴을 움찔했다. 그러고는 침대로 걸어오더니 내 위로 몸을 숙이고 오랫동안 부드럽고 황홀하게 나에게 키스했다. 내가 항상 상상해왔던 대로. 내가 그토록 질투했던 여자들에게 키스했던 대로. 그러나 그가 내게 키스하는 동안에도, 내가 다시 발기하고 내 안의 모든 것이 빙빙 도는 와중에도, 나는 그가 나를 진정시키려 내가 원하는 것을 주고 있을 뿐이라는 것을 알았다. 사실 그는 내가 원하는 것을 주는 것에도, 받는 것에도 눈곱만큼의 관심도 없다는 것을. 나의 저항을 충분히 잠재우자 그는 나를 돌려 눕히더니 단추도 열지 않고 바지를 휙 끌어내렸다(내가 입고 있던 스티브의 청바지는 나에게 조금 컸다).

그날 밤 내가 몇 번이나 내 뜻을 전달하려고, 천천히 하라고, 그만하라고 부탁했던가? 그는 멈추지 않았다. 일이 끝났을 때 내 몸은 고통으로 떨리고 있었다. 폴은 곧장 잠들었고, 나는 그곳에 누워 자리에서 일어날 힘이 모이길 기다렸다. 그 상태로 스티브에게 가기 위해. 그러나 나는 그렇게 하지 못했다.

샤워 소리에 잠이 깼다. 온몸이 아팠다. 다리와 배는 멍투성이였다. 돌아눕기조차 힘들었다. "게일이랑 똑같은 소리를 내고 있네." 내가 아프다고 투정하는 걸 듣던 그가 으르렁거렸다. 게일이 아침에 이런 기분이라고? 그녀에게 똑같은 짓을 한다는 건가, 아니면 남자끼리 할 때는 이렇게 한다고 생각한 걸까? 아니면 그냥 나에게만, 내게 벌을 주기 위해서 그런 걸까?

샤워기가 멈췄다. 세면대에서 물이 흐르는 소리, 면도기 부딪히는 소리가 났다.

그가 욕실 문을 열고 창백한 얼굴로 나타났다.

"모닝." 내가 연인에게 앙탈을 부리듯 장난스레 달콤한 목소리로 말했다.

그는 왠지 선뜻 방안으로 들어서지 못하는 듯했다. "너 에이즈 있어?"

"뭐?"

"사실대로 말해. 너 에이즈 바이러스 양성이야?"

"아니."

"어떻게 알아?"

"이미 여러 번 검사해봤어."

"그래? 언제? 마지막이 언제였어?"

"몰라. 삼 년 전에." 실제로는 오 년도 더 되었겠지만.

"삼 년 전에. 맙소사. 삼 년 전에. 나는 아내에 아이들까지 있는 사람이야. 제기랄! 정말 믿을 수가 없네." 그는 옷장으로 가서 양복 가방의 지퍼를 내리고 옷걸이에 걸린 검은 양복과 줄무늬 넥타이를 꺼냈다.

"스티브와 나는 한 상대하고만 자."

그가 코웃음을 쳤다. "아, 그러세요. 어젯밤에 확인 잘했네

시애틀 호텔

요. 스티브도 너처럼 한 상대하고만 자냐?"

"폴, 이건 그러니까…… 이런 건 처음이야. 나는 여태 한 번도……"

"어제 전화했을 때 스티브 목소리 들었어. 내 느낌에는 성적으로 아주 개방적일 것 같던데. 까놓고 말해서 남자들은 이성애자든 동성애자든 기회만 되면 떡을 치잖아. 호모인 남자는 그러다 병에 걸리는 거고. 그리고 그 대가를 누가 치르는 줄 알아? 내 아내와 내 아이들이야. 당장 그 염병할 이불에서 나와서 검사하고 나한테 빌어먹을 결과를 보내. 여기, 내 명함 줄 테니까, 사무실로 보내. 알아들었어?" 그는 트렁크 맨 위에 들어 있던 서류 가방을 뒤적거렸다. "이게 다 뭐람, 염병할!" 그러고는 서류 가방이며 트렁크, 트렁크 스탠드를 죄다 쓰러뜨렸다. 작은 튤립 꽃병이 놓인 동그란 테이블에 물건들이 부딪혔다. 테이블이 넘어지지 않자 그는 그것마저 밀어 넘어뜨렸다. 나는 천천히 내 옷 쪽으로 움직였다.

"너네들이 항상 콘돔을 사용한다고 생각했어."

"어젯밤에는 나한테 그런 선택을 할 여유가 없었다고 말하고 싶은데."

"그건 무슨 뜻으로 하는 말이야?"

"무슨 말이냐면 네 기차는 이미 역에 들어서고 있었고 그걸 막기 위해 내가 할 수 있는 일은 아무것도 없었단 말이지."

그러자 그의 푸른빛이 도는 창백한 얼굴이 한쪽으로 뒤틀렸다. 나는 그가 우는 걸 본 적이 없었다. 폴도 울 수 있다고는 한번도 생각해본 적이 없었다. 두툼한 허리에 하얀 수건을 두른 채, 털이 없는 살찐 가슴을 들썩이며 서 있는 그의 얼굴은 더러운 휴지처럼 구겨져 있었다.

옷을 마저 입었다. 움직일 때마다 어떤 식으로든 아팠다. 그는 내가 위로해주기를 바라고 있었다. 이성애자 남자에게 너무 빨리 찾아온 중년의 위기를 알아주기를. 어쩌면 다시 한번 섹스를 원했는지도 모르겠다.

나는 문의 사슬을 풀고 빗장을 연 다음 방을 나왔다. 복도는 조용했다. 엘리베이터가 올라왔고, 문이 열렸고, 살짝 기울며 내 몸을 받아들고는 부드러운 한숨과 함께 하강해 나를 로비에 떨구었다.

스티브가 회전문 옆 가죽 의자에 앉은 채 잠들어 있었다. 그의 무릎에 내 무릎을 갖다대자, 그가 눈을 떴고 나는 그의 눈동자가 내 얼굴에서 모든 것을 읽는 모습을 응시했다. 그는 나보다 나이가 많았고 신처럼 지혜로웠다. 그는 내 옆에서 아주 천천히, 상상할 수 있는 만큼 천천히 도로로 걸어나와, 파이크 플레이스 마켓을 지나, 그 모든 길을 되돌아 집으로 갔다.

찰리를
기다리며

모두가 평소처럼 그녀와 얘기를 나누라고 그에게 말했다. 하지만 어떻게 그럴 수 있단 말인가. 그녀의 면도한 머리가 창문 쪽으로 고꾸라져 있고, 환자복 앞섶이 풀어져 주근깨가 나고 빨래판처럼 납작한 가슴팍과 옆으로 늘어진 커다란 가슴이 드러나 있고, 그녀가 비스듬히 등을 기대고 누운 침대 머리맡 위로 우측 두개골에 뼈 없음이라고 적힌 안내문이 있는데.

사고 이후에 생긴 염증 때문이었다. 뼈를 제거하지 않았다면 그녀는 죽었을 것이다. 몇 주가 지난 지금은 부기가 가라앉아 뼈가 없는 쪽이 썩은 멜론처럼 푹 꺼졌다. 그는 자신의 몸이 악화하는 것에는 익숙해졌다. 엉덩이, 폐, 젖은 휴지처럼 찢어진 피부. 잘 때는 산소마스크를 써야 했다. 별 이유도 없이 피가 옷 위로 배어나왔다. 그러나 스물다섯 살도 채 안 된, 이토록 심한 부상을 입고 의식조차 되찾지 못한 아이를 바라보는 것에는 결코 익숙해지지 못할 것이다. 그는 다시는 이곳에 오지 않을 것이다. 다시는.

평소처럼이라니.

"잘 있었니, 샬럿." 그는 그녀가 몸을 돌려 마주 인사하기를 기다렸다. 물론 그녀의 상태가 어떤지는 그도 알고 있었다. 그러나 지난 구십일 년 동안 조용한 방에서 그가 말을 걸었는데도 상대가 대답하지 않은 적이 과연 있었나?

그는 더 크게 말했다. "내가 잘 있었냐고 묻지 않니." 면회가 허락된 한 시간 동안 그녀로부터 무언가를 끌어낼 수 있으리라고 확신했다. 살아오면서 이보다 훨씬 큰 일들도 해냈다.

손주들이 그를 무서워한다는 건 알고 있었다. 아니면 무서워했다고 해야 하나. 그는 키가 크고 목소리가 컸다. 손주들이 껌을 씹는 것도, 말대꾸를 하는 것도 좋아하지 않았다. 이제 그는 이 아이에게 머리가 너무 짧다고, 샬럿 대신 찰리*라는 이름을 쓰는 것만으로도 충분히 끔찍하다고 말했던 것을 후회했다. 하지만 아이들에게는 종종 올바른 방향을 제시할 필요가 있었다.

---

* 작중 샬럿의 애칭인 찰리는 대체로 남성의 이름으로 쓰인다.

그는 창가에 있던 의자를 침대 쪽으로 끌어당겨 앉았다.

"할아버지다, 샬럿. 너를 보려고 혼자 여기까지 왔다. 네가 일어났으면 좋겠다. 다들 너 때문에 걱정이 이만저만이 아니구나." 그러고는 부정적인 말은 일절 말라던 아내의 조언이 떠올라 덧붙였다. "너는 연기에 아주 재능이 있지만, 그만하면 됐다."

크게 딱 소리가 났다. 뭔가 딱딱하고 건조한 것이 두 조각으로 갈라지는 듯한 소리였다. 손녀의 빗장뼈에 걸려 있는 튜브의 커다란 마개가 보였다. 지난번 수술을 받을 때 자신도 그 기계를 써봐서 알고 있었다. 공기 중 산소농도를 15퍼센트 증가시켜주는 그 기계 덕분에 안심했었다. 몸 아래 깔린 수건 외에 어느 곳도 기계와 마찰을 일으키고 있지 않았다. 손녀의 턱이 움직이며 다시 딱 소리가 났다. 입속에서 나는 소리였다.

"얘야, 그러지 마라." 손을 그녀의 뺨에 얹었다. 피부는 땀에 젖어 끈적거렸다. 그의 손 아래서 턱이 한쪽에서 다른 쪽으로 밀리며 다시 그 끔찍한 소리를 냈다. 그는 이가 산산조각이 났을까 겁이 났지만, 입을 벌려보니 모두 멀쩡했다. 친숙하기까지 했다. 어느 해인가 아이가 여름을 꼬박 그의 집에서 보낸 적이 있었다. 언니들은 캠프에 가고 부모는 이혼했을 때였다. 아이는 여덟 살이었고, 이가 죄다 빠졌거나 막 새로 나오는 중이었다. 아이는 거의 매일 저녁 그에게 치아가 어떻게 변했는지 보여주었다. 어릴 때는 소심한 아이였지만, 용감하고 자신감 있는 젊은 여성으로 자랐다. 어쩌면 조금 과하다 싶을 만큼. 그의 손주들은 모두 자신감이 과했다. 그가 그들의 공격성과 무모함을 탓하면, 그는 웃음거리가 됐다. 똥 묻은 개가 겨 묻은 개 나무라시네요, 그들이 말했다.

그는 그녀가 넘어진 산길을 사진으로 봤었다. "나라면 그 길로 내려가지 않았을 거다. 너무 경사지고 너무 얼어 있었고 바위가 고스란히 드러나 있었는데. 바보 같은 짓이었어." 부정적인 말을 하지 말라고는 했지만 더이상 신경쓰지 않았다. 그녀는 꾸지람을 들어야 했다. 어쩌면 손녀도 사람들이 와서 알랑거리거나 애정어린 눈으로 지켜보거나 동정하는 데 넌더리가 났을지도 몰랐다. 그녀에게는 확고한 통제가 필요했다. "아주 바보 같고 어리석은 짓이었다."

침대 맞은편, 우측 두개골에 대해 적혀 있는 안내문 맞은편 화이트보드에 아이의 언니들이 매직펜으로 써놓은 글이 보였다. "잘 잤니, 찰리! 오늘은 2월 15일 토요일이야. 너는 스키 사고를 당했단다. 우리는 다 같이 아버지에게 갔다가 곧 돌아올 예정이야. 다시 만날 때가 기다려진다!" 그쪽 벽은 온통 사진, 포스터, 그림, 시와 편지 들로 뒤덮여 있었다. 라디에이터 위에는 붉은 장미와 밸런타인데이 카드가 수북이 쌓여 있었다.

창턱의 바구니 안에는 갖가지 유리병이 들어 있었다. 붉은 알맹이가 가득한 것도 하나 있었다. 병을 돌려보니 빨간 통후추라고 적혀 있었다. 액체가 든 것도 있었다. 바닷물, 석류즙, 식초.

"오늘은 좀 어떤가요?"

간호사 한 명이 문가에 서 있었다. 그는 필요한 것이 있는지 생각해보다가, 자신이 환자가 아니라는 사실을 기억했다.

간호사는 그의 무릎에 놓인 바구니를 보았다. "손녀분한테 아로마 요법 해주시려고요?"

"아니요."

"음, 오늘은 일요일이라 치료사가 안 오니까, 나쁘지 않은 생각 같은데요. 그냥 병마개만 열고 몇 번 숨을 들이쉬도록 해주시면 돼요. 후각이란 건 대단하죠. 그 어떤 감각보다도 빠르고 깊게 기억을 일깨워주거든요." 그녀는 환자의 저항에 단련된 간호사들 특유의 어조로 말했다.

그는 이름이 적힌 스티커가 벗겨진 병을 선택했다. 뚜껑을 열자 레몬 향기가 병실에 넘쳤다. 주린 듯 숨을 들이쉬었다. 아름다운 향기였다. 여름날, 잔디밭의 녹슨 의자에 앉아 갈색 머리에 레몬즙을 짜던 세 손녀의 모습이 떠올랐다. 아들네 부부가 이혼한 후에 아이들은 그의 집에서 자주 자고 가곤 했다. 몇 골목만 지나면 아들의 집인데도. 할아버지 집 침대가 훨씬 아늑해서라고 했다. 그는 병을 손녀의 코밑에 가져다 댔다. 반응이 없었다.

"데니스 와이트 기억나니, 샬럿? 지난번에 그애가 네 안부를 묻더라."

언젠가 그는 한밤중에 마당의 접이식 의자에서 잠든 데니스를 발견한 적이 있었다. 어찌나 크게 코를 고는지 동네 사람들을 다 깨울 판이었다. 소년은 손님방의 커튼 틈으로 찰리의 얼굴이 비치기를 기다리고 있었다.

"너희들은 피부가 쉽게 그을곤 했지. 네 머리카락에는 금빛 가닥이 생기고." 밖을 내다보지 않고도 창문 너머 2월의 황량함을 느낄 수 있었다. 아래 주차장의 진흙 웅덩이는 반쯤 얼어 있을 것이다. "여름은 아름다운 계절이다, 찰리."

"그럼요."

간호사가 있다는 걸 완전히 잊었다. 어떤 생각을 입 밖으로 소리 내 말했는지 확실하지가 않았다. 그는 레몬 병의 뚜껑을 닫고 후추를 꺼냈다. 향이 풍기지 않았다. 코를 대보았다. 여전히 냄새가 없었다. 그는 병을 흔든 뒤 다시 킁킁거렸고, 순간 머리가 터지는 줄 알았다. 기침하고 숨을 쌔근거리며 손수건으로 눈을 닦았다. 그동안 간호사는 내내 웃었다. 망할 것 같으니라고.

그는 찰리의 코밑에 병을 대주었다. 이번에도 그녀는 아무 반응 없이 가벼운 숨만 쉬었다. 전쟁을 겪으며 죽은 사람들을 수없이 봤지만, 그의 앞에 있는 이 얼굴보다 끔찍한 모습은 평생 보지 못했다. 모든 근육이 흐물흐물했다. 살이 젤리 같았다. 턱이 목 아래까지 주저앉아 있었고, 뺨은 귀 뒤로 흘러내릴 지경이었다. 심지어 콧구멍마저 납작했다. 육체적으로 보면 손녀는 한때 자신을 이루고 있던 모든 것을 잃은 셈이었다. 그는 시선을 돌려 자기 다리를 내려다보았다. 그의 오래된 갈색 바지는 치맛자락처럼 펄럭였다. 바짓단이 바닥을 쓸었다. 예전에는 첫번째 구멍만 닳아 있던 가죽 허리띠는 이제 마지막 구멍에 맞춰져 있었다. 머지않아 새로 구멍을 뚫어야 할 것이다. 그들은 둘 다 몸과 작별했다. 몸이 없다면 우리는 무엇이란 말인가? 그가 언제 영혼이란 것을 믿어본 적이 있던가?

병을 세게 흔들었다. 찰리의 들숨소리가 들릴 때까지. 후추 때문에 그는 네 번이나 재채기를 했고, 햇빛과 꽃가루와 먼지 쌓인 책들이 떠올랐다. 그러나 그녀에게는 아무 효과가 없었.

찰리의 부모가 이혼했던 여름에, 그녀는 이 방 저 방으로 뛰어다니며 심심하다고 불평했었다.

"거기는 심심하지 않니, 찰리? 그 코마가 지겹지도 않으냔 말이다."

간호사가 침대 너머로 몸을 뻗어 그의 팔에 손을 얹었다.
"하지 마세요."

"'코마'라는 말을 입에 올리면 안 된다는 거요? 여기서는 그게 욕인가?"

"환자가 무서워할 수 있어요."

"오히려 저 아이 때문에 내가 무섭소." 어릴 때 이후로 그가 이렇게 칭얼거리기는 처음이었다.

"이제 가실 때가 된 것 같아요."

"아니요. 난 아니지. 나는 아직 갈 때가 되지 않았소." 그는 심장이 얼마나 빨리 뛰는지 느꼈고 진정해야 한다는 것을 알았다. 그는 바구니를 뒤적거려 애프터셰이브라고 적힌 파란 액체가 든 병을 찾았다. 마개를 열고 젊은 시절의 댄스시간을 들이마셨다. 부모님 집의 욕실과 세면대를 차지한 그의 형제 톰, 저녁이 다 지날 무렵 소녀의 머리카락에서 풍겨오는 자신의 향수 냄새. 그는 종교를 믿은 적이 없었다. 그러나 만약 찰리가 잘못되더라도 톰이 저편에서 기다리고 있으리란 건 알았다. 두 사람은 비슷한 또래일 것이다. 죽었을 때 톰은 겨우 스물넷이었으니까. 그는 톰 없이 자기 혼자 육십칠 년을 더 살았다는 것이 믿어지지 않았다.

그는 다시 기침하는 척 눈을 비볐다. 너무 많았다. 불필요한 상실이 너무 많았다. 이미 예전부터 너무 많은 것을 내주었다. 그는 샬럿의 납작한 코 밑에 애프터셰이브 향을 대주었다. 그녀가 천천히 냄새를 맡고 한쪽 눈을 떴다. 눈동자를 아래로 굴리더니 그를 정면으로 응시했다. 그는 너무 당황해서 반갑게 인사하지도 못했다. 찰리가 돌아왔다. 그가 해냈다.

"그럴 때가 있어요." 간호사가 말했다. "그 한쪽 눈만요. 돌고 돌고."

마치 그 말에 따르기라도 하듯, 눈은 병실의 이곳저곳을 향하기 시작했다. 눈이 다시 그에게로 돌아왔을 때 그는 사진을 찍는 사람처럼 손을 흔들며 미소를 지었다. 누구도, 현란한 말과 기계를 사용하는 전문가들조차도 찰리가 그 눈 안에 아직 들어 있는지 알지 못했다.

푸른 병을 집어넣고 다시 바구니 속을 하릴없이 뒤적였다. 다시 반복할 기운이 남아 있을지 자신할 수 없었고, 간호사가 한 번에 세 가지 향이면 충분하다고 말하자 안도했다.

"향기 참 좋죠, 찰리?" 간호사가 말하곤 바이탈 사인을 살펴본 뒤 병실을 나갔다.

간호사가 있는 것이 불편했으나 막상 가고 나니 병실이 텅 비고 휑하게 느껴졌다. 그는 손녀딸의 손을 잡았다. 그리고 아이의 가슴에 손을 꼭 붙이고 기도하기 시작했다. 기도하는 법을 배운 적은 없었다. 아는 것은 간청하는 것이 전부였다. 이 아이를 낫게 해달라고 그는 간청했다. 그러나 그의 머릿속 작은 공간에서조차 그의 목소리는 희미했다.

그는 의자에 등을 기댔다. 맞은편에 그가 그때까지 인식하지 못했던 커다란 시계가 걸려 있었다. 그에게는 아직 사십 분이 남아 있었다.

복도에서는 발소리가 쉬지 않고 들려왔다. 이따금 발소리가 느려지고, 매우 연로한 노인이 511호의 환자를 문병하러 온 사실을 전해들은 간호사나 간병인이 잠깐씩 안을 들여다보곤 했다.

"나는 교만한 늙은이다." 그가 속삭였다. "널 보는 게 이렇게까지 힘들 줄 몰랐구나."

병실은 좋았다. 이곳에서 그가 머물러본 그 어느 방보다도 넓었다. 이제 그는 병원에서 위로 같은 것을 느끼곤 했다. 병원의 분위기, 낯선 사람들을 호명하는 소리, 산소통에서 흘러나오는 공기, 침대 옆에 붙어 있는 호출기의 환한 빛, 복도에서 들려오는 카트와 휠체어의 바퀴 소리, 깨끗한 소독약 냄새가 좋았다. 사고가 발생할 위협이 도사리고 도움을 받으려면 도시의 반대편까지 실려와야 하는 집보다 이곳에서 그는 안도감을 느꼈다. 이곳에서 죽음은 멀리멀리 떨어져 있는 듯 느껴졌다.

의자는 편했다. 가는 비가 조용히 유리창을 두드리기 시작했다. 그는 병실 안에 추가로 공급되고 있는 산소를 느끼며 감사히 들이마셨다. 졸음이 무겁고 천천히 그를 덮쳐왔다. 잠이 들기 직전에 그는 자신의 숨결이 찰리의 것과 포개지는 것을 알아차렸다. 그리고 좀더 쉽고 단순한 곳으로, 마침내 그들이 서로를 만날 수 있을 곳을 향해 가고 있음을.

망사르드

프랜시스는 그녀에게 인사하기 위해 뛰쳐나왔다.
"오드리!"
그때는 그들 모두 오래된 이야기책에 나오는 것 같은 이름들을 갖고 있었다.
"왜 전화 안 받았어?" 프랜시스가 말했다.
"언제 전화했는데?"
"오 분 전에."
"음, 그럼 운전중이지 않았을까?" 오드리는 프랜시스가 이처럼 조심성 없게 구는 모습을 결코 본 적이 없었다. 신발도 신지 않은 채 자갈길에 나와 있었다. 아마 스타킹 바닥에 구멍이 났을 것이다. 머리카락이 등뒤로 치렁치렁했다. "뭐야?"

"오늘 모임 취소해야 해. 미안해."

오드리는 프랜시스의 집 쪽을 바라보았다. 새집이었고, 보기 흉했다. 그러나 집안에는 집을 지은 건축가에 관한 기사가 담긴 액자가 벽에 걸려 있었다. 오드리의 남편 래리는 마치 누군가 큰 망치로 멀쩡한 집을 부숴 파편을 흩뿌려놓은 것 같다고 말했다.

"누가 아파?" 오드리가 물었다.

프랜시스는 아이가 넷이었고, 각자 자기만의 '모듈'을 침실로 쓰고 있었다. 십대가 되면 아이들이 어떤 모습이 되는지 누가 알겠는가.

"아니." 프랜시스는 빨간 신발 하나를 손에 들고 있었다. "우리 아버지가 나타났어."

"너희 아버지?"

"엘리너랑은 연락이 닿았는데, 연락이 안 되는 사람이……오."

수였다. 그녀는 차를 몰고 들어오며 백미러를 통해 립스틱을 고치다가 아슬아슬하게 오드리와 프랜시스를 비껴갔다.

"너 우리를 죽일 뻔했어!" 이제 오드리도 조심성 없이 굴고 싶어졌다. 한 번쯤은 굴복하고픈 히스테리였다.

차에서 내린 수는 연한 푸른색 격자무늬의 새 정장을 입고 있었다.

정장이 오드리를 진정시켰다. 지난주에 수와 전화하면서 그 옷을 살지 말지 결정하는 것을 도와줬었다. "너무 예쁘다." 그녀가 말했다. 그리고 서로 가벼운 키스를 나누기 전에 소매를 잡아당겼다. "브리지게임은 취소될 것 같아, 수지."

"무슨 말을 하는 거야?"

금요일의 브리지게임은 취소된 적이 없었다. 중단된 적은 있었지만 그것도 단 한 번뿐이었다. 이 년 전 오드리의 집에 모여 있는데 래리가 전화를 걸어와 대통령이 댈러스에서 총격당했다는 소식을 전했을 때였다.*

"브리지는 확실히 취소야! 전부 다 취소!" 프랜시스가 외쳤다. 그녀는 자신의 빨간 펌프스 안쪽의 지저분한 밑창을 뜯어냈다.

"아버지가 오셨대." 오드리가 말했다.

수는 낯선 자동차가 있는지 둘러보았다. "뭘 타고?"

처음 떠오르는 질문이 그거라고?

"몰라." 프랜시스가 말했다.

"기차로? 히치하이크? 짐은 들고 오셨어?"

"수." 오드리가 말했다.

"아니." 프랜시스가 집 쪽으로 돌아섰다. "짐 없어. 나 이제

---

* 1963년 케네디 대통령이 암살된 사건을 일컫는다.

다시 들어가야 해. 우리를 보고 계실 거야. 너희들 이제 다 가줘야겠다."

"우리 남아 있을래." 수지가 말했다. "그렇지, 오드?"

프랜시스가 아버지에 대해 말한 것은 한 번뿐이었다. 삼 년 전, 수의 집에서였다. 오후의 차는 자연스레 칵테일로 바뀌고, 수의 가사도우미는 아이들을 모두 위층 욕실로 데려갔다. 그들은 부모의 결혼생활에 관한 얘기를 나눴다. 부모와는 다른 부부 관계를 위해 자신들이 어떻게 노력하고 있는지에 대해서도. 위층에서 아이들이 꽥꽥거리는 소리가 들려왔다. 오드리는 아이들이 너무 흥분해서 욕조 가장자리에 머리를 부딪지나 않을까 걱정이었다. 프랜시스가 자신의 부모는 이혼했다고 말했다. 오드리는 그때까지 이혼한 부모를 가진 사람을 알지 못했었다. 전쟁 전에 헤어지셨어, 프랜시스가 말했다. 그녀가 세 살이던 1939년이었다. 그녀에게는 부모가 부부였던 기억이 없었다. 딱해라, 엘리너가 말했다. 하지만 프랜시스는 말했다. 아니, 그편이 나았어. 프랜시스의 아버지는 위험인물이었다. 가명도 있었다. 첩자, 프랜시스가 말했다. 이중첩자. 어쩌면 삼중첩자였는지도. 오드리는 지어낸 이야기가 아닐까 의심스러웠다. 삼중첩자라고? 프랜시스가 아주 어렸을 때 아버지의 통화를 들었는데, 외국어로 말하더라고 했다. 어떤 언어였는지는 알지 못했다. 다만 그 순간 아버지가 다른 사람으로 변했다는 건 알았다. 아버지는 내가 방에서 보고 있다는 걸 몰랐어. 말할 때 얼굴이 딴판으로 변했어. 어머니는 나와 내 여동생이 열세 살이 될 때까지 아버지를 만나지 못하게 했어. 열세 살이 되고 나서부터는 일 년에 딱 한 번, 우리집에서 한 시간쯤 떨어진 메릴랜드의 공원에서 아버지와 점심을 먹어도 된다는 허락을 받았지. 엄마가 점심을 만들어줬어. 항상 같은 걸로. 토마토와 쪽파를 넣은 크림치즈. 특별한 일은 없었어. 아버지는 항상 길을 따라 왔다가 같은 길로 떠났어. 내 결혼식에도 왔었어. 잠깐이었지만. 뒤에 서 있었지. 축하 연설도 없었고 나한테 춤을 청하지도 않았어. 그 이후로는 본 적이 없고, 그녀가 말했다.

"파파?" 프랜시스가 현관홀에서 말했다. 현관홀보다는 작은 박물관의 로비에 더 가까웠지만. 프랜시스의 목소리가 사방에서 메아리치며 공포감을 몇 배로 부풀렸다.

"여기다." 약간의 기대가 담긴 조용한 목소리가 들려왔다. 오드리가 목소리를 따라갔다. 다른 친구들, 심지어 자기 집에서 소리가 어떤 식으로 울리는지 마땅히 알고 있어야 할 프랜시스조차도 그 목소리가 어디서 들려오는 건지 감을 잡지 못했다. 로비는 마치 거미의 다리처럼 네 개의 다른 방향으로 이어졌다. 오드리는 아직 가보지 못한 서재로 이어지는 오른쪽 뒷다리를 택했다.

프랜시스는 언제나 멋진 거실이나 식사실 아니면 부엌 뒤의 일광욕실 같은 해가 잘 드는 환한 방에서 그들을 맞이했다. 그러나 그가 브리지 테이블을 준비해둔 곳은 작고 어두운 방이었다. 오드리는 자신이 클러치백을 움켜쥐고 있음을 깨달았다. 동그란 똑딱이 구슬이 손가락 사이를 파고들었다. 그는 카드를 세고 있었다. 시선이 위, 아래, 그리고 다시 재빨리 위로 움직였다. 그의 손바닥에서 카드들이 날아다녔다. 그는 다시 눈을 내리뜨고 미소를 지으며 고개를 흔들었다. "여러분 때문에 어디까지 세었는지 잊어버렸군요." 그가 들릴 듯 말 듯한 소리로 말했다.

뒤에 있던 다른 친구들이 오드리를 따라잡았다.

"이게 다 뭐예요?" 프랜시스가 아이들이 방을 어질렀을 때 나무라는 투로 말했다.

"나 때문에 브리지게임을 취소하는 일은 없어야지."

"오, 파파, 이러지 마요."

오드리는 파파 소리가 좀체 익숙해지지 않았다. 다른 세기, 또는 다른 나라의 말처럼 들렸다.

"우리는 일광욕실에서 커피 마시면 돼요."

"내가 하고 싶어서 그런다. 너랑 브리지게임을 해본 게 언제인지……"

"우리는 같이 브리지게임을 한 적이 없어요, 파파. 한 번도." 그러나 그렇게 말하면서도 프랜시스는 그의 왼쪽 옆자리에 앉았다.

브리지게임에서 항상 프랜시스와 같은 편인 수도 어쩔 수 없이 맞은편에 자리를 잡아야 했다. 결국 오드리는 프랜시스의 아버지와 마주 앉게 됐다.

그는 앉은 상태로 오드리에게 가볍게 허리를 숙여 보였다.

"파파," 프랜시스는 그 단어를 쓰는 걸 그만둘 수가 없었다. 그건 마치 오랫동안 금지되었던 단 것을 입안 가득 쑤셔넣는 것과도 같았다. "이쪽은 오드리 페넷이고 이쪽은 수전 웨스트예요."

"벤 야들리입니다." 그는 수에게 말하며 손을 내밀었다.

"반갑습니다." 수가 냉랭하게 말했다. 친구의 적은 자신의 적이나 마찬가지였다.

그는 오드리에게 몸을 돌렸다. "파트너군요." 그가 말하며 악수했다. 그의 손은 작고 따뜻했다. 오드리는 그 손이 카드를 돌리는 모습을 지켜보았다. 작고, 빠른 손.

오드리는 카드게임에 운이 따라주는 편이 아니었다. 카드를 펼쳐 들 때마다 좋은 패는 나오지 않았다. 그런 쪽에서 오드리는 약했다. 다행히 파트너인 엘리너는 평소 운이 좋은 편이었다. 수도 그랬다. 심지어 프랜시스도 종종 잘 풀릴 때가 있었다. 오드리는 브리지게임의 B급 배우였다. 그녀는 범속함을 활용하는 법을 배웠다.

  그는 그녀에게 기막힌 패를 나눠주었다.

  기쁨을 통제하기가 힘들었다. 그녀는 머릿속으로 재빨리 점수를 더했다. 에이스 셋, 킹 둘, 퀸 하나, 잭 하나. 다이아몬드 없음. 스페이드 여덟 개. 총 이십오 점. 그녀는 눈을 지그시 내리떴다. 그러나 눈을 들어 그에게 이 사실을 표정으로 전하고 싶은 마음이 굴뚝같았다.

  그는 원 하트를 비딩했다. 완벽했다. 오드리가 가진 에이스 중 유일하게 없는 카드였다.

  수는 원 노트럼프를 비딩했다. 오드리는 투 스페이드를 비딩했다. 프랜시스는 패스, 벤도 패스, 수는 투 노트럼프를 비딩했다.

  "파이브 스페이드." 오드리가 말하곤 목소리가 너무 크게 들리지 않았기를 바랐다.

  "너 미쳤구나." 프랜시스가 말했다. "더블."

  벤이 더미였고, 오드리는 그 판을 쉽게 이겼다. 굳이 확인하지 않아도 그가 자신을 인정하고 있다는 걸 느낄 수 있었다.

  "내 짝이 여기 있었군. 내 보물단지." 오드리가 마지막 트릭을 이겼을 때 그가 말했다. 오드리의 아버지도 자주 하던 말이었다. 내 보물단지.

  그들은 러버*가 되었다. 매 핸드마다 크리스마스 선물 같았다. 에이스와 페이스**들이 오드리를 향해 보석처럼 반짝였다.

"커피 한잔하면서 쉴까?" 수가 말했다. "돌아오면 판도 좀 바꿔보고."

그는 음모를 꾸미듯 눈썹을 모았다. "오드리, 저들이 우리를 갈라놓으려 하고 있어."

부엌은 햇살이 가득했다. 프랜시스가 분주히 움직이는 동안 그들은 밝은 빛 아래 눈을 간신히 뜨고 서로를 쳐다보았다.

"내가 컵 꺼낼게." 오드리가 말하며 식기장 문을 열었다.

"아니, 오늘은 스포드 도자기 쓸 거야."

"어디 있는데?"

"내가 꺼낼게, 오드리." 프랜시스가 별로 예뻐하지 않는 아들에게 말하듯 날카롭게 말했다.

수는 설탕을 가져오고 조그만 도자기 주전자에 크림을 채웠다. 벤은 부엌을 나가더니 일광욕실을 지나 복도를 따라 사라졌다. 오드리는 홀에서 이어지는 복도 끝에 있는 캐시의 모듈에서 그를 발견했다. 아이들 중 가장 어린 캐시의 모듈은 서재를 지나서 있는 부모의 침실로부터 가장 멀리 떨어져 있었다.

"일광욕실은 저쪽이에요." 오드리가 문가에서 말했다.

---

* rubber. 두 게임을 먼저 이긴 승자를 뜻한다.
** 킹, 퀸, 잭 카드와 같은 그림패를 뜻한다.

망사르드 255

"나한테 손주들이 있는 것 같군." 그렇게 말하며 그는 캐시의 어질러진 침대 위에 놓인 『씩씩한 마들린느』*를 손으로 쓰다듬었다.

"네, 있죠." 오드리는 순간 화가 치밀었다. 오드리의 아버지는 그녀가 첫아이를 얻기 한 달 전에 세상을 떠났다. 그는 아직 만나지 못한 손주에게 편지를 한 통 썼다. 고통으로 거의 알아볼 수 없는 글씨였다. 이 순간, 그 편지가 그 어느 때보다도 마음을 사무치게 후벼팠다. 오드리는 자신의 상실감에 사로잡힌 나머지 아버지의 마음은 거의 헤아리지 못했었다. 너를 단 한 번도 볼 수 없다고 해도 나는 언제나 너를 사랑할 것이다, 네 평생. 아버지의 편지에는 그렇게 적혀 있었다. 그는 누군가를 사랑할 수 없게 되리라는 것을 미리 알고 있던 것이다. 죽으면 더이상 누구도 사랑할 수 없어. 그녀는 이제 생각했다, 더이상 누구에게도 사랑을 줄 수 없어. 그녀 역시 아이들을 더이상 사랑할 수 없을 것이다. 순간 오드리는 사람이 죽으면 가장 끔찍한 것이 바로 그것임을 깨달았다. 더이상 웃거나 숨을 쉬거나 키스할 수 없다는 것보다 끔찍했다. 자신의 아이들에게 더이상 사랑을 줄 수 없다는 것은 실존의 질식 같은 것이었다. 오드리는 래리를 생각했다. 언젠가 두 사람 중 한쪽은 더이상 다

---

* 루트비히 베멀먼즈(1898~1962)의 그림책.

른 쪽을 사랑할 수 없게 되고, 남은 쪽은 상대의 사랑 없이 살아가야만 하는 날이 올 것이다. 그러나 그건 자식을 사랑할 수 없게 되는 것보다는 놀랍게 느껴지지 않았다.

벤은 여전히 책을 쓰다듬고 있었지만 그의 눈은 오드리를 보고 있었다.

"파파!" 프랜시스는 다시 두려움이 섞인 목소리로 외쳤다. "여기 있었네. 캐시 방 보지 마요. 엉망이야."

"흠잡을 곳 없이 완벽하구먼." 그가 오드리에게서 시선을 돌릴 생각이 없는 듯 빤히 바라보며 말했다.

일광욕실에서 그들은 흰색 스포드 도자기 잔에 따른 커피를 마셨다. 햇살이 벤의 머리카락 사이로 스며들어 두피까지 닿았다. 수가 가벼운 얘기들로 대화를 이끌었다. 해변클럽 멤버십의 규약, 본위츠백화점의 새로운 고객 카드.

그들은 자리로 돌아가 게임을 계속했고 이번에는 프랜시스가 자신의 아버지와 한 팀이 되었다. 그들은 좋은 패를 가지고 있지 않았지만, 수가 낮게 비딩하고 불필요하게 패스하고 일부러 실수를 저지르며 그들이 이기도록 해주었다. 수는 프랜시스에게 오드리처럼 아버지와 한 팀이 되어 이기는 경험을 안겨주고 싶어했다. 그러나 프랜시스는 그의 보물단지가 아니었다. 오드리는 그가 옆에 있음을, 맞닿아 있지도 않은 그의 팔의 온기를 느낄 수 있었다. 카드를 내밀 때면 그의 눈길이 손에 닿는 것을 느낄 수 있었다. 그와 내내 대화하고 있음을 느낄 수 있었다. 대체 무슨 얘기를 나눌 생각이었는지 나중에 가서는 기억하지도 못했지만.

오드리는 프랜시스가 언제나처럼 점심을 먹고 가라고 제안해주기를 기대했다. 두번째 판이 끝났을 때는 이미 한시가 넘었고 너무 배가 고팠다. 그러나 프랜시스는 그러지 않았다. 그녀는 그들을 가능한 한 빨리 집에서 내보내고 싶어했다. 아이들이 집에 오기 전에 아버지와 단둘이 있을 시간은 두 시간뿐이었다. 그들은 어두운 방에서 환한 곳으로 나왔다. 오드리는 작별인사를 하고 자동차에 타야 할 시간이라는 것을 알고 있었다. 마치 새로운 태양을 찾았는데 반대 방향으로 움직여야 하는 기분이었다. 적어도 그와 오붓이 작별인사만이라도 나누고 싶었다. 마지막 순간, 수가 현관문을 나설 때 그녀는 잠깐 화장실에 다녀와야겠다고 말했다. 가장 가까운 곳은 부엌 옆이었지만 몰리의 모듈 옆에 있는 화장실로 갔다. 십대 여자애가 쓰는 향수 냄새가 났다. 레몬과 백합. 오드리는 뜸을 들였다.

그녀가 돌아왔을 때 그는 벽에 걸린 기사를 들여다보며 여전히 로비에 있었다. 이 집을 "현대식 장관"이라며 극찬하는 기사였다. 프랜시스가 부엌에서 손으로 컵을 씻는 소리가 들려왔다.

"안녕히 계세요." 오드리가 주저하며 말했다.

그는 그녀의 팔을 잡더니 겨울철에 대비해 덮개를 씌워놓은 풀장이 바라보이는 유리창 앞으로 데려갔다. 부엌에 있는 프랜시스의 눈에 띄지 않는 곳으로. 그의 입술은 그의 손처럼 도톰하고 따뜻하고 상상한 것보다 촉촉했다. 그는 그녀의 아랫입술을 지그시 물어 살짝 잡아당겼다. 그의 입술이 그녀의 뺨 위로 옮겨갔고 귓속에 그의 탄식이 흘러들어왔다. 그녀의 몸에 맞닿아 있던 그가 단단해지는 것이 느껴졌다.

"파파?" 프랜시스가 부엌에서 불렀다.

그들은 서로에게서 떨어졌다.

"어디 사시는지는 비밀이에요?" 그녀가 재빨리 물었다.

그의 얼굴에 미소가 떠올랐다. "그럴 리가. 메인주 포틀랜드 그레이엄 스트리트."

프랜시스는 신발을 다시 벗은 채 소리 없이 모퉁이를 돌아왔다. "메인주의 포틀랜드가 뭐?"

"그냥 거기 살았던 적이 있다고. 이층에 살았었지. 지저분한 미용실 위층에. 원래 늙은 선장의 집이었는데 여러 개의 집으로 나눠서 사용하도록 고친 거였어. 그렇게 부유한 선장은 아니었는지 바다 전망이 아니었지만. 그래도 망사르드 지붕은 예뻤지." 그는 손을 바지 주머니에 넣고 자연스러운 동작으로 옷을 앞으로 당겨 매무새를 가다듬었다. 오드리는 어릴 때 보았던, 바짝 붙어 서서 춤을 추고 난 남자애들의 모습이 떠올랐다.

"아빠가 메인에 산 적이 있는 줄은 몰랐네." 프랜시스가 말했다.

"몰랐어?"

"몰랐어."

"오늘 고마웠어." 오드리가 프랜시스의 뺨에 키스하며 말했다. 그녀는 그를 잠깐 쳐다보았다. "만나 봬서 반가웠어요." 그녀는 되도록 아무런 감정도 관심도 없는 듯 들리도록 애썼다. 마치 진짜로 작별하듯이.

아이들이 학교에 있는 동안 표나지 않게 두 시간 동안 북쪽으로 갔다가 다시 두 시간 안에 돌아오는 일은 쉽지 않았다. 처음에는 베키가 쉬는 시간에 토를 했는데 오드리에게 연락이 되지 않아 대신 엘리너의 집으로 가야 했다. 오드리는 장을 보다가 시간을 잊었다고 말했다. 또 한번은 러셀이 책상에 머리를 부딪혀 몇 시간이 넘도록 양호실의 간이침대에 누워 있어야 했다. "어디 갔었어?" 그는 집에 오는 내내 칭얼거렸다. 그리고 12월의 어느 날에는 래리가 차고에서 나와 대체 새로 산 포드 머스탱이 어떻게 벌써 14,484킬로미터를 넘게 달렸느냐고 물었다. 그녀의 얼굴에서 핏기가 가셨지만, 그는 그저 웃으며 말했다. 애들 학교 데려다놓고 매일 애틀랜틱시티에 가나 보지? 그가 대답을 기대하고 한 말이 아니라는 것을 깨달았다.

처음에는 자신이 무엇을 찾는 것인지조차 알지 못했다. 그냥 그레이엄 스트리트로 가서 4킬로미터 거리를 오갈 뿐이었다. 보면 바로 알아볼 거라고 믿으며 무턱대고 달렸다. 그가 번지수를 가르쳐주었는데 내가 잊은 걸까? 늙은 선장의 집이라고 말했었다. 그렇게 부유하지 않은 선장의 집. 바다 전망이 아니고, 아래층에는 미용실이 있고.

집에 돌아오는 길에야 오드리는 그가 지붕을 언급했던 것을 떠올렸다. 무슨 지붕의 종류인데. m으로 시작하는. 지붕에 대해서는 아는 게 전혀 없었다. 어느 날 디너파티가 끝나고 집으로 돌아오는 길에 그녀는 래리에게 무심한 듯 물었다. 지붕에는 무슨 종류가 있느냐고.

"글쎄, 슬레이트나 아스팔트로 된 지붕널이나 기와 같은 거 아니면…… 스웨덴에서는 심지어 잔디로도 만든다던데."

"아니, 지붕 양식 말이야." 조급해져 팔에서 열이 나는 듯했다. "전문용어를 말해봐. 전문적으로."

"오드, 당신 진정제 더 필요해?"

"m으로 시작하는 지붕 종류를 생각해봐." 그녀는 거의 울 지경이었다.

그러나 그는 알지 못했다.

그녀는 도서관으로 갔다. 총 오 분이 걸렸다.

망사르드Mansard.

메인주의 포틀랜드, 그레이엄 스트리트에 망사르드 지붕은 단 하나도 없었다. 망사르드. 프랑스어처럼 들렸다. 프랑스식일지도 모른다.『씩씩한 마들린느』속 집들처럼.

송년회에서 프랜시스는 아버지가 크리스마스 연휴에 며칠 다녀갔다고 말했다.
"정말 못 말린다니까." 엘리너가 말했다. "그날 밤에 너희는 어디 갔었어? 여행 갔었어?"
"응, 우리 엄마한테 갔었어." 오드리는 래리가 듣지 못하게 조용히 말했다.
"파파한테 그린 신작 소설을 선물해드렸어." 프랜시스가 말했다. "그레이엄 그린을 좋아하시거든."

『씩씩한 마들린느』. 망사르드. 그레이엄 그린. 그는 그녀에게 분명히 풀어야 할 퀴즈를 주었다. 오드리는 애썼다. 그해 겨울 그린 스트리트를 따라 차를 몰았다. 그린리프 스트리트, 그린우드 스트리트, 마들린느 스트리트, 프렌치 스트리트, 퀸스 코트까지도. 그사이 그녀는 시간 내에 갈 걱정을 하지 않아도 되게끔 자격증을 가진 전문 베이비시터를 고용해 아이들을 학교에서 데려오게 했다. 몇 개의 망사르드 지붕을 찾기도 했지만, 대개는 단독주택이었다. 단독이 아닌 두 곳은 이층 문패에 여자 이름이 적혀 있었고 아래층에 미용실이 없었다.

  그러나 해질 무렵 차를 타고 그 주변을 돌아다니는 것이 오드리는 마음에 들었다. 그 시간쯤이면 프랑스식 지붕을 가진 높다란 집이 눈앞에 또렷하게 떠올랐다. 미용실은 이미 문을 닫았고, 집 한가운데를 빙 둘러가며 흘러나오는 빛 외에는 전부 어두울 것이다. 이층만 환하게 빛나고 있다. 그녀의 도착을 기다리며.

그들은 남쪽으로 가는 중이다. 볼티모어의 구름 낀 하늘 밑을 벗어나 허공과 대양 그리고 뜨거운 태양을 향해 가는 동안 플로와 트리스탄은 어머니 마리클로드에게 이야기를 들려달라고 조른다. 플로는 마리클로드가 지금의 자신처럼 어린 소녀였을 때의 이야기를, 트리스탄은 그가 태어났을 때의 이야기를 듣고 또 듣고 싶어한다.

 마리클로드는 혹여 아이들이 아버지 이야기를 꺼낼까봐 그들이 해달라는 이야기를 해준다. 일 년여 전, 지난봄이 끝나갈 무렵 아이들의 아버지는 그녀를 떠났다. 마리클로드는 플로에게 자신의 풋사랑인 알랭 들로르에 대해, 트리스탄에게는 파리의 시장에서 비를 맞으며 복숭아를 사려다가 양수가 터졌던 일을 들려준다.

그러나 처음으로 추었던 춤에 대한 이야기를 하려던 때 플로가 말을 자른다. "오스트리아의 유령 얘기는 어때, 엄마? 멋진 무도회에 나타난 무슨 유령 이야기 있지 않았어?"

마리클로드는 고개를 젓는다. 그녀는 아이들에게 한 번도 그 이야기를 꺼낸 적이 없다고 확신한다.

플로는 뒷좌석에서 머리 받침대를 붙잡고 몸을 일으켜 바짝 다가온다. "아니야, 있었어." 엄마가 물려준 가느다란 머리카락 몇 올이 사탕으로 끈적이는 플로의 손가락에 감긴다.

"아파, 플로렌스." 그녀가 말하고는 영어로 덧붙인다. "제길."

"엄마!" 엄마의 입에서 미국 욕설이 튀어나오는 것을 보고 진심으로 충격을 받은 트리스탄이 외친다.

마리클로드 본인도 놀랐다. 갑자기 솟구친 분노를 통제할 수 없어 조금 두렵기도 했다. 오늘은 플로를 너무 나무라지 않기로 결심했는데.

속도계 옆의 커다란 시계를 본다. 앞으로 네 시간. 그녀와 해터러스에 가는 대신 아빠를 따라 뉴욕에 가는 게 플로에게, 아니면 두 아이 모두에게 나았을까. 자신의 기분이 어떨지, 빌과 캐런의 집은 얼마나 클지, 트리스탄과 플로가 친구의 아이들과 잘 지낼지 도무지 예측할 수가 없다. 부활절 동안 아이들과 비행기를 타고 고향인 리옹에 갈 만한 돈이 있다면 얼마나 좋을까. 그녀는 눈을 돌려 차도 옆 들판을 바라본다. 고개만 돌렸을 뿐인데 두 다리를 쭉 뻗은 것처럼 기분이 좋아진다. 계속 창밖만 내다보고 갈 수 있다면 좋을 텐데.

트리스탄이 묻는다. "오스트리아 유령은 무슨 이야기야? 길 봐야지, 엄마! 무슨 유령 말인데?" 그가 계속해서 집요하게 굴 것이며 휴가 내내 단 하루도 잊지 않으리라는 것을 알고 있다.

"어느 성에서 일어났던 일이야." 플로가 말한다. "아주 오래되고 무서운 성이었어. 왕 아니면 백작이 살았다던가, 한때는 대단했던 성이었어. 그리고 아빠도 거기 있었어. 엄마랑 아빠가 이미 약혼한 다음이었나 그랬던 것 같아. 그때 약혼했었어? 얘기해줘, 맘."

요즘 들어 플로는 엄마를 프랑스어인 마망 대신 영어로 맘이라고 부르는데, 마리클로드는 그것이 싫다.

대체 플로가 어떻게 오스트리아에 대해 아는 걸까. 이따금 아이들이 삶의 모든 것을 알아내고 재정의할 수 있다는 느낌이 든다. 한때는 부모가 되는 것엔 모종의 은혜로움과 신비가 있으며 아이들은 부모의 경험 중 언급되지 않은 것은 존중하고 드러난 것은 거부감 없이 받아들이거나 때론 신성하게까지 여길 거라 생각했다. 자신은 부모의 과거를 그렇게 대했으니까. 어쩌면 그녀의 아이들이 그사이 작은 미국인이 되었기 때문인지도 모른다.

"이제 너희 둘이 얘기해. 엄마는 말 많이 해서 피곤하다."

"아니." 플로가 말한다. "유령 얘기 해줘. 제발, 엄마, 부탁이야. 제발!"

트리스탄이 가담하고, 마리클로드는 모른 척한다. 저러다 말 거라는 생각과 달리 아이들은 한참을 계속하고, 그들의 목소리에 초조해져 차라리 이야기하는 게 낫겠다 싶은 지경에 이르렀다. "알았어." 그녀가 마침내 말한다. "알았어."

"아빠는 거기 없었어." 마리클로드가 시작한다. "그때는 아직 만나지 않았을 때야." 그 사실을 못박으며 기분이 좋아지는 걸 감출 수 없다. "사촌 지젤과 함께 갔어. 로잔에 있는 기숙학교에 다니는 제일 친한 친구 시그리드가 그애를 초대했거든. 무도회는 린츠 외곽의 궁전에서 열렸어. 한때 합스부르크가의 대공이 살던 곳이었지. 프란츠인가 프리들인가 하는. 여하튼 프란츠 1세의 열여섯 자녀 중 하나였던 사람이야. 새 정부가 들어서 왕실 가족이 쫓겨난 후에 궁전은 몰수됐지. 그러다가 결국 시그리드의 조부모에게 팔리게 된 거야. 난 자초지종은 몰랐어. 그냥 지젤이 부자 친구들 여러 명하고 여행을 간다는 것과 자신의 성에서 파티를 열 형편이 되는 친구가 시그리드만이 아니라는 것만 알고 있었지. 당시에 나는 너희들 아빠와 닮은 데가 있었어. 웅장한 집과 아름다운 옷을 좋아했지."

"아빠 안 그래." 플로가 말한다. 그러나 엄마의 일침에 짜증을 내면서도 논쟁을 밀어붙일 만큼 확신하는 건 아니었다. 자신이 브리네 아파트에서 놀 때보다 풀장이 있는 재닌네 단독주택에서 놀 때 아빠가 더 기뻐했던 것을 플로도 이미 알아차리고 있었다.

마리클로드는 아이들의 아빠와 비교한 걸 바로 후회한다. 여행의 첫날 분위기를 이렇게 만든 것을 후회하며 서둘러 이야기를 계속해나간다. "나는 시그리드의 사촌 중 하나와 그곳에 갔어. 프랑스 군대의 전략적 실수에 대해서만 말하고 싶어하는 무뚝뚝한 남자애였지. 자신의 나라가 전쟁 동안 두 번 점령당했는데도 마지노선에서의 작전을 비판하고 나설 만큼 대담한 아이였지! 하지만 난 사실 상관없었어. 무도회에 가서 멋진 옷을 입고 있었으니까 뭐든 웃어넘길 수 있었지."

플로는 무도회 드레스를 입고, 참을성 있게 파트너의 기분을 맞춰주는 엄마(언제나 신문지를 묶는 갈색 고무줄로 머리를 질끈 동여매고 있어 친구들로부터 게으름뱅이라고 불리는)를 생각하며 감탄한다. 엄마가 말하는 아빠와 결혼하기 전의 젊은 시절에 대해 의문이 든다. 엄마는 자신이 언제나 잘 웃고 명랑했던 것처럼 말하곤 한다. 결혼하고 아이를 키우기 전까지는 삶의 무게를 느껴보지 못했던 것처럼. 그러나 엄마의 얼굴은 심각하고, 항상 심각했다. 심지어 어린 시절의 스냅사진

속에서조차, 언젠가 아빠가 한 말처럼, 엄마의 표정은 언짢은 장관의 모습을 연상시켰다.

타고 갔던 마차, 다뉴브강의 풍경, 저녁노을 아래 검은 말들을 묘사하는 동안 마리클로드는 천천히 기분이 나아지는 것을 느낀다. 아이들이 이야기에 완전히 빠져 있는 것이 느껴진다. 설탕 시럽 냄새가 나는 플로의 숨결이 귓가를 스치고, 트리스탄은 그녀를 향해 몸을 돌리고 있다. 이 어린 청중들은 그녀가 훨씬 화려하고 덜 일상적인 일에도 필요한 사람이라는 느낌을 준다.

묘사할 것이 너무 많다. 그 공원, 그 뜰, 그녀가 입었던 드레스의 정교한 상의. 마침내 딱 어울리는 단어들이 떠오른다. 묘사하려는 순간에 꼭 맞는 모양과 웅장함을 지닌 단어들이다. 조용한 고속도로에서 아이들을 남쪽으로 태우고 가며, 마리클로드는 활력과 생기를 느낀다.

고속도로를 지나면 어둠 속에서 낯선 비포장도로가 나타나리라는 생각은 하지 않으려 한다. 빌과 캐런의 집에 늦게 도착할지도 모른다. 그들은 자전거와 보모가 있는, 제대로 된 가정을 꾸리고 있다. 저녁 전에 도착하기로 되어 있던 마리클로드는 생각 없는 애 취급을 당할 것이다. 그리고 아이들이 물속에서 얼마나 많은 놀이를 만들어내든, 그녀가 태양 아래서 얼마나 긴장이 풀린 상태로 반쯤 잠들어 있든 상관없이 빌의 크고 고운 발이 자갈길을 걸어 해변으로 절뚝거리며 내려가는 모습은 그들에게 지난 일을 매일 상기시켜 줄 것이다.

"엄마." 플로가 말한다. "유령들은 어디 있었어?"

"무도회장은 엄청나게 컸고, 사방이 아름다운 드레스와 턱시도 그리고 샴페인 잔으로 가득했지. 바닥은 검은 대리석이었는데, 그걸 딛고 있던 내 신발이 얼마나 예뻤는지 아직도 기억나. 너희들 검은 대리석 본 적 있어? 얼마나 깨끗하고 윤이 나는지 몰라, 사파이어나 검은 표범의 털처럼."

"유령을 본 게 거기, 무도회장에서야?"

"아니. 정원에서 그 여자를 봤어." 마리클로드의 눈앞에 한 얼굴이 떠오른다. 좁은 이마, 매부리코의 각진 선, 못생기고 옆으로 길게 찢어진 입. "여자는 젊었어. 아마 그때 내 나이 또래였지. 하지만 얼굴은 슬픔으로 늙어 있었어. 곧은 자세로 서 있었지만, 속은 슬픔으로 굽어 있었지."

"그 여자가 유령인 걸 엄마가 어떻게 알았어?"

"유령을 보면 그냥 아는 거야. 느껴져."

"투명했어? 그 여자랑 얘기해봤어?"

"그 여자는 달랐어. 움직이는 방식이 그랬어. 그리고 정원을 거닐며 꽃 이파리와 나뭇가지들을 어루만지는 모습이 너무도 슬펐지. 마치 그렇게 자신의 슬픔을 덜어내려는 것처럼 보였어. 어쩌면 그녀의 입 모양 때문이었을 수도 있을 거야. 모르겠다. 무엇 때문에 알았는지 설명하기가 힘드네." 플로는 엄마의 머리 받침대에서 몸을 떼더니 털썩 소리를 내며 뒷좌석에 등을 기댔다. 그러고는 새콤한 맛의 사탕을 셀로판 포장지에서 벗겨내 입안에 넣고 크게 한숨을 쉬었다.

달콤한 인공 라임 향이 금세 앞좌석까지 퍼졌다.

"플로, 아직 거기 있니?" 마리클로드가 백미러에 비친 플로의 불룩 나온 뺨을 바라보며 물었다.

"그 얘기에서는 아무 일도 일어나지 않잖아."

마리클로드는 아이들에게 슬픔을 상기시키고픈 끔찍한 충동(어쩜 이렇게 무례할 수 있을까. 하고 싶지도 않은 얘기를 억지로 시켜놓고 막상 듣고 나서는 무시하다니. 플로는 참을성 없게 굴었고, 트리스탄은 이야기를 듣는 도중에 잠이 들었다)을 느꼈다. 그건 너무도 쉬운 일이었다. 그녀는 화가 가라앉기를 기다렸다가 이야기를 계속했다. "여자는 투명하지 않았어. 하지만 피부가 특이했지. 확실하지 않지만 아마 그래서 사람이 아니란 걸 알아차린 것 같아."

"특이하다니, 무슨 뜻이야?"

"마치 녹청으로 덮여 있는 것 같았어. 그 왜 금속 위에 생기는 초록색 층 말이야. 너희 아빠가 상상 속의 관절염 때문에 차고 다니는 그 팔찌처럼. 아빠가 누구한테 닦아놓으라고 시키는 걸 잊으면 색이 초록으로 변하곤 했잖니. 가까이서 본 그 여자의 피부가 딱 그래 보였어." 이제 마리클로드의 눈앞에 여자 대신 팔찌 밑의 털이 없는 그의 손목이 보인다. 손등에서 팔꿈치까지 이르는 도드라진 정맥. 마리클로드는 아직 그를 사랑한다. 그가 돌아오지 않는다면, 그녀는 그 팔을 어루만지며 느꼈던 감각을 다시는 느끼지 못할 것이다.

"난 그거 닦는 거 좋아. 내가 하고 싶어서 하는 거야."

"아이고, 플로. 기억 못하는구나. 너 그거 싫어했잖아. 광택제 때문에 눈이 따갑다면서. 여하튼, 그 여자의 피부가 그랬어."

옆에서 계속 꾸벅거리던 트리스탄의 머리가 마침내 조수석의 손잡이에 기대어 멈춘다. 그녀는 문이 잘 잠겼는지 확인하며, 한순간 아이의 기분을 느껴본다. 조수석에 앉은 채 잠에 굴복할 때의 즐거운 행복.

"싫어한 적 없어. 그리고 여전히 하고 있고." 플로는 아빠와 그의 여자친구 애비게일과 함께 맨해튼에 갈 기회를 놓친 것에 대해 생각한다. 플로는 선택해야 했다. 바다, 아니면 박물관. 다른 아이들이 있는 큰 집, 아니면 호텔 객실에 붙어 있는 아이방(방 사이의 문은 취침시간부터 다음날 아침까지 잠긴다고 했다). 그 모든 것이 이제 대수롭지 않다. 떨어져 있을 때면 언제나 그러듯이 아빠는 플로를 부드럽고 순하게 대해줬다. 아빠에게 전화를 걸어 버스를 타고 워싱턴으로 돌아갈 수도 있다. 아빠는 내일 아침에야 뉴욕으로 출발한다. 버스값은 얼마나 들까?

"그 여자와 얘기도 했어." 마리클로드는 플로가 아직 듣고 있는지 뒤를 돌아보았다. 플로는 하던 동작에서 눈길을 떼지 않는다. 얄팍한 미국 동전을 이쪽 손에서 저쪽 손으로 옮기고 다시 동전 주머니에 집어넣는다. "무도회가 재밌냐고 물어봤지." 마리클로드가 웃는다. "달리 무슨 말을 해야 할지 몰랐거든."

"프랑스어? 아니면 독일어로 말했어?"

"독일어였던 것 같아. 하지만 여자는 목소리로 대답하지 않았어. 뭐랄까, 그건 텔레파시 같은 거였어. 하지만 대화하고 싶지 않아하더라고. 그 여자는 내 앞을 스쳐지나가 다시 장미 정원을 돌기 시작했지. 다시 또다시."

"지난번이랑 다른데."

"난 너한테 이 얘기는 한 적이 없어. 그러니까 네가 뭘 기대했는지 모르겠는데."

마리클로드가 남편에게 이 얘기를 했을 때는 유령이 둘 등장했다. 그들이 어떻게 되었는지 남편에게 확실히 말해두고 싶었다. 그 한 쌍의 유령을 상세히 묘사했다. 그들의 움직임, 그들의 손가락, 입의 모양. 우리는 그들처럼 되면 안 돼, 로버트, 아직은. 그러나 그는 이해하지 못했다. 더이상 그녀를 이해하고 싶어하지도 않았다.

"엄마는 거짓말을 하고 있어. 엄마는 맨날 그래."

"그게 무슨 말이니, 내가 맨날 그렇다니?"

"맨날 말을 바꾸잖아. 사실을 말하지 않고."

"난 거짓말 안 해, 플로렌스." 마리클로드는 아직 피지 않은 채 돌돌 말려 있는 장미 봉오리, 정원의 작은 연못, 장미 덩굴과 그 사이를 돌아다니는 여자를 더욱 또렷이 본다. "난 너에게 결코 거짓말한 적이 없어." 수도꼭지가 삐죽 나와 있는 정원의 모퉁이를 돌 때마다 여자는 드레스가 걸리지 않도록 들어올린다. "이 집에서 거짓말하는 사람은 내가 아니야."

"아니, 엄마 맞아. 엄마는 맨날 거짓말이야."

"플로, 그런 적 없어!" 다행히 마리클로드에게는 아직 트리스탄이 있다. 무릎 위에 만화책과 선글라스를 놓아둔 채 여전히 자고 있지만. "내가 너한테 무슨 거짓말을 했는지 어디 말해봐."

"엄마가 벨을 데려갈 수 있다고 했어. 우리한테 그렇게 약속했잖아."

"빌과 캐런도 개를 데려가는 줄 알았지. 그런데 안 데려간다니까 우리 개를 데려가도 되는지 묻기가 좀 그랬어. 우린 손님이잖아. 그건 예의가 아니지."

"하지만 엄마는 거짓말한 거야. 말은 이런다고 해놓고 행동은 다르게 했잖아."

"플로, 그건 나도 어쩔 수 없는 거였잖니. 그런 건 거짓말이 아니야."

"그렇담, 다른 것도 있어." 이건 플로가 벌써 오래전부터 하고 싶었던 말이다. "나한테 그랬잖아, 아빠랑 아주 갑자기 헤어지게 됐다고. 내가 어렸을 때는 둘이 항상 사랑했다고. 엄마는 항상 그랬어, 우리가 사랑 속에서 태어났다고, 맘."

"그건 사실이야. 완전히 진실이라고. 아빠랑 엄마는 서로 많이 사랑했어." 트리스탄이 태어난 날은 그들의 인생에서 가장 행복한 날이었다. 그들은 파리에 살고 있었다. 시장에서의 그 아침을 아직도 아주 정확히 기억한다. 젖은 판매대, 복숭아가 든 봉투, 상인의 젊은 얼굴, 여드름으로 우툴두툴한 그의 목덜미. 아보카도가 익었는지 만져보려고 버찌 너머로 몸을 구부리는 찰나였다. 다리에 따뜻한 것이 느껴졌고 어느 순간 그녀는 그것이 빗물이 아니라 양수라는 것을 알아차렸다. 오후에 로버트가 플로를 병원으로 데려왔다. 그들은 그녀와 트리스탄이 누워 있는 침대로 올라왔고, 간호사들이 내려오라고 나무라도 프랑스어를 못 알아듣는 척하며 머물러 있었다. 그날이 바로 로버트를 만난 이래 그녀의 내면에 쌓이던 행복이 정점에 달한 날이었다. 하지만 이후로도 더 평화롭고, 조금은 나른한 형태로 행복의 나날은 이어졌다. 너무 큰 행복은 사람을 우울하게 만든다며 로버트와 농담처럼 말하기도 했다. "오랫동안, 플로, 작년까지도 우리는 행복했어. 너는 믿을 수 없이 사랑이 풍족한 환경에서 태어나고 자랐어."

"그러다 갑자기 무슨 일이 일어났을 뿐이라는 거지, 그냥 그렇게?"

"나도 모르겠어." 마리클로드는 자신이 이 이야기 속에서 무지한 희생양의 역할이라는 것이 지금까지도 얼떨떨하다고 딸에게 털어놓는 것이 어렵다. 그러나 딸은 진실을 알고자 했다. "그냥 모르겠어. 무슨 일이 일어났는지 모르지만, 나한테 일어난 것은 아니야." 그녀는 백미러로 플로를 보며 가시를 세우지 않고 조용히 말했다. "어쩌면 아빠가 더 잘 설명할 수 있겠네."

"아빠는 그랬어, 차츰차츰 일어난 일이라고. 엄마가 늘 말하듯이 큰 천둥번개가 친 게 아니고 점점 커지다 부서진 파도 같은 거라고 했어."

플로가 그녀를 아프게 하려고 지어낸 말이 아니라는 건 알고 있다. 그런 쪽으로는 전혀 문외한인 그가 빌려온 비유들을 그녀는 읽어낼 수 있었다.

"아빠는 트리스탄이 태어나기 전부터 불행했다고 했어. 애비게일을 만난 다음에야 진정한 사랑을 알게 됐대. 아빠는 증인들이 거짓말을 하면 언제나 금방 알아본다고 했어, 아빠 자신을 떠올리게 하니까……"

"제발, 플로. 제발 그만해."

마리클로드는 제한속도로 속도를 늦췄다. 눈은 계속 앞을 향하고 있었지만 보고 있지는 않았다. 차의 창문이 전부 열려 있고 심지어 바로 옆의 운전석 창문도 열려 있는데 언제 열었는지 기억나지 않는다. 따뜻한 공기, 한 시간여 전보다 훨씬 더 따뜻한 공기가 차 안으로 들어온다. 그녀는 등에 달라붙은 끈적이는 셔츠 안으로 바람이 들어오도록 몸을 앞으로 숙인다. 손안의 핸들이 헐겁게 느껴진다. 자동차가 어디로 향하고 있는지 아무 상관도 없는 듯. 시속 55킬로미터로 달리고 있는데도 그들 발밑에서 길이 너무도 빨리 사라지고 있다.

딸에게 상기해줄 만한 일이 있을까. 작년 9월이었던 플로의 생일 이야기를 할 수 있을 것이다. 마침 플로가 트리스탄 없이 혼자 아빠에게 가는 주말에 생일이 끼어 있었다. 처음에 플로는 아빠가 일부러 놀리려고 생일 축하 노래를 부르지 않는 거라고 생각했다. 커튼 뒤나 냉장고 같은 곳에 숨겨놓은 선물에 대한 암시조차 없자 토요일 우편물을 확인하러 사무실에 가는 길에 깜짝파티를 해줄 거라고 기대했고, 점심에는 케이크가 나올 거라고 기대했다. 일요일 저녁에 그가 아이를 다시 집으로 데려다줬을 때 마리클로드는 플로의 붉게 달아오른 목을 보고 사태를 파악했다.

다시 자동차를 제어할 수 있을 것 같다는 느낌이 들자 마리클로드는 고속도로 옆의 할인매장들로 눈길을 돌린다. 그녀는 소떼가 흩어져 있는 언덕이 보이는 프랑스의 도로를 지나는 중이면 좋겠다고 생각한다. 프랑스에서라면 뭔가 특별한 것들과 마주칠 것이다. 불타는 헛간이라든가 새끼를 낳는 어미 양이라든가. 플로가 제일 먼저 발견할 것이다. 차를 세워달라는 부탁을 하기도 전에 마리클로드는 길가에 차를 세울 것이다. 그들은 트리스탄이 깨지 않도록 살그머니 차에서 내려, 함께 건물이 불속에 무너지는 장면을 또는 새로운 생명이 풀밭 위에 떨어지는 장면을 목격하게 될 것이다. 둘 다 압도적인 광경이겠지. 모녀는 흥분해서 서로의 손을 꼭 움켜쥘 것이다. 그러나 프랑스의 헛간들은 돌로 지어졌다는 사실이 기억난다.

거울에 비친 엄마의 표정을 보고 플로는 마리클로드가 화나 있음을 짐작한다. 플로는 도착하기 전에 어딘가 버스 정류장에서 내리겠다는 결심을 한다. 분명 몇 시간에 한 번씩 북쪽으로 가는 버스가 올 것이다. 아빠는 분명 기뻐할 것이다. 어쩌면 처음부터 뉴욕으로 가기로 한 것보다 더.

엄마는 더이상 그녀를 돌아보지 않았다. 플로는 엄마의 거짓말을 너무 자주 들춰냈다. 그러나 아직 끝나지 않았다. 버스를 타러 떠나기 전에, 아마도 그녀의 엄마는 좋아라 버스에 태워 보낼 테지만, 플로는 또하나의 거짓말을 들추고 싶었다.

"엄마는 트리스탄을 나보다 더 사랑해." 플로가 말한다. "그렇 잖아."

마리클로드는 트리스탄이 태어나면서부터 그 비난을 들을까 염려했다. 지금까지는 그 말에 뭐라고 대답할지 몰랐다. 그러나 오늘은 입에서 답이 쉽게 흘러나온다. "트리스탄은 손이 덜 가는 아이야, 플로. 사랑하기가 더 쉽지." 마리클로드는 대답이 돌아오기를, 사과하거나 변명할 기회가 생기기를 기다렸지만, 긴 정적 뒤에 새로 사탕 껍질 벗기는 소리가 들려올 뿐이다. 자신이 내뱉은 말들이 그들 사이에 떠 있도록 두자 그것은 사실로 굳어져간다. 강해지고, 완전히 자유로워진 기분이다. 그녀가 그동안 해온 말 중 처음으로 진심을 담은 듯 느껴진다.

한 시간 정도가 흐른 뒤, 플로는 다리를 커다란 여행 가방 위에 올린 채 여전히 뒷좌석에 앉아 있다. 여행 가방을 버스로 들고 갈 수 있게 이미 연습삼아 몇 번이나 들어올려보았다. 플로는 엄마의 유령 이야기를 처음 들은 게 언제였는지 기억한다. 이혼 후, 아빠의 새로운 집에서 보낸 첫날밤이었다. 이제 플로의 전 생애가 부모님의 이혼 전과 후로 구분되었다. 그 이야기를 들은 건 이혼 직후, 세부적인 것들을 잘 떠올릴 수 없는 처음 몇 주 사이였다. 그러나 남쪽으로 가는 이 더운 자동차 안에 앉아 있는 지금, 갓 구매한 새 침대에서 울먹이며 아빠에게 이야기를 들려달라고 끊임없이 졸랐던 일이 갑자기 기억난다. 그는 이야기 같은 것은 할 줄 모른다고 완강하게 버텼지만, 플로는 믿지 않았다. 누구나 이야기를 할 줄 알아, 그녀가 그를 향해 소리쳤다. 누구나. 마침내 그는 침대 옆에 앉아 이야기를 들려주었다. 그와 마리클로드가(플로는 그때 아빠가 엄마를 마망이 아니라 마치 여동생이나 가족의 친구를 부르듯 마리클로드라고 불렀던 것 역시 기억한다) 아주 젊었을 때, 오스트리아의 성에 초대되었던 일에 대해 말했다. 그의 이야기 속에서는 그가 유령을 보았다. 그리고 마리클로드는 그를 믿지 않았다. 아무도 그를 믿지 않았다고, 그는 플로에게 말했다. 모두 그가 미쳤다고 했다. 그러나 그날 밤 그는 그 유령들과 가까워졌고, 어떻게 가능했는지 자세히 말해줄 수는 없어도 그들이 그들의 세계로 돌아가도록 도왔다. 이야기의 결말을 생각하며 플로는 크게 웃음을 터뜨린다.

"봐." 플로는 엄마가 조용히 혼잣말하는 소리를 듣는다. 갑자기 바다가 그들 곁에 있다. 곶에 생각보다 일찍 도착했다. 저녁 전에, 해가 지기 전에. 해변으로 파도가 밀려와 부서지며 순식간에 비릿한 바다 내음을 자동차 안에 퍼뜨린다. 통통한 바닷새들이 파도가 남긴 반짝임 속에 외다리로 서 있다. 버스 정류장에 세워달라는 말을 하는 걸 잊고 있었다.

마리클로드는 옆좌석에서 트리스탄이 기지개를 켜는 것을 느낀다. "봐." 그녀는 다시 속삭인다. 아이는 눈을 뜨고 자동차 옆의 광활한 푸름을 바라보다 그녀를 향해 몸을 돌리더니 그가 태어날 때 얘기를 딱 한 번만 더 해달라고 조른다.

문가의 남자

지하실에는 이미 두 편의 미완성 원고가 있었다. 페인트와 착색제 캔을 넣어두는 수납장 뒤에. 이번이 세번째 시도였다.

지난가을에는 글을 미친듯이 몰아서 써내려갔었다. 주중에 남편과 두 아이가 수 킬로미터 떨어진 곳에서 저마다의 책상 앞에 앉아 있고 아기가 아침잠을 자는 동안 쓴 글로 노트 두 권을 채웠다. 그러나 겨울인 지금은 익숙한 무력감이 그녀를 사로잡았다. 몇 주 동안 아무것도 쓰지 못했다. 앉아서 기다려야 한다는 진저리나는 강박에서 벗어나지 못했음에도.

그러나 오늘 아침에는 아무 예고 없이 한 문장이 떠올랐다. 낯설고 예기치 못한 단어의 사슬이 표면으로 솟아올라 길고 화려한 아치를 이룬 것 같았다. 머릿속의 문장을 서둘러 받아

적는 동안에 또다른 단어들이 밀고 들어왔다. 두 개의 새로운 문장이 첫 문장의 옆자리를 차지하려고 다투다가, 이어서 다른 생각들로 가지를 쳤다. 오랫동안 척박하고 비어 있던 땅은 비옥하고 푸른 땅으로 변해갔고, 어떤 길을 택하든 그녀를 옳은 곳으로 이끌었다. 단어들이 그녀 안에서 용솟음쳐 나와 손으로 따라잡기가 힘들었다. 마음속으로 이거야, 이거야라고 노래를 부르며, 그녀는 미소 지었다. 베이비캠에서 칭얼거리는 소리가 들려왔다.

이제 겨우 세 문장을 종이에 옮겨 적은 참이었다.

아이는 한 번 소리를 지르고는 올 사람이 없을 것 같다 싶으면 돌아누워 다시 잠드는 순둥이가 아니었다. 울음은 대개 분노와 비난의 크레셴도로 급변해 한 문장이라도 더 쓰려는 희망을 지워 없애곤 했다. 그녀는 계단을 쿵쿵 뛰어올라 이층 복도로 갔다. "육 분 삼십 초 만에 일어나는 아기가 어디 있니?"

아이는 몸을 일으켜 아기침대의 울타리를 이로 문 채, V자 목선 사이로 드러난 그녀의 가슴골을 향해 방긋방긋 웃으며 몸을 흔들기 시작했다.

"모르겠니? 난 네가 좀 잤으면 하는데."

그녀의 짜증 섞인 목소리를 들은 아이는 칭얼거렸다.

일을 하는 동안 아이에게 젖을 물려 다시 재우는 수밖에 도리가 없었다. 아이의 겨드랑이 아래를 힘주어 잡아 침대에서 꺼냈다. 아이는 불안하게 엄마의 얼굴을 보았다.

그녀는 부엌의 작업하던 곳으로 아이를 데려가 가슴에 매단 채 방금 쓴 세 문장을 다시 읽었다. 갑자기 너무도 평범하고 시시하게 느껴졌다. 이 별것도 아닌 문장들 때문에 아들을 그렇게 거칠게 대했단 말인가? 그녀의 눈이 다시 종이 위를 훑었다. 끔찍하군. 펜으로 피부를 찌르고픈 심정이었다. 아이가 젖을 빨았다. 쭉 빨아들이는 동안은 눈이 감겨 있다가, 삼킬 때는 초점 없이 떠졌다. 가슴에 느껴지는 강한 압력에 그녀는 차츰 평소의 자신으로 돌아왔다. 아기의 보드라운 머리털에 가볍게 입을 맞췄다. 이 동물적인 모성의 순간이 잠시 다른 모든 것을 잊게 했다.

마침내 아이가 다시 잠들고, 그녀의 젖꼭지는 아이의 입술에 시가처럼 물려 있었다. 그녀는 단어들을 몇 번이고 읽으며, 곧장 비난하는 대신 이전에 들었다고 생각했던 것들의 희미한 메아리를 되찾으려 애썼다. 펜을 손에 쥐려는 순간, 초인종이 울렸다. 그녀는 벽들 사이로 현관문 쪽을 흘끗 바라보고는 고개를 저었다. 다시 초인종이 울렸다. 귀중한 시간을 다시 허비할 수 없다는 생각으로 그녀는 문장 하나를 더 짜냈다. 밖의 누군가가 초인종을 길게 누르자 소리가 오래도록 울리며 여태 들어본 적 없는 멜로디까지 노래했다.

"안 갑니다." 그녀는 조용히 혼잣말했다.

누군가 현관문 옆의 얇은 창문을 세게 두드리기 시작했다. 소리는 점점 더 커져 그녀가 문가에 도착하기도 전에 손이 유리를 뚫고 들어올 것만 같았다. 그녀는 문을 열어젖혔다.

"멈춰요!" 그녀는 소리를 낮춰 매몰차게 말했다. 유리가 마치 강철이라도 되는 양 두드려대며 현관에 서 있는 이 남자 때문에 아이를 깨울 마음은 추호도 없었다. 그가 손을 주머니에 넣으려 할 때 그녀는 그의 손가락 관절이 빨개진 것을 보았다.

"뭔데요?" 보통 때라면 그녀는 자신의 말투, 목욕가운, 큰 가슴과 여전히 반쯤 아기의 입에 물려 있는 진한 갈색의 젖꼭지에 신경을 썼을 것이다. 그러나 지금은 화가 나서 아무 생각도 할 수 없었다.

남자는 그녀에게 얇은 문고판 책 한 권을 내밀었다.

"미안하지만 됐어요." 그녀가 조금 누그러진 기색으로 말했다. 종교적 열정과 이 건물 혹은 이 건물의 절반(아이가 없는 이웃은 집에 있는 경우가 드물어 행상인들로 인한 귀찮음을 덜어주지 않았다)은 개종이 필요하다는 직감 때문에 그렇게 문을 두드린 것이라면 어느 정도 이해가 갔다.

"저는 스미싱 앤드 선스에서 왔습니다." 남자가 말했다.

"어디라고요?"

"출판사요." 그는 책을 그녀에게 흔들어 보였다. "이 책에 대해 당신과 얘기해보라고 해서 왔어요."

그녀는 몸을 조금이라도 더 가리려 아기를 들어올렸다. "왜요?" 표지에 보이는 가장 큰 단어를 읽었다. 식탁에 놓인 노트에 적혀 있는, 그녀가 쓰고 있는 장편소설의 가제였다. 엄지와 검지로 책을 집었으나 남자의 손에서 빼낼 수가 없었다. "이리 내요." 그러고 나서 손을 뗐다. 그녀 자신의 목소리가 경악스러웠다. 자신의 어릴 적 목소리였다. 심지어 입속의 단어들에서 가벼운 저항감까지 느껴졌다. 마치 언어가 그녀에게 아직 생소한 것처럼. "부탁이에요." 그녀가 덧붙였다.

"그래서 제가 온 겁니다. 들어가도 될까요?"

그녀는 처음으로 그의 얼굴을 바라보았다. 익숙한 듯 낯설었다. 만난 적은 없지만 만났을 법한, 심지어는 만나야만 했을 누군가처럼. 하트 모양의 입은 빙 크로즈비, 월트 휘트먼(아직 수염을 기르기 전인 젊은 시절의)과 닮은 구석이 있었다. 어딘가 제럴드 포드스러운 데마저도 있었다. 아마 최근에 포드의 밝혀지지 않은 진실성과 매너에 관한 기사를 읽은 탓이겠지만. 동명의 소설이 없도록 철저히 조사하고 제목을 지었는데도 어째서 똑같은 제목의 소설이 있는 건지 알아내려면 남자를 안으로 들여보낼 수밖에 없었다.

이렇게 찝찝한 결정을 내려야 할 때면 그녀는 오히려 보란 듯이 더 과감하게 밀어붙이곤 했다. 그녀는 그를 작은 거실로 안내하고 나서 물었다. "뭐 마실 것 드릴까요?"

"혹시 진 마티니가 있다면 한 잔 마시겠습니다." 소파 한가운데 앉기 전에 그는 바짓단을 살짝 끌어올렸다. 소파 위에 있던 기저귀 하나가 그의 오른쪽 허벅지 아래로 살짝 삐져나왔지만 눈치채지 못한 모양이었다. 그는 회색 플란넬 바지의 무릎 위에 책을 올려놓았다. 그녀는 그가 농담이었다고 말하기를 기다리며 미소를 지었다. 아침 아홉시 반에 칵테일이라니.

그가 마주보며 미소 지었다. "온더록스로요."

"커피, 미네랄워터, 오렌지주스, 수돗물 있어요."

"흠?"

"장난치지 마시고요, 뭘 드릴까요?" 그녀는 다시 화가 났다. 아기가 잠을 자는 동안 글을 쓸 수 있는 시간이 점점 줄어갔다. 이 남자를 왜 집에 들였을까?

"자, 마티니는 저한테 맡기시죠." 그는 문고판을 커피 테이블 위의 아기 흔들의자에 올려놓았다.

그녀는 그를 따라 부엌으로 갔다. "미안하지만 소용없을 텐데요. 우리집에는 그런 게 없……"

그가 식료품 저장실 문을 열자 거기, 그녀의 남편이 못을 박아넣은 흔들거리는 베니어합판 선반 대신, 쌀과 쿠스쿠스가 든 좁다란 상자들 대신, 유아용 곡물 시리얼과 절인 고구마가 담긴 유리병들 대신, 파스타와 콩, 수프 캔과 그녀가 호기롭게 구매했지만 사용할 엄두를 내지 못했던 리구리아산 말린 토마

토 병 대신, 유리로 덮인 긴 바가 있었다. 크롬으로 된 칵테일 셰이커 두 개와 체, 양파와 피망을 넣은 올리브가 담긴 도자기 그릇, 이쑤시개 통, 거품 제거용 유리 막대 다섯 개, 그리고 뚜껑에 은색 솔방울 손잡이가 달린 얼음통이 보였다. 직접 보지 않고도 그녀는 그 아래쪽의 흰색 캐비닛 문 뒤에 무엇이 있는지 알고 있었다. 보드카, 진, 버번, 베르무트가 있겠지. 그리고 그 위로는 가지런히 깔아놓은 종이타월 위에 아버지의 하이볼 잔들이 거꾸로 놓여 있을 것이다. 그녀의 어린 시절부터 식기세척기를 수없이 들락거리느라 희미해진, 근육질의 황소 무늬가 새겨진 62년도 졸업 기념품. "비피터가 있다니 기쁘군요." 남자가 어깨 너머로 말했다. "이거면 충분하죠."

그녀는 그의 안정적인 손놀림과 애정어린 준비 과정을 지켜보았다. 그 모든 과정을 오래도록 잊고 있었다. 그녀는 자신처럼 술을 한 방울도 마시지 않는 남자를 골라 결혼했다.

그는 자신만의 마티니를 만들었다. 어릴 때 그녀는 술을 마시는 사람과 술 사이의 내밀함을 알아채지 못했다. 어린 시절의 기억처럼, 그는 병의 목을 쥐지 않고 두 손으로 조심스레 바닥과 몸통을 쥐었다. 그의 손은 세심하게 얼음과 유리컵, 병과 유리컵 사이를 오갔고, 하나하나의 움직임이 모두 애정의 표시였다. 가슴 언저리로 잔을 들어올리자, 완성된 한 잔의 술은 헤아릴 수 없는 감사의 빛으로 반짝였다. 그는 술잔을 들고 아직 기저귀가 놓여 있는 자리로 돌아갔고, 그녀는 맞은편에 있는 의자에 마주앉았다. 팔걸이에 손을 얹고 나서야 아이의 무게가 팔과 목 언저리에 얼마나 부담을 주고 있었는지 깨달았다. 그녀는 책을 향해 다른 손을 뻗었다. 그리고 책을 손에 확실히 쥔 후에야 물었다. "지금 좀 봐도 돼요?"

"물론이죠. 당신 책인걸요."

"이건 내 것이 아니에요." 그녀가 웃었다. "아직 다 쓰지 못했어요. 누군가 나보다 한발 앞섰네요."

그러나 제목 밑에 그녀의 이름이 있었다. 그녀가 좋아하지 않는 소용돌이 글꼴이었다. 왼쪽 위편 귀퉁이에 대각선으로 들어간 신간 견본이라는 단어가 비스듬히 보였다. 오늘이 만우절인가? 어지러운 머리로 지금이 몇월인지 헤아리는 데는 오랜 시간이 걸렸다. 1월이다. 만약 오늘이 4월 1일이라 한들 그녀에게 이런 걸 장난이라고 칠 만한 사람은 없었다. 게다가 이 소설에 대해서는 아무도 몰랐다.

그녀는 책을 폈다. 다시금 이것이 그녀의 책임을 확인해주는 책의 날개, 책의 왼쪽 면에는 저작권 날짜가 표시되어 있었다. 그녀는 펄쩍 뛰었다.

"왜 그러시죠?" 눈을 지그시 감고 마티니를 음미하며 두 모금을 홀짝이는 사이에 남자가 물었다. "이 년 더요?"

그는 그녀가 사는 모습을 눈에 담듯이 주변을 둘러보았다.

목욕가운, 젖가슴, 바닥에 흩어져 있는 원색의 플라스틱 장난감들, 모서리가 뜯긴 마분지 그림책들, 반쯤 쪼그라든 채 방 한구석에 매달려 있는 풍선들을. 그러고는 어깨를 으쓱했다.

그녀는 책장을 넘겼다. 어머니에게 바치는 헌사가 있었다. 그 많은 사람 중에 하필이면. "이제 장난은 그만 치시죠, 아저씨." 그녀가 평소에 쓰는 말투가 아니었다. 순간 어머니와 주차장을 걷던 기억이 났다. 왜인지는 모르겠지만.

"화해하셨으리라고 짐작합니다만."

"그럴 가능성은 없죠. 돌아가셨으니까요."

"용서에는 경계가 없는 거예요."

그녀는 책을 세게 덮었다. 그러나 얄팍하고 허접한 가제본 표지는 원하는 효과를 내지 못했다. "당신 누가 보냈어요? 이게 뭐하는 거예요?" 역시 종교집단의 광신자인지도 몰랐다. 그녀의 조상을 끌어들여 어떻게 엮어보려는 심산인 모르몬교도.

"말씀드렸듯이, 시간이 되신다면 당신 작품에 관한 얘기를 나누고 싶어요."

"내가 왜 당신과 내 작품에 관한 얘기를 나눠야 하죠? 당신은 그걸 읽어본 적도 없는데. 아무도 그걸 읽어본 적이 없다고요."

"아무도요?" 그가 망상에 빠진 환자를 바라보는 의사처럼 의미심장하게 물었다.

"네. 제가 잠가두니까요." 남편과 만나고 얼마 지나지 않아 그녀는 자신이 쓴 첫 소설의 일부를 읽어주었다. 그 무렵의 남편은 시리얼 상자에 쓰인 문구를 읽어줬다 해도 그녀를 천재라고 여겼을 것이다. 하지만 쏟아지는 찬사를 받은 후에는 그 소설을 단 한 줄도 더 쓸 수 없었다. 두번째 소설을 썼을 때는 그에게 읽어주지 않으려고 조심했지만, 결국 그가 훔쳐보게 되었고, 그녀가 소설에 썼던 나무들 사이 눈으로 만든 둥지를 운운하는 표현이 그의 입에서 흘러나왔다. 그는 칭찬으로 그녀를 진정시키려 했다. 책으로 내지 않으면 자신이 나서서 두 권 다 직접 출판하겠노라 위협하기도 했다. 그러나 그녀는 원고를 지하실에 숨기고 열쇠 달린 상자를 구매했다. 그리고 세 번째 소설을 시작했다는 말은 절대로 꺼내지 않았다.

"당신 작품을 읽지도 않고 여기에 왔다면 그런 시간 낭비가 없겠죠."

"이건 내 작품이 아니라고요!" 대체 왜 언성을 높였을까? 화들짝 놀라 깨어난 아기가 그녀를 화난 눈초리로 바라보며 소리지르기 시작했다. 아침은 완전히 망하고 말았다. 어차피 이제 아침이라고 하기도 늦었지만.

"잘 들으세요." 그녀는 미친듯이 첫 챕터를 넘기며 아이의 울음소리 너머로 말했다. 첫 문장을 큰 소리로 읽었다. 소유권을 강하게 부정하는 태도로 문장에 접근했던 터라 한동안 자신이 직접 쓴 글을 읽고 있다는 사실을 알아채지 못했다. 하지만 자신의 글을 알아보자 더이상 부정할 수가 없었다. 아이는 악을 썼고, 수년 동안 상자 안에 넣고 잠가두었던 미완성 작품의 가제본이 거기 놓여 있었다.

목욕가운 밑에서 아기의 눈물이 그녀의 배 위로 흘러내리는 것이 느껴졌다. 그녀는 일어나 아이를 품에 안고 조용히 달랬다. 울음소리가 낮아져 만족스러운 허밍으로 부드럽게 녹을 때까지. 남자는 계속해서 인내심 있게, 반듯한 자세로 그녀의 소파에 앉아 있었다.

"좋아요." 그녀가 말했다. "무슨 얘기를 하고 싶으신데요?"

"내가 몇 가지 제안을 할까 하는데요. 사실은 정말 사소한 것들이죠." 그는 자신의 빈 잔을 들어올렸다. "시작하기 전에 한 잔 더 부탁해도 될까요?"

그녀는 그더러 다시 스스로 만들라고 하려 했으나, 술에 물을 조금 타서 희석하기로 마음먹었다. 부모님 술에도 그렇게 했었다. 결국 들켜서 그만두긴 했지만. 그녀가 방을 가로질러 갈 때 아이는 뭔가 흥미로운 것을 발견하고 그녀의 품에서 몸을 비틀며 바닥으로 내려가려 안간힘을 썼다. 부엌에서 보니 아이는 소파로 기어가 쿠션 끄트머리를 잡고 몸을 일으켜 게걸음으로 남자와 그가 셔츠 앞주머니에서 꺼낸 빨간 볼펜을 향해 다가가고 있었다.

마티니 재료 사이를 오가는 그녀의 손에는 안정감도 애정도 없었다. 짐작하지 못한 것은 아니지만, 그 손들은 과거에 이 바를 거쳐간 순수하고 호기심 많은 손도 아니었다. 그녀의 두 손가락은 더이상 양파 그릇에 쏙 들어가지 않았고, 작아진 듯한 셰이커는 훨씬 위협적으로 보였다. 어린 시절의 제단으로 돌아간 무신론자가 된 기분이었다. 성작, 주수병, 그리고 휴대용 성합. 한때 흑마술을 부리던 이 추하고 중요한 물건들이 여기 놓여 있었다.

  팔다리가 무거워지는 것을 느끼며 돌아섰다. 역시 남자를 돌려보내야 했다. 바가 어떻게 여기 나타났는지도, 그녀의 이름과 글이 인쇄된 책이 어디서 났는지도 상관없었다. 그저 부엌 식탁 위에 놓인 백지로 돌아가고만 싶었다. 하지만 책이 이미 완성되었다면 그것이 다 무슨 소용인가? 끝까지 글을 마치는 것은 늘 어려웠다. 그 책을 손에 넣어야 했다. 그래서 그녀는 억지로 마티니를 만들어 수돗물을 조금 넣고 휘저은 후 거실로 돌아갔다.

  남자는 그녀가 방을 나가기 전과 똑같은 자세였지만 머리 모양(모자를 벗었나?)은 바뀌어 있었다. 이제는 머리가 제일 먼저 눈에 들어왔다(빙은 어디 있지? 불쌍하고 점잖은 제럴드 포드는 어디로 간 거지?). 숱이 많은 하얀 머리를 귀 위까지 바짝 민 다음, 정수리에 남은 좀더 긴 머리카락을 빳빳하게 올려

세운 스타일이었다. 그녀는 그 변화에, 혹은 이를 이제야 알아 차린 자신의 부족한 관찰력에 너무 놀라 음료를 건네고 나서야 아기를 떠올렸다.

아기는 없었다.

"혹시 매티 보셨어요?"

"흐음?" 그는 그녀의 책 옆 공백에 빨간 글씨로 적어넣은 자신의 메모에서 눈을 떼고 그녀를 바라보았다.

"제 아기 말이에요. 방금 여기 있었잖아요."

그는 그녀가 다른 언어로 말하고 있는 양 멍한 시선으로 물끄러미 바라보았다.

"아이가 어디로 간 거죠?" 그녀는 일단 의심을 감춘 채 침착한 척 물었다. 이렇게 단순한 파우스트식 거래*를 한다는 건가? 책과 아이를 교환한다고? 계단참으로 통하는 문은 닫혀 있었고, 부엌으로 기어오지는 않았다. 아니면 그녀가 보지 못했나? 그녀는 부엌으로 뛰어가 식탁 밑과 식료품 저장실 문 사이로 고개를 들이밀고 유심히 살폈다. 그리고 남자에게서 진상을 알아내기 위해 거실로 돌아왔다. 대체 내 아이를 어떻게 한 거죠? 그렇게 말하려 입을 연 순간 그녀는 책꽂이의 네번째 칸에서 아이를 보았다. 뒤통수를 책등과 나란히 둔 채, 발을

---

* 괴테가 쓴 희곡 「파우스트」에는 지식과 영혼을 바꾸어 거래하는 내용이 있다.

하디Hardy와 하자드Hazzard 사이에서 대롱거리고 있었다. 그녀는 매티에게로 다가가 그를 안전하게 품에 안았다. 그녀의 아기, 꼼지락거리고, 어수선하고, 늘 깨어 있고, 잠시도 가만히 있지 못하는 아기가, 그녀가 일 분이 넘도록 찾아다니는 동안 책꽂이에 가만히 앉아 있었던 것이야말로 그날 아침 일어난 모든 일 중에 가장 이상하고 신기한 일이었다. 그사이 남자는 잔을 비웠다. 다시 그녀는 그를 몰아붙이려 입을 열었다. 당신이 아이를 저 책꽂이 위에 올려놓았어. 아이가 떨어질 뻔했다고. 테이블 모서리에 부딪혀 머리가 깨질 뻔했단 말이야! 그러나 그녀가 숨을 들이마시는 소리에 그가 그녀를 올려다보더니 혼자만의 생각에 빠진 사람 특유의 멍한 표정으로 미소를 지으며 옆의 쿠션을 톡톡 쳤다. "이리 와요, 이제 얘기를 나눕시다." 그가 말했다.

점잖은 그의 목소리에서는 지혜로움이 묻어났다. 필히 따끔한 충고가 있겠지만 그 역시 애정에서 우러나온 것이리라. 그녀는 갑자기 고분고분해져 그에게로 갔다. 그가 그녀에게로 몸을 기울이자 옷에서 그녀의 평생을 가로지른 냄새가 풍겨왔다. 새콤한 사과맛 사탕, 축축한 등사 잉크, 중고 문고판 책들, 정액, 아기용 물티슈. 그 냄새에 속이 메슥거렸다. 그는 책을 내밀고 있었지만, 그녀가 자신의 글씨를 볼 수 없도록 살짝 기울인 채였다. 그는 목청을 가다듬고 첫 문장을 읽었다. 그리고

서 딱하다는 듯 그녀를 바라보더니 첫 단락 전체에 줄을 그어 지웠다. "이제 아버지가 들어오는군. 오호, 재미있어지는데. 아버지는 행동을 하고, 그녀는 반응을 하네. 행동하는 쪽이 훨씬 더 흥미롭지." 그녀가 곧장 동의하지 않자 그는 물었다. "『데이비드 코퍼필드』가 애그니스*의 입장에서 쓰였다면 더 나았을까요?"

"『모비 딕』을 고래의 관점에서 듣고 싶어요?"

그는 조급함을 누르는 듯 보였다. "그건 전혀 다른 종류의 갈등이에요. 인간이 자연과 맞설 때, 인간은 힘에 맞서는 행동이 되는 거죠. 힘 자체는 흥미로운 것이 없어요."

그녀는 서둘러 더 나은 예를 찾았다. "『위대한 개츠비』."

"아, 스콧. 그는 소설은커녕 아침에 신발 끈 묶는 방법도 모르는 사람이었어요. 맥스**가 그 책을 쓴 거지. 그가 모든 책을 썼소. 하지만 지금 그런 자잘한 얘기를 하자는 건 아니고. 이 책은 아버지에 관한 이야기요. 요즘 세상에 누구도 그렇게 말할 엄두를 내지 않겠지만, 여자들은 남자들에 대해 쓸 때 실력을 제일 잘 발휘하지. 그녀들의 남편들, 아버지들, 옛 애인들. <u>스스로에 대해 쓴 글은 봐줄 수가 없는 정도야.</u>" 그는 고개를

---

* 소설 속 주인공 데이비드의 어린 시절 친구이자 두번째 아내.
** Maxwell Perkins(1884~1947). 스콧 피츠제럴드를 포함해 유수의 작가를 발굴한 것으로 알려진 미국의 편집자.

설레설레 저으며, 계속해서 문장을 덜어냈다. "여자가 여자에 대해 쓴 책이라면 당신은 내게 어떤 책도 언급할 수 없을 거요. 굉장한 책, 역사에 길이 남을 책은 단 한 권도 없지."

"『댈러웨이 부인』."

"아, 제발. 그녀는 렌즈이지 피사체가 아니오. 가장 중요하지 않은 인물이라고. 그 책은 전쟁의 반향에 관해 쓴 거요. 리처드 댈러웨이라는 인물로 구현되는 강인함, 피터 월시가 나타내는 두려움, 그리고 셉티머스 스미스가 나타내는 광기에 관한 것이지. 그리고 물론 전쟁에 관한 것이기도 하고."

이 남자와는 논쟁할 수 없었다. 그녀가 제일 아끼는 책, 위태로웠던 과거와의 관계를 항상 떠올리게 하는 책, 가장 좋아하는 장면이 들어 있는 책(클라리사와 샐리 그리고 유골함 옆에서의 키스*)을 들먹이며 그것이 전쟁에 관한 책이라고 주장할 것이다. 하지만 아직 제인 오스틴이 있지 않은가?

그는 멈추라는 듯 손을 들었다. "그 또다른 영국 여자에 대해서는 말도 꺼내지 마요. 전부 청혼은 고사하고 댄스 신청 한 번 받아본 적 없는, 얼굴이 뾰족한 노처녀들이 생각해낸 동화니까."

그녀의 책. 그의 주의를 그녀의 책으로 돌려놓아야 했다.

---

* 소설 『댈러웨이 부인』 속 한 장면을 일컫는다.

"그러니까 당신은 결국 아버지의 관점에서 책을 써야 한다는 말이군요?"

"아니, 아니지. 날 완전히 오해했어요. 이야기 속 소녀는 놔둬요. 하지만 시선은 아버지를 향하도록 유지해야지. 자꾸만 감정에 대해 말한답시고 자기연민에 빠져서 칭얼대지 않게 말이오. 그러니까 어떤 방향이냐면······" 그는 눈을 질끈 감고, 턱과 주먹에 힘을 주더니 다시 힘을 풀었다. "『허클베리 핀의 모험』 같은 작품을 말하는 겁니다. 그리고 절대 이야기를 소녀가 성인이 되는 시점까지는 끌고 가면 안 돼요."

"어째서죠?"

"잘 알잖소, 어디로 갈지. 굳이 읽지 않아도 뻔하잖아요. 그녀는 결혼해서 아이들을 낳는다. 그리고 아이들은 그녀를 사랑과 분노로 채운다. 뭐 새로울 것도, 놀라울 것도 없지 않나?"

그의 모습이 다시 변했다. 군인 같던 모습은 자연스레 여성스럽게 변했고, 다리는 단단히 꼬고 입술은 멍하게 삐죽 내밀고 있었다. 그의 태도는 대학 시절 남자친구의 모습을 연상시켰다. 그는 지난여름에 자신의 남편과 함께 찾아와 몇 시간 동안 소파에 앉아, 똑같은 입 모양을 하고 그녀가 세 아이의 뒤치다꺼리를 하느라 허둥대는 모습을, 그리고 저녁식사 때는 없어진 헬로키티 빨대 때문에 남편과 승강이하는 모습을 지켜보았다. 그 방문은 왜 그가 사람을 미치게 할 정도로 그녀와의 관계에 미적지근했는지, 수년 전에는 이해할 수 없었던 그 문제의 답을 알려주었지만, 그가 작별인사로 그녀를 안으며 엄청난 안도감을 내비치는 꼴을 굳이 보고 싶지는 않았다.

매티가 그녀의 무릎에서 내려가려고 애쓰다 날카로운 손톱으로 목을 할퀴었고, 그녀는 크게, 실제로 아픈 것보다 더 크게 소리를 질렀다. 그녀는 아이를 바닥에 내려놓고 손가락으로 장난감을 가리켰다. 그러고 나서 다시 손님에게로 주의를 돌렸다. 하지만 더이상 자신이 그에게서 뭘 원하는지 알 수 없었다.

"제가 한 잔 더 가져오죠." 아직 녹지 않은 잔 속의 얼음이 그의 발걸음과 함께 잔을 울렸다. 겨우 오전 열시 십오분이었지만, 어린 시절의 늦은 오후로 돌아간 듯한 기분이었다. 그녀는 철자법 책(자습시간에 쓴 시는 책장 사이에 안전히 끼워두었다)을 펴놓고 식탁에 앉아 있고, 어머니는 오븐 구이판 위에 피시 핑거를 차례로 얹고, 아버지는 두 사람의 빈 술잔을 다시 바로 가져갔다. 기대가 많은 만큼 위험한 시간대였다. 아버지는 그날 어머니가 미용실에 가서 하고 온 부풀린 머리에 대해 노래를 불렀다. 그건 아마 솜사탕인가? 그건 마시멜로인가? 맛을 보겠다면 당신은 용감한 사내라오! 어머니는 웃고 있었다. 어머니가 밥을 빨리 주기만 한다면, 그녀는 이 유쾌한 노래가 귓속에 맴도는 상태로 이 방을 나갈 수 있을 것이었다. 그들의 입에서 나올 다른 단어들이 머릿속에 파고들기 전에. 그러나 어머니는 타이머를 십칠 분에 맞췄다. 아버지는 개 사료 캔 하나를 열었다. 그러고 나서 그는 자꾸만 거치적대는 어머니의 포켓북에 대해 농담을 했다. 책이 꼭 그가 찾는 물건 위에 있다고. 똥 싸는 비둘기처럼, 이라고 그가 말했다. 그리고 책 밑에 깔린 신문을 휙 들어올렸다. 술은 언제나 그들의 손이 닿는 곳에 있었다. 어머니는 그녀 앞에 접시를 놓아주고, 아버지를 냉장고 옆의 빨간 의자에서 일으켜 그들과 같은 자리에 앉게 했다. 그는 철자법 책을 쓱 가져가 뒤쪽 가장 어려운 부분을 들췄다.

오케이, 실비아. 어떻게 쓰는지 말해봐. 코넌드럼 Conundrum.

어머니는 장단을 맞춰줄 마음이 없었다. 그녀는 언제나 제일 먼저 기분이 상하는 사람이었다.

당신 아직 당신 딸한테 하루가 어땠는지 물어보지도 않았어.

그러지 말고, 한번 시작이라도 해봐.

좋아, 어머니는 그렇게 말하며 깊고, 조심스레 숨을 들이쉬었다. C-U-N……

틀렸어! 그의 목소리에 고소해하는 감정이 너무 많이 실려 있었다. 그는 거리 쪽을 가리켰다. 크랜퍼드 전문대로 돌아가 처음부터 다시 배우고 오시죠! 창이 어두워지며 집이 산 채로 매장되는 듯한 느낌이 들었다. 아버지가 술 두 잔을 식탁으로 가져왔다. 그들은 새로운 술잔 앞에서 늘 흥이 났지만, 술은 부모님으로 하여금 자신들이 인생과 그에 속하는 것들을 얼마나 좋아하지 않는지 더욱 뼈저리게 느끼게 할 뿐이었다. 당신 아직 당신 딸한테 하루가 어땠는지 물어보지도 않았어. 어머니는 그것이 마지막 희망이자 출렁이는 파도 위에 던져진 구명 튜브라도 되는 듯 걸핏하면 그렇게 말했다. 그녀는 두 사람이 듣고 싶어하는 이야기를 하려 애썼다. 누가 좋은 성적을 받고 누가 벌을 받았는지. 그러나 매일 저녁 실패했다. 매일 저녁, 부모를 물위에 떠 있게 할 수 없는, 그토록 귀염성 없는 아이라니. 그리고 철자법 책에서 시가 미끄러져나왔다. 미처 막을 새도 없이 어머니가 낚아챘다. 이건 뭐야? 부모님의 시선이 마주쳤다. 그들이 늑대였다면, 이제 입가를 혀로 핥았을 것이다.

그녀는 이 기억을 이미 오래전에 떨쳐냈다고 생각했다. 그러나 저물녘의 어둠과 저녁식사가 같은 시간에 찾아오면, 남편과 아이들이 사는 그녀의 집안에 그것들이 다시 스멀스멀 피어오르기 시작했다. 그와 함께 이 좋은 삶이 언젠가는 망가질 거라는 예감이, 느낌이 들었다. 그녀의 글쓰기 중독이 부모님의 알코올중독과 다를 게 있을까? 그것 역시 일종의 도피이자 일탈이 아닌가? 알코올처럼, 글은 그녀를 약하게 하고, 화나게 만들고, 그녀가 가질 수 없었던 드물고 비범한 능력에 대한 갈망을 남겼다. 어머니는 무엇을 갈망했을까? 어머니는 열아홉에 결혼했다. 아이는 하나였다. (누가 물으면 그녀는 애가 하나라도 더 있었으면, 난 정신병원에 갇혔을 거야라고 말하곤 했다.) 어머니는 오십 살에 사망했다. (월세방에서 맞은 외로운 죽음이었다. 아버지는 그를 집안의 유일한 술꾼으로 모셔줄 여자를 찾아 떠났다.) 어머니가 죽은 후, 그녀는 서랍을 뒤지며 단서를 찾았지만 디너파티 플래너와 서로 달라붙은 사진들이 들어 있는 마닐라지 봉투 몇 개 외에는 나온 게 없었다. 메모도 없고, 사과의 말(오래 지나지 않아 그녀는 자신이 찾던 것이 그것임을 깨달았다)도 없었다. 어머니의 삶은 무엇으로 이뤄졌었나? 그녀가 방과후에 집으로 오면 어머니는 보통 통화를 하고 있거나 잡지를 들춰 보고 있었다. 딸이 집에 와서 하던 일을 못하는 것도 아닌데 버스가 도착하는 순간 슬픔의 파도가 그녀를 관통하는 것 같았다. 마치 그녀의 딸이 태양과 같아서 저물 때마다 그녀의 꿈에 그늘을 드리운다는 듯. 그 시간이 되면 어머니는 칵테일을 만들어 마시곤 했다. 마시고 나서는 잔의 물기를 닦아 선반의 종이타월 위에 올려놓았다. 아버지가 퇴근 후에 만들어주는 음료가 그날의 첫 잔인 것처럼.

책은 소파 위에 놓여 있었다. 그녀는 그것을 다시 들었다. 남자는 내용의 거의 반절은 줄을 그어놓았다. 페이지마다 여백이 빨간 잉크로 뒤덮여 있었다. 토를 달지 않은 곳이 없었다. 다 큰 여자한테 눈썰매가 어디 있나! 이런 남자는 살라미 샌드위치를 주문하지 않는다! 그녀는 마지막 챕터를 탁 펼쳤다. 오늘 아침에 쓴 네 문장으로 시작하고 있었다. 그가 세 겹의 줄을 친 것도 모자라 그 위에 물결무늬까지 그려놓아서, 자신이 쓴 문장임을 몰랐다면 글씨를 알아보지도 못했을 것이다. 그녀가 옳았다. 모든 것이 엉망이었다. 그 챕터 전체가 그런 식으로 지워졌고, 그의 각주는 여백에 그치지 않고 줄을 그어 지운 문장 너머까지 화를 통제할 수 없는 글씨체로 이어지더니 마지막 페이지의 여백에는 큰 글씨로 이렇게 쓰여 있었다. 이렇게 하면 안 돼!!! 그래도 그녀는 자신의 작업이 이렇게 완성에 가까울 거라고는 생각하지 못했었다.

그가 돌아왔다. 이제 그녀는 알코올의 효과를 눈으로 볼 수 있었다. 그가 움직임을 통제하지 못해서가 아니라, 유난스레 조심스럽기 때문이었다. 그는 취하기 직전이었다. 알코올이 자기 몸과 자기가 만지는 모든 것을 평소보다 더 강하게 느끼도록 만드는 단계. 아마도 그는 바로 그 순간을 위해 마셨을 것이다. 감각이 마비되기를 바라서가 아니라, 감각을 더 예리하게 만들기 위해. 그가 코로 숨쉬는 모습, 그의 손끝이 술잔을 만지는 방식, 그가 그녀 옆에 다시 앉으며 손을 무릎에 얹는 모습에는 뭔가가 있었다. 그를 바라보는 것만으로도 그녀는 사물의 질감과 온도를 떠올릴 수 있었다. 허벅지의 열기를 느낄 수 있었다. 그러나 그녀를 향한 그의 관심은 조금씩 흩어지고 있었다. 그녀는 그에게 부인할 수 없는 강한 유혹을 느꼈다.

마치 그녀가 자신의 욕망을 소리 내어 말한 것처럼, 그는 갑자기 그녀 쪽으로 몸을 돌렸다. 이제 그는 대학생 또래의 젊은 남자였다. 숱 많은 갈색 머리에 그녀의 마음을 흔들었던 남자들이 가지고 있던 불안한 눈빛을 갖고 있었다. "하나가 아니신 가보네요?" 그가 물었다.

"하나라니 뭐가요?" 그녀는 숨이 막혀 말이 제대로 나오지 않았다. 언제 이토록 고통에 가까운 욕망을 느껴보았던가?

그는 매티를 내려다보았다. 아이는 새파란 기차를 올려놓을 나무 철로 두 개를 잇는 데 성공한 참이었다. "방해물." 남자가 말했다.

"저한테 방해물은 수만 가지죠." 그녀가 말했다. 이미 오래전에 사라졌을 자신의 애교 섞인 웃음소리를 들으며. 그가 지금 그녀를 어루만진다면 저항하지 못할 것임을 자신도 알고 있었다. "하지만 애들은 셋뿐인데요." 보통 그녀는 아이들에 대해서라면 나이와 별난 버릇 등등 뭐든 말하는 걸 좋아했다. 그러나 이 대화는 아이들과 전혀 상관이 없었다.

"톨스토이는 자식이 열셋이었어요. 대부분이 그가 『전쟁과 평화』를 쓰는 동안 태어났죠. 그가 아이들의 이름이나 다 알고 있었나 몰라요. 하지만 그래야만 하죠. 당신도 아이들의 이름을 잊어야 해요."

매티는 짧은 철로 위에서 기차를 앞뒤로 밀며 "타세요!"라고 외쳤다. 적어도 그녀에게는 매티의 말이 그렇게 들렸다. 다른 사람들에게는 아마도 "체오!"라고 들리겠지만. 매티는 자기가 좋아하는 대로 긴 소매를 겨드랑이까지 걷어올리고 있었다. 윗입술은 따뜻한 아랫입술 안에 파묻혀 있고, 아랫입술은 계속 위쪽으로 꿈틀거리며 미끄러지는 윗입술을 잡아두고자 했다. 하지만 얼핏 쳐다보고 그녀가 자신을 지켜보는 것을 알고는, 윗입술을 늘리며 활짝 웃었다. 옆의 러그를 두드리며 여전히 웃는 얼굴로 맘마맘마맘마를 중얼거렸다. 그러고 보니 손짓하며 그녀를 간절히 원하는 모습이 남편과 흡사했다. 그러나 그녀는 매티를 의심하지 않았다. 위선이나 이중성이라는 혐의를 두지 않았다. 남편의 사랑을 믿는 것은 어째서 훨씬 더 힘든 걸까? 남편이 나무 사이 둥지처럼 쌓인 눈에 관한 문장을 인용했던 일을 다시 떠올렸다. 그들은 셋이서 호숫가를 산책하고 있었다. 첫째인 리디아는 태어난 지 네 달이 막 되었고 그녀의 파카 밑 베이비뵨 포대기에 싸여 있었다. 중간쯤 그가 멈춰 서서 그들을 꼭 껴안았다. 내 식구들, 이라고 말했다. 그의 목소리는 약간 잠겨 있었다. 그리고 잠시 후에 눈과 나무들 이야기를 하다가 그녀의 문장을 입 밖으로 말했다. 그녀는 토라져서 길을 벗어났고 그는 놀릴 의도가 아니었다고 계속해서 주장했다. 지금은 그녀도 그 말이 사실이라는 것을 알고 있었다. 당연히 그는 그녀를 웃음거리로 만들 사람이 아니었다. 그리고 그녀는 자신이 그 당시에도 그 사실을 알고 있었음을 안다. 그러나 그녀는 거리를 둘 명분을 찾아야만 했다. 그가 들려준 작은 기쁨의 비명과 그녀 사이에 쐐기를 박을 만한 어떤 것을. 단조로움, 특히 그녀가 익숙지 않은, 단조롭게 지속되는 누군가의 사랑이 그녀는 편안하지 않았다.

그녀는 소파에서 내려앉아 매티에게 다가갔다. 그녀가 빠져나가지 못하도록 아이는 통통한 팔꿈치를 그녀의 허벅지에 올렸다. 남자는 계속 여백에 각주를 써넣었다. 그는 다시 늙은 사람으로 변했고 그에 대한 욕망은 이미 그저 우스운 기억일 뿐이었다. "세번째 책은 보통 한 작가의 초기작 중에 가장 강렬한 것이 되곤 하지요."

"그건 제 첫 책인데요."

그는 엄격하고 실망한 눈빛으로 쏘아보았다. "상자 안에 들어 있는 소설도 소설이지요." 그러고는 표정이 다시 누그러졌다. "왜 그 두 권도 마저 끝까지 완성하지 않은 거지요?"

"두 권'도'라뇨? 그러니까, 여기 이 책을 완성한 것처럼 말인가요?" 그의 판단에 의구심을 품은 것이 그에게 상처를 준 듯했지만, 정직한 대답을 하려고 애썼다. "모르겠어요." 매티가 그녀의 등뒤로 기어올라 머리카락을 잡아당기려고 몸을 일으켰다. "그러면 엄마 아파." 그녀가 말했다. "제발 하지 마." 아이가 계속하자 그녀는 다시 분노가 끓어오르는 것을 느꼈다. 깊은 내면에 고여 있는 그것은 언제나 그대로였다. "대학 시절에는 꿈이 컸던 것 같아요. 교수님들은 품위가 있었고, 나를 존중해주었어요. 그전까지 내가 알던 어른들과는 달랐죠. 내가 무엇이든 할 수 있다고 느끼게 해주었어요. 이따금 지금도, 아마도 믿음 같은 것이 갑작스레 타오를 때가 있는 것 같아요. 그럴 때면 쓰고 싶고, 믿고 싶어요. 하지만……" 그것은 어린 시절의 저녁들 같았다. 딱 그랬다. 아버지는 농담하고 어머니는 웃고, 무엇이든 믿을 수 있을 거라 생각하는 순간 피시핑거가 다 구워졌다는 타이머가 울렸고, 다들 모여 앉았고, 곧 모든 것이 변했다. "그러고는 그냥 그렇게 끝이 나죠." 가슴이 쓰렸다. "아이가 생기고 그 외의 것들은 전부 그렇게…… 멀어져요. 그리고 그 오래된 욕망은 결국 영원히 사라졌으면 싶은 경련처럼 되는 거예요."

"하지만 그 첫 두 권은 말이오. 거의 다 끝난 거나 다름없는데 왜 묻어두었지?"

"그건 태워버려야 해요. 끔찍해요."

"자기 작업의 가치를 찾는 데 어려움을 겪는 것 같군요."

"당신도 마찬가지인 듯한데요." 그녀는 빨간 글씨로 뒤덮인 마지막 페이지를 가리켰다.

누구와 얘기하고 있는지 잊었다는 듯, 그의 얼굴에 혐오스러움이 스쳐갔다. "그러니까 그…… 그 마지막 챕터가 끔찍하

오. 역겨워요. 구제할 도리가 없어요."

그녀는 익숙한 메스꺼움을 느꼈다. 여전히 그녀는 갑작스러운 분위기의 변화와 예상치 못한 공격에 쉽게 무너졌다. 남자는 더이상 연민이 스며든 표정을 짓지도, 공감하며 귀기울이지도 않았다. "전체적으로 설득력이 없어요. 대체 왜들 폭력이 나오는 장면을 못 집어넣어서 안달이지? 그건 당신들의 장르가 아니야. 당신들의 본능이 아니라고." 그는 책을 바닥에 던지고 그녀 앞에 섰다. "이건 말도 안 돼요." 그는 방 끝까지 걸어갔다 돌아왔다. "이야기 속에서 이 여자가 이렇게 행동하게 하면 당신은 독자들과의 약속을, 그들의 이해심을 배신하는 거예요. 볼스*나 메일러**라면 할 수 있을지 몰라도 당신은 아니야." 그는 그녀를 향해 잔을 흔들었다. "당신은 못하지."

그녀는 그가 술이 약하다는 사실을 깨달았다. 술 석 잔에 정신을 잃은 것이다. 그녀의 부모님은 둘 다 마티니 여섯 잔을 마시고도 친구를 집에 데려다줄 수 있었다.

"거기다 무기 하나 없이. 대단해요." 그가 킥킥 웃었다. "무기가 나와야 삼화음이 맞는 거지. 그것도 몰라요? 킬러, 시체, 무기. 그게 상호작용이지. 서로 주고받는다고. 빌어먹을, 성부

---
* Paul Bowles(1910~1999). 미국의 작곡가이자 작가, 번역가.
** Norman Mailer(1923~2007). 미국의 소설가이자 평론가.

와 성자와 성령. 그렇게 말이오. 말귀 좀 알아들어요. 살인자는 살인사건 후에 진짜 살인을 당하는 거요. 자신의 인간성 결핍 때문에 죽임을 당한단 말이오. 중요한 것은 그의 죽음이오. 무기가 심판관이오. 그것이야말로 살인자를 꿈에서 현실로 내동댕이치는 것이란 말이오. 무기가 없으면 살인도 없어요."

어릴 때 그녀는 술에 취한 사람들에게 맞서지 않았다. 아버지에게도 어머니에게도, 금요일이나 토요일 저녁이면 무거운 손으로 그녀의 머리를 쓰다듬으며 이상한 말들을 여과 없이 내뱉던 부모의 친구들에게도 마찬가지였다. 그녀는 여전히 크라일 부인이 텔레비전 방에서 그녀를 쓰다듬고, 손을 그녀의 셔츠 뒤로 넣고는 연민어린 말투로 혀를 차며 말하던 모습을 기억하고 있었다. 외동아이로 태어나고도 멀쩡한 사람은 아무도 없다고. 리처드 닉슨을 봐라, 방을 나가기 전에 그녀는 콧방귀를 뀌며 말했다.

"당신은 순전히 헛소리를 하고 있어요." 그녀는 그가 무슨 말을 하는지조차 알 수가 없었다. 그녀의 책 끝에서 죽을지도 모르는 사람이.

그는 그녀를 노려보았다. 그녀는 그가 이제 닉슨의 작은 눈과 늘어진 뺨을 가진 걸 보고도 놀랍지 않았다. "제대로인 것이 하나도 없어요. 구조적으로도, 내용 면에서도. 결말에서는 그때까지 일어난 사건이 믿을 수 없으면서도 불가피하게 느껴져야 해요. 우리가 그런 걸 느끼나요? 아니죠. 그것은 고사하고, 어떤 여자도 성인 남자의 시체를 한 시간 안에 처리하지는 못해요. 그리고 뒤뜰이요? 그것도 1월에?" 이 집이 소설의 무대이기라도 한 듯, 그는 거실의 창을 가리켰다. "모든 것이 참혹해요." 그는 묻지도 않고 술잔을 채우러 부엌으로 향했다.

"안 돼요." 그녀가 말했다.

그녀의 날카로운 목소리가 그를 끈으로 잡아당기듯 돌려세웠다. "한 잔만 더 할게요. 그리고 나는 가겠소."

"아니요. 더는 안 돼요. 지금 가주세요."

"난 한 잔 더 한 다음에 가겠소." 그가 식료품 저장실 앞에서 말했다. 그의 손은 이미 바에서 이것저것 꺼내고 있었다. "그리고 당신이 더 나은 결말을 생각해낸 다음에 말이오."

"내 집에서 나가요." 그녀는 그의 팔을 잡아당기려 했지만, 손에 잡힌 것은 그의 코트 소맷부리뿐이었다. 유리잔과 얼음이 조리대 위에서 깨졌다.

그는 벽에 걸려 있던 병따개 하나를 움켜쥐었고, 그녀는 그를 작은 창고에서 끌어내지 못했다. 그는 다시 한 손으로 칵테일을 만들기 시작했다. 그녀는 뒤에서 그의 팔을 떠밀었다. 다시 하이볼 잔이 산산이 부서졌다. 그는 세번째 잔을 꺼냈고 그녀는 똑같이 반복했다. 그러자 그가 멈추더니 조각난 유리들을 바라보았다.

"난 정말 이해를 못하겠더군. 어째서 재능도 없는 사람이 예술에 목을 매는지 말이오. 그게 다 뭔 짓이오? 없어서는 안 될 뭔가를 창조했다는 성취감은 평생 느끼지 못할 것이오. 고만고만한 장면들, 예쁜 그림들은 나올지 몰라도, 모든 예술, 인생의 경계를 넘어섰을 때 비로소 도달할 수 있는, 절망에 가까운 고양된 감정에는 절대 도달할 수 없을 텐데." 그는 다시 새 잔을 들고 그녀가 다시 깨뜨리기를 기다렸다. 그러나 그녀가 가만히 있자 재빨리 새로운 칵테일을 만들었다. 술을 마시는 동안 그의 눈이 그녀의 몸을 훑었다. 그리고 나서 술로 젖은 입술과 혀로 말했다. "그리고 그 목욕가운은 언제 제대로 여밀 셈이지. 거참 더이상 보기도 민망하군."

매티는 그녀의 새로운 작업, 평소와 다른 팔의 움직임, 낯선 도구와 그녀가 그것을 계속 땅에 꽂을 때마다 생겨나는 멋진 소리에 매료되었다. 흙과 돌이 그녀의 등뒤로 날아가 잔디 위에 떨어졌고, 그의 빨간 운동화 고무 앞창에 떨어지기도 했다. 아이는 앉은 채로 자신의 엄마를 스프링 스트리트에서 오래된 상수도 시설을 파헤치던 굴착기보다 더 흥미롭게 바라보았다. 그녀는 분주히 작업했고, 목욕가운 아래로 땀과 모유와 눈물이 섞여 흘러내렸다. 추운 계절인데도 땅은 놀라울 정도로 부드럽고 푹신했다. 곧 구덩이는 그녀가 들어갈 수 있을 만큼 깊어졌다. 땅의 온기가 발목을 감쌌다. 그녀는 흙냄새에 취했다. 지금껏 땅을 주의깊게 본 적이 거의 없었다.

땅 파는 것을 마치고 그녀는 매티를 집안으로 데리고 올라가 사과소스를 섞은 쌀 시리얼(그것들은 다시 흔들거리는 아름다운 선반 위 제자리에 돌아와 있었다) 한 그릇을 먹인 다음 아기침대에 눕혔다. 아이는 잠시 울었지만, 아래층으로 내려와 베이비캠을 보니 잠든 숨소리만 파도처럼 크게 들려왔다. 그녀는 식료품 저장실의 좁은 문지방을 넘어 쓰러진 남자를 뒷문으로 끌어냈다. 그의 발은 계단에서 아무렇게나 튀어올랐다. 그는 가벼웠고 천조각처럼 구멍 속에 우아하게 안착했다. 그녀가 들어가 제대로 눕힐 필요도 없었다. 일이 끝나자 모든 것이 이전과 다름없어 보였다. 흙은 원래 있던 곳으로 완벽하게 되돌아갔다. 그녀는 조심스레 떼어둔 잔디를 다시 덮어놓고 집으로 들어갔다. 가스레인지 위의 시계를 보니 작업은 총 사십구 분이 걸렸다.

책은 여전히 그가 던져놓은 자리에 그대로 놓여 있었다. 그녀는 그것을 들고 소파로 가서 기저귀를 옆으로 던지고 길게 엎드렸다. 그리고 마지막 챕터를 넘겨보았다. 빨간 밑줄들은 희미해져 있었고, 이제 그녀는 쉽게 알아볼 수 있었다. 그것이 멋진 결말이라는 것을.

감사의 말

　이 책을 세심히 읽고, 조언하고, 이끌어주신 다음 분들께 감사드립니다. 〈플라우셰어스〉의 돈 리, 〈원 스토리〉의 해나 틴티, 〈하버드 리뷰〉의 크리스티나 톰프슨, 〈오프라 데일리〉의 리 하버, 타일러 클레먼츠, 칼라 킹클레먼츠, 엘로이즈 킹클레먼츠, 조시 보드웰, 수전 콜리, 세라 코빗, 아니아 핸슨, 케이틀린 거사일, 데브라 스파크, 린든 프레더릭, 그리고 로라 로튼 맥닐. 이 이야기들은 팬데믹 중에 그로브애틀랜틱 출판사의 경이로운 사람들에 의해 한 권의 소설집으로 재탄생했다. 내가 사랑하는 탁월한 편집자 엘리자베스 슈미츠, 모건 엔트러킨, 뎁 시거, 주디 호텐슨, 저스티나 배철러, 샘 트로빌리언, 에이미 헌들리, 그레천 머전살러, 줄리아 버너토빈, 폴라 쿠퍼

휴스, 그리고 이본 차. 나의 다정하고 훌륭한 에이전트 줄리 베어러에게도 깊이 감사드린다. 나에게 단편소설이 무엇인지 가르쳐주시고, 그다음에는 써보라고 말해주신 고등학교 때 영어 선생님, 토니 폴러스를 언급하지 않고는 이 소설집을 출간할 수 없을 것이다. 남편 타일러와 딸 엘로이즈와 칼라에게, 매일매일 모든 것에 한없는 감사를 전한다.

옮긴이의 말

다섯 번의 화요일, 슬픔이 빛이 되는 순간들

『어느 겨울 다섯 번의 화요일』은 미국의 인기 작가 릴리 킹의 첫 단편집이다. 장편 『즐거운 시간The Pleasing Hours』으로 데뷔할 때까지 꽤 오랜 습작 기간을 거쳤으나 알려진 단편소설은 몇 편에 불과해 그녀를 사랑하는 독자들에게는 뜻밖의 선물처럼 반가운 책이기도 하다.

작가는 여러 인터뷰를 통해 이 책을 "모든 종류의 사랑에 관한 책"이라고 소개했다. 그만큼 자신이 알고 있는 다양한 형태의 사랑을 다루고 싶었다는 말일 테다. 그녀의 말처럼 이 책 속에는 여리고 아픈 첫사랑부터 조심스레 서로의 공백을 메워

가는 다정하고 로맨틱한 사랑, 상처받은 사실조차 제대로 인지하지 못하는 존재를 따뜻하게 감싸주는 사랑, 부모와 자식 사이의 사랑, 파국이 보여도 멈출 수 없는 사랑, 죽음을 앞둔 절망적인 사랑, 다른 세계로 이끄는 사랑, 떠나간 사랑을 비롯해 다양한 모습의 사랑들이 퍼즐 조각처럼 촘촘히 박혀 있다.

전작 『작가와 연인들』을 좋아했던 독자들이라면 표제작인 「어느 겨울 다섯 번의 화요일」의 주인공 미첼과, 항상 색이 바래고 늘어진 티셔츠와 무릎이 찢어진 청바지를 입고 서점에 출근하며 자주 책을 빌리면서도 의외로 책에 대한 상식이 부족한 서점 직원 케이트의 사랑은 물론, 추운 겨울날 두 사람이 나눠 먹는 따뜻한 버섯 수프의 맛도 궁금해질 것이다. 「괴물」에서는 『제인 에어』에 푹 빠져 자신만의 로체스터를 꿈꾸는 열네 살 소녀 캐럴의 편지—"이토록 맹렬한 감정을 너는 모를 거야. 너는 아직 너의 로체스터를 만나지 않았으니까"—를 읽으며 잊고 있던 여름방학의 나른함과 수영장의 소독약 냄새, 첫사랑의 시큰함 같은 것들을 추억할지도 모르겠다.

로맨틱한 사랑에서부터 파괴적인 사랑에 이르기까지 이야

기의 초점은 '사랑'이지만, 이별과 상실을 경험한 가족이 어떤 모습으로 존재할 수 있는가에 대한 물음도 끊임없이 제기된다. 「괴물」「북해」「도르도뉴에 가면」「남쪽」을 비롯해 수록된 대개의 작품이 직간접적으로 부모의 이혼이나 죽음, 일탈—알코올중독, 불륜, 자살 시도 등—을 소재로 한다. 심각한 알코올중독이었던 아버지 밑에서 자랐고, 열한 살에 부모가 이혼한 뒤 열네 명의 이복형제를 얻게 되었다는 작가의 굴곡 있는 개인사도 이 같은 소재가 반복해 등장하는 이유 중 하나라고 작가가 밝힌 바 있다.

가정에서 입은 아이들의 상처는 세상을 향한 분노로 변하기도 하고, 이혼이나 불의의 사고로 한부모가정의 가장이 된 부모들은 재정적 어려움과 감정 지원의 결핍으로 괴로워한다. 눈에 띄는 점은 상처받은 주인공들이 자신의 감정을 은폐하거나 '거짓말'을 함으로써 자신을 보호하려 하고 동시에 나머지 가족에게 상처를 준다는 것이다.

한네는 그 어떤 감상도 나눌 생각이 없어 보였다. 몇 해 전이었다면 한네는 눈을 동그랗게 뜨고 들뜬 목소리로 오다에게 시시콜콜 모든 것을 말했을 것이다. 프리츠와 오다가 행복의 춤이라고 부르던 춤을 빙글빙글 추며 기쁨을 가누지 못했을 것이다. 어른들은 고통과 두려움, 실패를 감추지만, 사춘기의 아이들은 행복을 감춘다. 보여주면 사라질 어떤 것처럼. (본문 157~158쪽)

거짓말이라는 단단한 껍데기가 소통을 가로막는 것과 반대로 거짓말을 하지 못해 소통이 차단되는 예도 있다. 「시애틀 호텔」의 주인공이 짝사랑했던 대학 시절의 친구를 만나 흥얼거리는 닐 다이아몬드의 노래는 후반부에서 이렇게 이어진다.

그리고 난 네가 나에게 가르쳐준 모든 것을 기억해
웃는 법을 배웠고 우는 법도 배웠지
난 사랑하는 법을 배웠어 있잖아, 심지어 거짓말하는 법도 배웠어
그러니 내가 너에게 안녕이라 말하는 법을 배울 수 있을 거라고 생각하니?*

뒤늦게 자신의 성정체성을 고백한 주인공은 사랑하는 사람

---

* 〈You Don't Bring Me Flowers〉 words by Neil Diamond, Marilyn Bergmann and Alan Bergman.

으로부터 안녕이라 말하는 법을 배울 수 있을까? 호텔방 안에서 이어지는 수치스러운 대화에 거짓은 없다. 사랑도 없다. 폭력이 이별을 대신하고 상처 위에 다시금 상처가 새겨진다. 상처는 '마음에 박힌 유리 파편처럼'* 나와 상대를 미치게 만든다. 릴리 킹은 이 '유리 파편'의 미세한 움직임과 그것이 유발하는 고통을 누구보다 잘 이해하는 작가다. 그리고 고통이 절정에 이르렀을 때 등장인물들에게 슬픔이 자신을 태워 빛을 내는 순간들을 선사한다. 그녀의 말을 빌리자면, 그들은 '충분히 고통받았기에' 그럴 자격이 있다. 그렇게 그녀는 '불안과 고립의 시대에 몸을 웅크리고 쉴 수 있는 이야기' 즉 '위안'을 제공한다.**

'우리 모두 슬픔을 짊어지는 법을 배우고 있지만, 여전히 조금 더 열정과 유대의 순간을 함께 긁어모으기를 원한다'***고 이 책의 주인공들은 나지막이 말한다. 사랑과 해피엔딩을 두

---

* "You don't know what it is, but it's there, like a splinter in your mind, driving you mad." (영화 〈매트릭스〉, 1999.)
** Megan O'Grady, "Lily King Tries Her Hand at Something New: Short Stories", *New York Times*(2021.11.9.)
*** Amy Reardon, "Lily King Weaves Glimmers of Hope into Her Short Story Collection", *Electric Lit*(2021.12.21.)

려워 않는 작가의 긍정적인 에너지와 그녀가 뿌려놓은 반짝이는 것들이 독자들에게 잘 전달되기를 바라며 겨울의 화요일들을 떠나보낸다.

2025년 4월
박경희

옮긴이 **박경희**
독일 본대학에서 번역학과 동양미술사를 공부하고, 번역가로 일하며 한국문학을 독일어로 번역해 해외에 소개하는 일도 하고 있다.『숨그네』『암스테르담』『아침 그리고 저녁』『흐르는 강물처럼』『휴가지에서 생긴 일』『잃어버린 것들의 목록』『패싱』『맨해튼 트랜스퍼』『내면의 그림』 등을 우리말로 옮겼다.

문학동네 세계문학
어느 겨울 다섯 번의 화요일

초판 인쇄 2025년 4월 21일 | 초판 발행 2025년 4월 30일

지은이 릴리 킹 | 옮긴이 박경희
기획 이현자 | 책임편집 박효정 | 편집 송원경 윤정민
디자인 김이정 최미영 | 저작권 박지영 형소진 오서영
마케팅 정민호 서지화 한민아 이민경 왕지경 정유진 정경주 김수인 김혜원 김예진 나현후 이서진
브랜딩 함유지 박민재 이송이 김희숙 박다솔 조다현 김하연 이준희
제작 강신은 김동욱 이순호 | 제작처 상지사

펴낸곳 (주)문학동네 | 펴낸이 김소영
출판등록 1993년 10월 22일 제2003-000045호
주소 10881 경기도 파주시 회동길 210
전자우편 editor@munhak.com | 대표전화 031)955-8888 | 팩스 031)955-8855
문학동네카페 http://cafe.naver.com/mhdn
인스타그램 @munhakdongne | 트위터 @munhakdongne
북클럽문학동네 http://bookclubmunhak.com

ISBN 979-11-416-0957-3 03840

잘못된 책은 구입하신 서점에서 교환해드립니다.
기타 교환 문의 031)955-2661, 3580

www.munhak.com